KB059094

소년은 꼭두새벽부터 깊은 밤까지, 쉬지 않고 검을 휘둘렀다.

비가 쏟아지건 바람이 몰아치건, 검을 휘둘렀다.

몸이 타 버릴 듯 무더운 날에도, 얼어붙을 듯 추운 날에도.

검을 휘둘렀다.

열이 있는 날도, 오한이 이는 날도, 그 어떤 날에도.

줄곧 혼자서, 연신 검을 휘둘렀다. 검이 내 전부였다.

CONTENTS

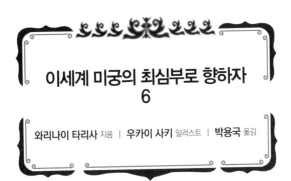

이세계 미궁의 최심부로 향하자
6

와리나이 타리사 지음 | 우카이 사키 일러스트 | 박용국 옮김

SNOVEL

커버 그림, 본문 일러스트 | **우카이 사키**

1. 번외전

『무투대회』준결승이 끝났다. 라스티아라 팀의 기권에 의해, 라우라비아국 대표인 내가 결승전에 진출하게 되었다.

그건 다시 말해, 라스티아라와 함께 짜 두었던 계획이 성공하고, 내 기억을 봉인하고 있던 '팔찌'가 파괴되었다는 뜻이다.

지금 나에게는, 이세계에 살아온『지크프리트 비지터』와『아이카와 카나미』양쪽의 기억이 모두 존재한다.

양쪽 모두 괴로운 기억뿐이라, 준결승 시합에서는 상당한 추태를 보이고 말았다. 아마 연합국 내에서 앞으로 한 달 동안은 웃음거리가 될 게 틀림없다.

하지만, 상관없다.

그 대신, 나는 '진정한 염원'을 찾아낼 수 있었다.

더 이상은 거짓도 없고, 인생을 농락당할 일도 없다. 그렇게 생각하면 이 정도 대가는 저렴한 편이다.

무엇보다 진심으로 신뢰할 수 있는 동료들——라스티아라와 디아, 이 둘과 재회했다.

준결승 시합이 끝난 직후, 나는 곧바로『무투대회』돌파를 위한 작전을 얘기했다.

모종의 사정 때문에 그 계획은 지나치게 단편적이면서 불안전한 수준에 머물렀지만, 라스티아라는 나를 믿고 따라

주었다.

라스티아라 일행과 개별행동을 취하기로 하고, 나는 지친 몸을 채찍질하며 경기장을 나섰다.

어둠침침한 회랑을 지나, 선수 대기실로 돌아온다.

당연히 거기에서는 시합 전에 나를 배웅했던 리퍼가 기다리고 있었다.

그녀는 천진난만한 미소를 지으며, 나를 보기가 무섭게 축복부터 해 주었다.

"오빠, 축하해. 드디어 '진정한 염원'을 되찾았구나."

하지만, 그런 축하에도 순수하게 기뻐할 수가 없었다.

머릿속이 연신 경보를 울려대고 있다. 예전의 실패 경험을 기억해 낸 탓에, 리퍼의 축복 뒤에 숨어있는 진의를 정확하게 느낄 수 있었던 것이다. 그녀와 이어진 『연결고리』를 통해 전해지는 감정을 통해, 그녀와 내가 서로 공존하기 힘들다는 걸 알 수 있었다.

눈앞에 있는 소녀가 팰린크론에 필적할 만큼의 강적이라는 걸 확신할 수 있는 것이다.

"그래, 고마워. 좀 괴로운 기억이었지만, 되찾길 잘 했어. 리퍼가 도와준 덕분이야."

"히힛, 다행이야. 이제 오빠는 자기 염원을 오인할 일도 없겠네."

리퍼는 해맑게 웃었다.

하지만, 그 앳된 외모와 깜찍한 미소에 속아서는 안 된다.

그녀는 겉보기와는 달리 더없이 노회(老獪)하다.

이건 지금까지 리퍼를 지켜봐 오면서 얻은 추측이지만…… 그녀가 『연결고리』를 통해서 얻을 수 있는 건 아마 감정뿐이 아닐 것이다. 그리고 『연결고리』가 하나뿐이라고 얘기한 사람은 아무도 없었다.

리퍼는 대량의 『연결고리』를 만들어서 수많은 사람들로부터 경험과 감정을 배우고 있을 가능성이 있다.

만약에 『연결고리』에 상한선이 없다면, 그 대상은 라우라비아국 국민 전체가 된다.

단 며칠 만에 수백년 분의 인생경험을 얻는 것도 가능하리라.

리퍼가 때때로 나이에 걸맞지 않은 태도를 보이곤 하는 이유가 아마 그것일 것이다.

"그래, 이제 『진정한 염원』을 오인할 일은 없을 거야. 용을 토벌하던 날, 리퍼가 등을 떠밀어준 덕분이었어. 정말 고마워."

"아니, 내가 한 건 아무것도 없어. 나는 내 일만 생각하기에도 벅찼는걸."

평온하게 감사인사를 하는 동안에도, 〈디멘션〉을 이용해서 리퍼의 일거수일투족을 관찰했다.

본인의 말마따나, 리퍼는 아무것도 하지 않았다──**그렇게 보였다.**

겉보기에만 그렇다는 얘기다. 아무것도 하고 있지 않는

것 같지만, 실은 수많은 사람들의 등을 떠밀어주고 있었다.

그 방식이 팰린크론과 닮았다는 생각이 들었다.

그러다 보니, 팰린크론과도 『연결고리』가 있는 것 아닐까 하는 생각도 들기 마련이었다.

언제부터였지……?

그저께, '리퍼가 라스티아라의 사람 찾기에 협조했다'라는 얘기를 들었다.

라스티아라가 찾고 있었던 건 분명 팰린크론이었을 것이다. 나는 이미 찾았으니, 다음은 적의 위치를 파악하려 했던 게 틀림없다. 그리고 부탁을 받은 리퍼는 차원마법 〈디멘션〉을 이용해서 팰린크론 찾기 작업을 도왔다. 그 결과, 레일의 저택은 초토화되고, 팰린크론은 국외로 도주했다. 리퍼는 그 싸움의 현장에 있었다.

리퍼가 팰린크론과 접촉한 건 바로 그 때였을 가능성이 높다──.

"그런데 말야, 오빠. 이제 기억도 되찾았는데, 앞으로는 어떻게 할 거야?"

──그런 생각이 드니, 도저히 불안감을 씻어낼 수 없다.

리퍼의 염원은 '로웬을 지키는 것'.

그 마음만은 거짓이 아니라는 걸, 목덜미에 있는 문양의 『연결고리』를 통해 느낄 수 있었다.

그렇기에, 리퍼와 나는 공존할 수 없다.

리퍼는 로웬을 없앨 수 있는 힘을 가진 나를 꺼림칙하게 여기고 있다.

그래서 리퍼는 시종일관 나를 연합국에서 쫓아내겠다는 일념 하에 행동해 왔다.

스노우의 자립을 촉구했던 것도, 내 기억의 회복을 도운 것도──전부 다, 나를 로웬에게서 떼어놓기 위한 것.

그런 확신을 얻은 나는, 조심스럽게 얘기를 꺼냈다.

"……이제 스노우를 만나서 얘기해볼 거야."

"스노우 언니를 만나서 얘기를……? 그래도 괜찮겠어? 오빠는 스노우 언니가 자기 힘으로 워커 가문의 문제를 해결하기를 바랐던 거 아냐?"

"그래, 맞아……. 하지만, 아무런 얘기도 없이 사라지는 건 좀 너무하잖아? 마지막으로 얘기 정도는 해둬야지……."

"**사라진다**……? 하긴, 마지막으로 얘기 정도는 나눠보는 게 좋을지도 모르겠네. 오빠는 이제 그 못된 팰린크론 녀석을 추격할 건데, 걱정거리가 남으면 안 될 테니까."

"아아, 난 팰린크론을 절대 용서할 수 없으니까. 그나저나…… 용케 팰린크론을 알고 있네? 누구한테 들은 거지?"

"그건…… 레일 씨한테 들었어. 로웬이 레일 씨한테서 오빠의 과거에 대한 얘기를 들었을 때, 나도 그 자리에 있었거든. 그래서 팰린크론이라는 사람이 오빠의 기억을 봉인한 사람이라는 것도 알고 있는 거야."

"그랬구나. 그래서 내 기억에 대해 잘 알고 있었던 거구나."

나는 조심스럽게…… 그러면서도 최대한 감정을 억눌러 가며 얘기한다.

아마 리퍼 역시 마찬가지일 것이다.

우리는 『연결고리』로 이어져 있기에, 감정이 격해지면 생각이 상대에게 새어나간다. 그래서 거짓투성이 얘기로 서로를 견제하고 있다.

'성탄제의 경험을 얻은 나'와 '수백 년 분의 경험을 얻은 리퍼'.

30층에서 처음 만났을 때의 순진무구하던 두 사람은 이제 없다.

표정 하나 바꾸지 않은 채, 담담하게 서로의 속내를 살핀다.

"그런데, 오빠 몸상태는 괜찮은 거야? 이제 기억도 돌아왔으니까, 그렇게 서두르지 말고 며칠 정도는 쉬었다가 시작해도 되지 않을까?"

"아니, 나는 당장이라도 팰린크론을 추격하고 싶어. 그러니까 지금 당장 스노우한테 갔다 와야겠어."

"그렇구나. 팰린크론이라는 사람을 추격하고 싶다면…… 어쩔 수 없겠지."

서둘러 스노우를 설득하고 싶다는 말은 거짓이 아니다.

지금 나는, 예전에 마리아에게 했던 것과 같은 과오를 되풀이하려 하고 있다. '스노우라면 스노우 자신의 힘으로 극복할 수 있겠지'라는 안이한 기대에 의지해서, 그녀의 문제로부터 도망치고만 있었다. 스노우와 진심으로 마주하려 하지 않았다.

하지만, 나는 이제 더는 도망치지 않겠다고 다짐했다. 이번에는 제대로 해결하고 말겠다.

"리퍼. 〈디멘션〉으로 스노우를 찾아주면 안 될까? 보다시피, 난 지금 마력이 완전히 바닥난 상태라서 말야."

"……응, 알았어. ──으음…… 지금 스노우 언니는 서부 에어리어의 의료선에 있어. 안내해줄게."

리퍼는 잠시 고민하는 기색을 보였지만, 이내 스노우를 찾아주었다.

위치를 알아낸 나는, 그 즉시 걸음을 내딛는다.

"고마워. 그럼 빨리 서두르자."

리퍼가 그런 내 뒤를 따라온다.

굳이 뒤돌아보지 않아도 알 수 있다. 리퍼 역시 내 일거수일투족을 관찰하고 있다. 등에 꽂히는 날카로운 시선을 느낄 수 있었다.

나는 신중하게 평정심을 유지한 채 걸어갔다.

현재까지는 라스티아라에게 얘기한 계획대로 진행되고 있다. 리퍼에게 〈디멘션〉을 사용하게 함으로써, 조금이나마 마력을 비축할 수 있었다.

이렇게 서부 에어리어에 도착해서 의료선을 찾아간 나는, 『에피 시커』의 길드마스터라는 직함을 이용해서, 담당자를 통해 스노우의 방을 알아냈다.

그리고 리퍼는 의료선 갑판에 대기시켰다.

마지막인 만큼 스노우와 단둘이 얘기하고 싶다는 구실을 들어서 우격다짐으로 설득했다. 그래 봤자, 〈디멘션〉을 강하게 전개시키면 안쪽의 상황도 훤히 알 수 있을 것이다. 리퍼가 고분고분 갑판에서 기다리기로 한 것도 그 때문이다. 아직 안심할 단계는 아닌 것이다.

스노우를 설득하는 일은 여간 힘든 게 아닌 데다, 시간도 얼마 없다. 그래도 절대로 실패해서는 안 된다고 마음속으로 다짐하고, 나는 걸음을 내딛는다.

그리고 스노우의 병실 앞에 도착한 나는——거기서『에픽 시커』의 길드 멤버인 테일리 씨를 발견했다.

간병을 위해 스노우 곁에 있는 것이리라.

나는 심란한 기분으로 그녀에게 말을 걸었다. 기억이 되돌아왔다고는 하지만, 그렇다고 해서『에픽 시커』에서 지낸 즐거운 추억이 사라진 건 아니었다.

"테일리 씨……."

"카, 카나미 군……? 와 줬구나!"

테일리 씨의 어둡던 얼굴이 한결 환해졌다.

내가 여기에 나타날 거라고는 생각도 못 했던 것이리라. 환희와 놀람이 반씩 엿보였다.

"네. 스노우와 마지막으로 얘기를 하고 싶어서……."

"마지막……? 이게 마지막이니?"

"네."

마지막이 될지 어떨지는 알 수 없다.

하지만, 리퍼가 가까이에 있는 이상, 그 방향으로 얘기를 끌고 가는 수밖에 없다.

"부탁이야, 카나미 군……. 스노우를 좀 이해해줄 수 없겠니……? 그 애도 필사적으로 애써 왔어. 지금까지 줄곧, 그 애 나름대로 절박하게 싸워 왔어……. 얘기를 좀 들어줘……!"

테일리 씨는 스노우 편을 들었다.

그 모습은 마치, 동생을 지키려 애쓰는 언니처럼 보였다.

이게 나와 얘기할 수 있는 마지막 기회라고 생각했는지, 절박하게 스노우의 과거를 얘기했다.

"……예전에, 스노우가 『용화(龍化)』할 만큼 온 힘을 다해 싸운 적이 세 번 있었단다. 하지만, 그 싸움은 모두 최악의 결과를 초래했어. 첫 번째는 고향을 멸망시켰고, 두 번째는 동경하던 '영웅'을 죽였고, 세 번째는 자기와 같이 도망쳐준 친구를 죽음으로 내몰았지. 그리고 어제 시합이 네 번째. 스노우는, 또 소중한 걸 잃었다고 생각할 거야……."

어렴풋이 알고는 있었다. 스노우의 인생은 '실패뿐인 인생'이었다.

너무나도 많은 실패를 겪어 왔기에, 모든 걸 체념하는 버릇이 들고 말았다.

자칫 잘못하면 나도 그렇게 됐을지도 모른다고 생각하니, 그녀의 일이 남 일 같지 않게 느껴졌다.

"부탁이야, 카나미 군. 카나미 군은 '영웅'이잖니? 스노우를 구해주렴……. 여기서 스노우를 구해주지 않으면, 모든 사람이 불행해질 거야……. 모두가……!!"

"죄송해요. 그건 제가 할 수 있는 일이 아니에요. 저는 '영웅'이 아니니까……."

부정했다.

그 말을 들은 테일리 씨는 더없이 애석한 듯 얼굴을 찌푸리고, 천천히 고개를 끄덕였다.

테일리 씨는 내가 영웅을 싫어한다는 걸 알고 있었다. 그럼에도 내가 스노우의 '영웅'이 되어주기를 바랐던 것이리라.

"그럼…… 스노우는 카나미의 무엇이니?"

"저는…… 스노우의 파트너예요. 파트너로서 얘기를 나누고 올게요."

내 착각이 아니라면, 적어도 처음에는, 나와 스노우는 업무 파트너로서 원만하게 지냈었다.

그 시절, 스노우는 내게 매달리지도 않았고, 나를 '영웅'으로 여기지도 않았었다. 그 관계가 가장 이상적인 관계라 생각하고, 파트너라 자칭한 것이다.

그리고, '그렇구나, 파트너였구나……'라고 가만히 뇌까리는 테일리 씨에게서 돌아서서, 나는 스노우가 기다리는 병실 문을 열고 안으로 들어갔다.

"스노우, 들어갈게."

새하얀 방이었다.

고급스러운 흰색 침대에, 온통 흰색으로 통일된 가구. 창문에는 하얗고 커다란 커튼이 휘날리고 있었다.

그 커튼은 창가에서 창밖을 내다보고 있는 스노우의 파란 머리칼을 어루만지고 있었다.

드넓게 펼쳐진 파란 하늘을, 눈부신 듯 우러러보고 있었다.

더할 나위 없이, 눈부신 듯이⋯⋯.

그 광경은, 타고 남은 양초를 연상케 했다.

그 정도로, 스노우에게서는 기력이 느껴지지 않았다.

스노우는 천천히 고개를 돌려 이쪽을 쳐다보고, 우두커니 한 마디 말을 뇌까렸다.

"카나미⋯⋯?"

온몸을 휘감은 하얀 붕대가 눈에 띈다.

스테이터스로 보아, 외상은 없다는 걸 알 수 있었다. 하지만 외상과는 별개의 무언가가 스노우의 몸에 남아서 그 몸을 갉아먹고 있다. '상태' 항목에는 『용화』만이 적혀 있었다.

"그래, 나야. 붕대투성이가 됐네⋯⋯."

"응⋯⋯ 라스티아라 님에게 당했어."

"보지는 않았지만, **들었어**. 둘 다 끔찍하게 당했구나."

스노우의 목소리는 나른해 보였다.

어제까지 느껴졌던 집착이 흔적도 없이 사라져 있었다.

라스티아라와의 싸움에서 패한 것을 계기로, 또 다시 모든 걸 체념한 건지도 모른다.

이런 상황은 좀 뜻밖이었다. 아무리 포기가 빠른 스노우라고는 해도, 그렇게 무시무시하던 집착이 말끔히 사라져 버린 건 부자연스럽게 느껴졌다.

예정이 어긋난 것을 감지한 내가 대화 시작 방식을 재검토하고 있으려니, 스노우가 내 팔 언저리를 가리키며 말했다.

"'팔찌'가, 없잖아……?"

'팔찌'가 있었던 곳을 가리키고 있다.

그리고는, 뒤이어 쓴웃음을 지으며 확인한다.

"……이제 나의 카나미가 아닌 거야?"

그 물음에 나는 짤막하게 대답한다.

"그래."

"……나와 카나미의 세계는 파괴된 거야?"

"그래."

"……그렇구나."

스노우는 무표정한 얼굴로 담담하게 얘기했다.

그 분위기는 그녀와 처음 만났을 때…… 미궁에서 학원의 과제를 하던 때와 비슷했다. 스노우는 말하기 전에 이상하리만치 오래 뜸을 들이고, 아주 천천히 말했다.

"카나미와 엘미라드 싯다르크와의 시합 때, 카나미가 자기가 내 약혼자라고 선언했다는 얘기를 들었어. 결투까지 해 가면서, 그 녀석을 물리쳤다고."

"그래, 기억해. 그 말이 맞아."

"그건 혹시…… 나와 결혼을——."

"미안. 그건 엘미라드를 인정하기 싫어서 그런 거였지, 스노우와 결혼하려고 그랬던 건 아니었어."

"하긴, 그렇겠지. ……에헤헤, 나도 알고 있었어."

스노우는 아련하게 웃었다.

미약하게나마 희망은 있었지만, 기대하면 괴로우니까 일부러 기대하지 않았다는 식의, 그런 기운 없는 웃음이었다.

"그래도 고마워. 덕분에 조금이나마 유예 시간이 늘어날 것 같아."

스노우는 '유예'라고 말했다.

그 표현으로 미루어보아, 또 모든 것을 체념하고 있는 것 같았다.

"……그럼 카나미는 『에픽 시커』를 그만둘 거야? 라우라비아를 떠날 거야?"

"……더 이상 여기 있을 이유가 없어. 근시일 안에 다른 나라로 떠날 거야."

"그렇구나……."

서글픈 표정──하지만, 스노우는 그것이 당연한 일이라는 듯 받아들였다.

커튼을 흔드는 산들바람 소리만이 방 안을 가득 채우고 있었다.

"그런데, 스노우는 이제 어떻게 할 거야……?"

"**포기할래**. 더는 아무것도 하기 싫어. ……내가 정말 포기해야 했던 건, 나 자신이었던 거야."

내가 물어볼 걸 예상하고 있었던 것이리라.

주저 없이, 모든 걸 포기하겠다고 대답했다.

"전부 다. 내게는 과분한 꿈이었어. 나…… 또 멍청한 짓을 한 거야."

잇따라 자기 자신을 책망하고, 끝으로 "미안, 카나미"라고 사과했다.

예전과는 다른 의미로, 눈 뜨고 보기 힘든 광경이었다.

"또 포기하겠다고?"

"……더는 못 버티겠는걸. 어떻게 하면 일이 잘 풀릴지, 전혀 감도 안 잡혀. 모르니까 무서워. 이제 상관없어. 어떻게 되든 상관없어."

얘기를 하면 할수록, 스노우의 눈은 공허해져 갔다.

나는 스노우가 기력을 모두 잃기 전에, 미리 준비해 둔 대답을 전했다.

"나는…… 워커 가문이라는 귀족 그 자체가 스노우를 괴롭히고 있다고 생각해. 기억을 되찾은 덕분에, 이제 확실하게 말할 수 있어. 자신있게 장담할 수 있어."

너무나도 머나먼 길을 돌아왔다.

해답은 처음부터 알고 있었건만, 이렇게나 늦어지고 말았다.

이제, 그 해답을 얘기한다.

"──스노우는 워커 가문에 있으면 안 돼."

"……그건 안 돼."

하지만, 그 혼신의 대답은 헛발질로 그치고 말았다.

스노우는 고개를 가로젓고 대꾸했다.

"……그건 이미 실패했으니까."

"실패했다고……?"

"……예전에, 내가 진짜로 마음먹고 도망친 탓에, 소중한 사람들이 많이 죽었어."

스노우의 과거 얘기다.

그녀가 무기력해진 이유를, 이제야 그녀 스스로의 입을 통해 들을 수 있었다.

"나는 '최강'이니까 살아남을 수 있지만, 다른 사람들은 그렇지 않아. 나 때문에, 모두 다 죽었어."

'죽음'을 담담하게, 남의 일처럼 얘기했다.

아마 진지하게 얘기했다가는 그 무게를 견딜 수 없는 것이리라. 그래서 도망치면서 얘기하는 것이다.

"워커 가문은 '최강'의 '영웅'이었던 나를 놓칠 생각 따위는 티끌만큼도 없어. 만약 내가 도망치면, 그 어떤 사악한 수를 써서라도 나를 붙잡아 올 거야. 그때의 기억이 아직까지 달라붙어서 떨어지지를 않아……. 떨어지지를 않는다고……."

스노우가 품고 있던 고민과 소원이 또렷하게 형체를 드러낸다.

과거에 스노우는 실패했다. 워커 가문으로부터 도망칠 수 없다는 걸 뼈저리게 실감했다. 그랬기에, 어떻게 하면 워커 가문에서 조용하게 살아갈 수 있을까 하는 것만 줄곧 모색

해 왔다.

그 결과, 워커 가문의 모든 것을 자신의 남편──나에게 떠넘기는 수단을 선택했다.

"도망치려는 생각을 하면, 저절로 몸이 움츠려들어. 나는 워커 가문에서 살아갈 수밖에 없어. 그런데 그때, 팰린크론이 기억을 잃은 카나미를 만나게 해줬어. 카나미와 함께할 수만 있다면, 팰린크론에게 속아도 상관없다고 생각했어……. 카나미와 함께라면, 여기서도 잘 견뎌낼 수 있을 거라고 생각했어……. 결국은 그것도 실패했지만. 에헤헤……."

스노우의 구슬픈 웃음을 보니, 나도 슬퍼졌다.

무방비하게 속내를 털어놓는 모습이 너무나도 애처롭다.

나는 사전에 준비해 온 대답의 뒷내용을 곧바로 이어 말한다.

"스노우, 한 번 더 도망치자."

"한 번 더──?"

"그게 트라우마라는 건 나도 잘 알아. 하지만, 한 번만 더 도망치자. 이번에는 나와 라스티아라 일행과 같이──."

"그건 카나미가 '영웅'이 돼서 나를 납치해주겠다는 거야……?"

스노우는 무표정한 얼굴로, 지난번 무도회 때 했던 것 같은 말을 되풀이했다.

그때 스노우는 진심으로 내가 '영웅'이 되어주기를 기대하고 있었다. 하지만 지금의 스노우에게는 그런 기대가 없다.

거절당하기를 기다리고 있다. 그렇게 보였다.

당연한 일이지만, 스노우의 예상대로, 나는 고개를 가로 저었다.

그렇게 편리한 '영웅'이 세상에 존재할 리 없지 않은가…….

"아냐. 스노우의 의지로 도망치는 거야. 만약에 스노우가 스스로의 의지로 그러기로 결심한다면, 나도 힘닿는 데까지 도와줄게."

"내 의지로 결심한다고? 왜?"

"안 그러면 일방적인 관계가 돼버리잖아? 나는 스노우와 그런 관계가 아닌, 대등한 관계로 지내고 싶어. 대등한 관계가 되지 못하면, 또 실수를 반복할 거야. 또 다시──."

나는 떠올렸다.

예전에 마리아를 일방적으로 구출했고, 일방적으로 도왔고, 결과적으로 그것은 그 누구에게도 도움이 되지 않았다는 것을──아니, 그 정도를 넘어서 수많은 불행을 초래했다는 것을.

뇌리에 하나의 광경이 되살아났다.

성탄제의 끝──『연옥』──타오르는 화염 속, 많은 것들을 잃었다──.

기필코 되찾아야만 한다고 온몸이 소리쳤다.

그렇기에, 나는 부들부들 떨면서 부정했다.

"……카나미야말로 좀 이상해. ──역시 카나미도 나와 마찬가지야. 큰 실패를 겪은 탓에, 트라우마를 안고 있어.

카나미도 거기서 빠져나오지 못하고 있는 거야."

떨어대는 나를 보고, 스노우는 웃으면서 내게 손을 뻗었다.

나를 향해 뻗는 그녀의 손 역시, 나와 마찬가지로 떨리고 있었다.

"……카나미라면 이해하겠지? 그 실패의 기억은, 죽을 때까지 달라붙어서 절대로 떨어지지 않는다는걸. 뭘 할 때든 그 기억이 엉겨 붙어. 비슷한 상황과 맞닥뜨리면, 몸이 움쭉달싹 못하게 돼. 우리는 이제, 두 번 다시 진심으로 싸우지 못해."

스노우는 동의를 요구해왔다.

둘 다 죽고 싶도록 큰 실패를 겪은 사이이니, 서로를 이해할 수 있을 거라 생각한 것이리라.

하지만, 나는 그런 그녀의 생각을 받아들일 수는 없었다. 다시 한 번, 강하게 부정했다.

"아냐……!! 이건 트라우마 같은 게 아냐, 스노우. 이딴 건, 그냥 생각하기에 달린 것뿐이야……! 과거의 잘못을 후회하고, 겁에 질려서 꾸물거리고만 있어서는 안 돼. 과오에서 배우고, 같은 잘못을 되풀이하지 않도록 노력할 수도 있잖아! 그러니까, 지금 스노우가 해야 하는 일은, 이번에는 정말로 결연한 의지를 갖고 워커 가문에서 도망치는 거야!"

스노우는 그런 내 외침에 놀라서, 내게 뻗으려던 손을 거두어 자기 어깨를 감싸 안았다.

"……그, 그런 게, 가능할 리가 없어. 나는 세 번이나 실패했는걸. 보나마나 다음에도 실패할 게 뻔해. 카나미…… 대체 왜? 대체 왜 내 말을 이해 못 하는 거야……?"

스노우의 목소리는 떨리고…… 점점 내 목소리와 같이 거칠어지기 시작했다.

"반복해봤자 헛수고일 게 뻔해! 고향 사람들도, 『에픽 시커』선배들도, 같이 도망쳐준 사람들도, 다 죽었는걸! 모두 다 죽었는걸! 나 때문에 죽었는걸! 그런 걸 어떻게 또 하라는 거야!!"

내가 '전에 본 연옥의 광경'을 뇌리에 떠올리는 것처럼, 스노우 역시 '전에 본 지옥의 광경'을 떠올리고 있는 것이리라.

떨리고, 겁나고, 움츠러드니까…… 모든 걸 포기하고 싶어진 것이다.

이제 기억을 되찾은 나는, 그 심정을 조금이나마 이해할 수 있었다.

"또 나 때문에 다른 누군가가 죽는 건 싫어……. 홀로 남겨지는 건 싫어……. 그런 무거운 책임을 짊어지느니, 차라리 그냥 여기 있는 게 나아……. 이제 아무것도 하기 싫어……."

"스노우. 다른 누군가가 죽는 게 싫다면, 나는 절대로 안 죽겠다고 약속할게."

"이 세상에 절대적인 건 없어. 안 죽는 사람은 없어. 그런 약속은 아무 의미도 없어."

"그럴지도 모르지. 그렇지만, 그렇다고 해서 포기하면 안

돼……. 앞으로도 계속 자기 자신을 속인 채, 그렇게 살아
갈 거야? 정말 그래도 괜찮겠어?"

"……그건——."

진정한 염원을 포기하면 편하긴 하겠지.

포기하는 편이 행복할지도 모른다.

그래도 나는 포기하고 싶지 않았다. 거짓된 세계에서 사
는 게 싫었기에 기억을 되찾았다. 그것이 행복으로부터 멀
어지는 길이라는 걸 알면서도, '팔찌'를 부쉈다.

지금도 나는 그 선택이 옳았다고 생각한다.

"스노우, 자신의 '진정한 염원'을 오인하면 안 돼……."

결국, 내가 하고 싶은 말은 그것뿐이리라.

기억을 잃은 상태에서도, 그것만은 기억하고 있었다.

리퍼에게까지 전해졌던 굳은 의지.

그 굳은 의지를 담아, 나는 스노우를 대신해 대답했다.

"스노우의 '진정한 염원'은 '워커 가문에서 살아가는 것'이
아냐. '워커 가문에서 도망치는 것'이지."

나는 거만하게도 타인의 염원을 단정 지어 얘기했다.

그 말을 들은 스노우는 얼굴을 찌푸렸다.

정곡을 찔렸기 때문이었다.

아마 이것이야말로, 지금껏 애써 마음속으로 멀리해 왔던
'진정한 염원'.

생각하지 않으면 괴로울 일도 없으니까, 줄곧 도망쳐 오
기만 했던 감정.

그것이 마음속에 되살아나서, 감정이 격앙되었다.

"그, 그건 나도 알아! 카나미가 말 안 해도, 그 정도는 나도 잘 알아! 나는 여기서 도망치고 싶어!!"

분노에 주먹을 움켜쥐고, 소리쳤다.

"──여기는, 싫다고오!!"

모든 것을 포기했던 스노우에게 불이 켜졌다.

평소처럼 말하기 전에 뜸을 들이지도 않은 채 생각한 것을 있는 그대로 쏟아내는, 스노우의 진짜 모습이었다.

지금까지의 경험으로 미루어보아, 나는 지금이 적기임을 확신했다.

그렇다. 경험──나는 지금까지 수많은 경험 속에서 배워 온 것이다──.

이번에는 틀리지 않을 것이다.

스노우의 마음을 열기 위해서는, 먼저 나부터 마음을 열어야 한다.

"그럼, 그 염원을 최선을 다해 이루면 되잖아! 이번에야말로, 워커 가문에게도 팰린크론에게도, 그 누구에게도 현혹되지 말고! 스스로의 의지로 자신의 염원을 이루는 거야! 스노우!!"

"그렇지만, 또 실패하면 어떡해?! 진심으로 최선을 다했다가 실패하면, 진심으로 슬퍼져. 진심으로 억울해져. 진심으로 불행해져. 그건 싫어……. 죽어도 싫어!!"

"그렇다고 그냥 가만히 있기만 하면 아무것도 달라지지 않아! 진심으로 도망치고 싶다면, 자기가 직접 움직이는 수밖에 없어!"

"내가 안 움직이더라도, 변할지도 모르잖아! 누군가가 도와줄지도 모르잖아! 지난번의 프랑처럼! 지난번의 라스티아라 님처럼! 그게 부러웠어! 너무 부러웠어! 나는 항상 그 둘이 못 견디게 부러웠어! 그 사람들은 도움을 받았는데, 왜 나는 아무도 안 구해주는 거야?! 워커 가문 따위는 질색이야! 이딴 곳에서 지내기 싫어! 하지만 지금까지 아무도 구하러 와주지 않았어!! 아무도 데리러 와주지 않았단 말야아아아아아아아아아——!!"

나와 스노우는 각자의 진심을 서로에게 퍼부었다.

거기에는 계획적이고 변명투성이인 나도, 비굴하게 아부만 떠는 스노우도 없었다.

있는 그대로의 두 사람이 서로를 향해 외치고 있었다.

"도움 같은 건 없는 게 정상이야! 나도 아무도 안 도와줬으니까 그렇게 된 거였어!"

"다른 사람들을 도와준 본인이 바로 곁에 있는데, 어떻게 기대를 하지 말란 거야! 카나미는 내 것이 되어줄 줄 알았는데! 카나미한테 기대했었는데! 진심으로 기대하는 바람에, 그 기대가 배신당했을 때, 진심으로 슬펐어! 엄청나게 괴로웠어! 진심으로 최선을 다했다가 진심으로 괴로워지는 건, 이제 질색이야!!"

"하지만, 진심을 다해서 노력하지 않으면 진심으로 행복해질 수 없어! 계속 이대로 살아도 괜찮은 거야?! 워커 가문을 두려워하면서, 스스로를 속여 가며 사는 게 스노우의 진짜 소원은 아닐 거 아냐?!"

"나도 진정한 기쁨이라는 걸 느끼면서 살고 싶어……! 그렇지만, 이제 틀렸어. 나는 이제 완전히 겁쟁이가 돼버렸으니까……. 괴로워하는 게 두려워서, 툭 하면 도망쳐버리니까! 다리가 저절로 움츠러드는걸! 마음이 저절로 외면하는걸! 살아가는 게 무서워! 이제 나는, 다른 사람처럼 살기는 틀렸어!!"

스노우는 자신의 속내를 모조리 토해내고 있었다.

있는 힘껏 성대를 울리며, 양 주먹을 불끈 움켜쥔 채, 자신의 운명을 저주했다.

지금까지 도망만 쳐 왔던 감정과 정면으로 마주한 스노우는 얼굴을 찌푸렸고——그리고 눈물을 흘린다. 커다란 눈물방울을 주룩주룩 흘리면서 바들바들 떨리는 몸을 주체하지 못한 채, 결국 털썩 무릎을 꿇었다.

"이, 이것 봐…… 진짜 진심을 드러냈더니…… 눈물을 참을 수가 없잖아……."

눈물을 훔치면서, 연신 나를 책망했다.

"내 본심 같은 건 알기 싫었는데……. 내 본심을 인정하지만 않았더라면, 괴로워할 일도 없었을 텐데……. 이러면 괴롭기만 할 뿐이야……. 진심으로 괴롭기만 할 뿐…….”

스노우는 여전히 눈물을 참지 못하고, 어린아이처럼 바들바들 떨었다.

“하지만, 그게 스노우의 본심이야. 스노우는 지금껏 계속 울면서 지냈던 거야.”

계속──처음 나와 만났을 때부터 계속.

나는 마지막으로 확인을 취했다.

“스노우는 기다려 왔던 거지……? 여기서 데려가 줄 누군가를…….”

“응. 카나미를 쭉 기다려 왔어……. 아마, 스노우 **워커**가 된 그 순간부터, 쭉 기다려 왔을 거야──.”

스노우는 눈물 머금은 눈동자로 나를 올려다보았다.

그 눈동자에 비치는 것은, 오로지 나뿐이었다.

내가 없으면 살아갈 수 없다. 그 눈동자에는 그 정도로 강렬한 집착이 담겨있었다. 서로의 진심을 털어놓은 덕분에, 지금껏 감추고 있던 광기가 되살아나기 시작했다.

하지만, 그 광기를 받아들일 수는 없었다.

“──스노우. 몇 번이든 말할게. 무조건적으로 구해주는 ‘영웅’ 따위는 없어. 적어도 나는 아냐. 나는 그런 영웅이 아냐…….”

나로서는 거절할 수밖에 없다. ‘영웅’이 아니라고 얘기할 수밖에 없다.

“……그런 것 같네. 카나미는 ‘진정한 영웅’이 아냐. 그리고…… '나의 영웅'조차도 아냐……."

그 부정을, 스노우는 받아들였다.

각자의 본심을 서로에게 토해내고, 서로에게 상처를 입힌 끝에, 이제야 스노우는 내가 '영웅'이 아니라는 것을 인정했다. 그리고 이제야 나는 그녀에게 제안할 수 있게 되었다.

"나는 '영웅'이 아니라, 스노우의 파트너가 되고 싶어. 일방적으로 스노우를 돕기만 하는 건 하고 싶지 않아. 나는 스노우의 힘이 되어주고, 스노우도 나의 힘이 되어주는, 그런 대등한 관계. 우리는 그런 관계가 될 수 있을 거야."

"파트너……?"

스노우는 마치 그 단어를 처음 듣는 사람처럼 되물었다.

"그래. 예전에 스노우가 나를 엘미라드 녀석에게 소개할 때 그렇게 소개했었잖아? 우리는 파트너라고. 나는 그게 제일 좋은 관계라고 생각해. 일단 우리가 파트너 관계가 되면, 어느 한쪽이 다른 쪽을 일방적으로 도와주지 않아. 함께하면서 서로에게 버팀목이 되는 거지."

"함께하면서 서로에게…… 버팀목이 된다……?"

"'영웅'이 아니라 파트너로서라면, 나는 스노우 곁을 떠나지 않을 거야. 약속할게. 워커 가문이 어떤 식으로 훼방을 놓건, 끝까지 버팀목이 돼줄게. ……그러니까, 스노우는 겁내지 말고 자기 자신의 힘으로 싸워줘. 자신의 '진정한 염원'을 위해 싸워줘."

나는 스노우가 나를 '영웅'으로 보는 걸 원치 않았다.

무도회 때 만났던, 나라는 '영웅'을 이용하려던 귀족들과 같은 눈빛으로 나를 보는 게 싫었다. 내가 파트너의 조건으로서 스노우에게 원하는 건, 오직 그것 하나뿐이었다.

　스노우는 그 점을 이해하고, 나를 보는 시선을 바꾸었다.

　그리고 눈물을 훔치며 말을 자아냈다.

　"파트너라면, 정말 계속 같이 있을 거야?"

　"그래, 정말이야."

　"정말 절대로 안 죽을 거야?"

　"그래, 안 죽을 거야."

　"파트너 사이가 되면, 도와줄 거야?"

　"그럴 생각이야. 그 대신, 스노우도 농땡이 피우지 말고 날 도와줘야 해."

　스노우도 마지막 확인을 하는 중이었다.

　나는 그녀의 불안을 덜어줄 수 있도록, 자신감 있게 고개를 끄덕여주었다.

　"그, 그럼, 파트너라면──."

　그리고 스노우가 물었다.

　예전의 소원을, 다시 한 번──.

　"내가 원하면, 결혼해줄 거야?"

　"그건⋯⋯."

　심장이 파열되는 게 아닐까 싶을 만큼, 거세게 요동친다.

　파트너의 틀을 벗어난 그 소원 앞에서──나는 고개를 가로저었다.

그것만은 고개를 끄덕일 수 없었다.

"역시, 그 점에 대해서는 고개를 가로젓는구나……. 우우, 진심으로 분해……. 너무 분해……."

하지만, 그 반응은 예전과는 전혀 달랐다.

놀라지도 않고, 경직되지도 않았다.

후련하기 그지없어 보이는 얼굴로——드디어 해답을 얻은 것처럼——온화하게, **웃었다.**

"그래, 이제야 알았어. 역시 나는——."

미소를 지으며, 고백했다.

"라스티아라 님 말대로, **나는 카나미를 진심으로 좋아하는 거야.** 좋아했으니까, 그렇게까지 결혼을 원했던 거야."

"응?"

이번에는 내가 놀라서 얼어붙을 차례였다.

갑작스러우면서도 지나치리만치 직접적인 그 고백에 아연실색했다.

얘기에 따르면, 그 원인은 라스티아라라는 것이었다.

하지만, 나는 라스티아라에게서 아무런 얘기도 못 들었다. 스노우를 설득했다는 얘기는 들었지만, 이렇게까지 깊은 얘기까지 했다는 건 전혀 모르고 있었단 말이다…….

하지만, 신이 나서 스노우에게 사랑 얘기를 들려주며 설득하는 라스티아라의 모습을 상상하는 건 어렵지 않았다.

스노우 설득의 난이도가 내 허용 범위를 뛰어넘어서 쑥쑥 올라가는 것이 느껴졌다.

"라스티아라 님이 내 '영웅'이 되어주겠다고 하셨을 때 내가 좀처럼 대답하지 못했던 이유를, 방금 확실하게 깨달았어. 나는 카나미가 아니면 싫었던 거야. '영웅'이라서 그랬던 것도 아니고, 내 편의 때문에 그런 것도 아니고, 카나미가 카나미였기 때문에, 나는 카나미를 '나의 영웅'으로 삼고 싶었던 거야."

하지만, 어쩔 줄 몰라 하는 나와는 대조적으로, 스노우는 전례가 없을 만큼 온화했다.

마음을 열고, 고백의 말을 이어나갔다.

"그렇지만 나는…… 자기가 카나미를 좋아한다는 걸 알면서도, 뭘 어떻게 해야 할지는 몰랐던 거야. 잘 지낼 수 있을 자신이 전혀 없었으니까 전부 다 포기하려고 했었어. 이대로 카나미가 사라지면, 진심으로 슬퍼지지는 않을 거라고 생각했으니까……. 다 잊어버리고, 아무 일도 없었던 걸로 쳐버리면 제일 편할 거라고 생각했어……! 그렇게…… 생각했지만, 역시 안 되겠어!!"

스노우의 특징인 게으른 면도, 비굴한 면도 전혀 찾아볼 수 없다.

어디에나 흔히 있는 소녀처럼, 살짝 뺨을 붉힌 채 말을 이어갔다.

그 표정은, 지금까지 본 그녀의 표정 중에 가장 귀여웠다.

그런 그녀를 보는 내 뺨 역시 붉어져가는 것을 느낄 수 있었다.

"진심을 드러내는 건 싫지만, 이 감정만은 도저히 못 억누르겠어! 지금까지 쭉 착각해 왔지만, 이제 깨달았어! 카나미와 헤어지기 싫다는 이 마음은, 카나미를 좋아한다는 뜻이었다는 것을……! 나는 카나미가 정말 좋아!!"

빙의에서 벗어난 것처럼, 순진무구한 웃음을 지으며 고백했다.

그 올곧은 고백을 받고 나니, 도저히 거짓말을 할 수가 없었다.

그녀의 미소가 무너지리라는 것을 알고 있으면서도, 절대로.

"고마워, 스노우. 하지만, 나는——."

"괜찮아. 카나미가 나를 좋아하지 않는다는 건 알고 있어. 왜냐면, 지금까지 내가 해왔던 짓은——."

하지만, 힘들게 마음먹고 꺼낸 내 거부의 말이 끝나기도 전에, 스노우는 미소 띤 얼굴로 그 거부의 뜻을 받아들였다.

"좋아하느니 싫어하느니 하는 걸 무시하고, 카니미를 내 걸로 만들려고 했던 것뿐인걸. 그런 식으로 굴었는데 카나미가 나를 좋아할 리가 없지……. 아무리 내가 바보라도 그 정도쯤은 알아."

지금까지 자신이 했던 일들이 어떤 것이었는지를 온화한 얼굴로 인정하고, 반성하고 있었다.

스노우의 몸은 여전히 바들바들 떨리고 있었다.

"그래도, 나는 카나미에게 사랑받고 싶어……. 지금은 미움 받더라도, 언젠가는 좋아한다는 말을 듣고 싶어……. 그러니까, 진심으로 **최선을 다할 거야**. 좋아하는 사람을 위해서, 나도 최선을 다해볼래."

하지만 그 떨림을 필사적으로 억누르고, 스스로의 두 다리로 힘차게 일어서서, 예전의 스노우였다면 절대로 하지 않았을 발언을 입에 담았다.

"나는 이제 나 자신을 속이지 않을래……. 나는 나답게, 내 '진정한 염원'을 이룰 거야……."

스노우는 자기 자신의 용기를 북돋았다.

자신의 염원을 스노우 스스로의 힘으로 이루어내는 것——『무투대회』전에 내가 했던 말을 실천하려 하고 있었다.

"내 어린 시절의 소원……. 처음에는 드래고뉴트(용인, 龍人)의 마을을 떠나서 드넓은 세계를 모험해보고 싶었던 것뿐이었어. '영광'을 손에 넣으면, 홀로서기를 허락받을 수 있을 줄 알았어. '영웅'이 되면, 인생이 달라질 것만 같았어."

스노우는 후련해 보이는 표정으로, 오늘까지는 인정하려 하지 않았던 스스로의 과오를 되짚어 간다.

"하지만, 그런 아무 의미도 없는 믿음이었어. 나에게 뭔가를 가져다주기는커녕, 오히려 많은 것을 앗아가기만 했을 뿐이야. '최강'의 '영웅'이 된 나는, 모든 걸 잃는 신세가 됐을 뿐이었어. 나를 기다리고 있던 건, 워커 가문에게 사육되는 인생뿐이었어……."

과거에, 스노우는 '영광'에 도달했었다. '영웅'이 된 적도 있었다.

그리고 그것이 실수였다는 것을 인정했다.

"나, 다시 한 번 도전할래. 나는 여기서 나가고 싶어. 해방되고 싶어. 다른 누군가를 위해서가 아니라, 나 자신을 위해서, 저 하늘로──저 먼 곳으로 가고 싶어! 어린 시절의 소원은, 정말 그것뿐이었으니까!!"

스노우는 하얀 커튼이 나부끼는 창문 쪽으로 시선을 돌린다.

"이제 깨달았어……. 고마워, 카나미. '영웅'도 '나의 영웅'도 아닌, '내가 좋아하는 사람'……."

이렇게 해서, 나와 스노우는 서로의 마음을 이해했다.

당초의 계획과는 전혀 다른 결과가 나왔지만, 어쨌든 스노우는 스스로의 힘으로 일어서서, 싸우기로 결심했다.

스노우는 병상에서 내려서서, 걸음을 내딛는다. 스스로의 의지로──.

"나는 지금 당장 워커 가문과 결별하러 갈 거야……! 카나미도 같이 가줄래?"

그리고 문손잡이로 손을 뻗기 전에 고개를 돌려서, 내게 제안했다.

아름다운 하늘색 머리칼을 나부끼며, 투명한 눈으로 나를 쳐다보고 있었다.

"그래, 같이 가자."

그런 파트너의 제안을 거절할 이유 따위는 전혀 없었다.

바들바들 떠는 스노우의 버팀목이 되어주는 건 내 역할이지 않은가.

나는 그녀와 같은 표정으로 고개를 끄덕이고, 함께 방을 나선다.

──드디어, 우리는 팰린크론이 마련해두었던 '감옥'의 출구를 향해 한 걸음 내딛는 데 성공했다.

그 첫걸음은, 다른 누구도 아닌 스노우 스스로의 힘으로 내딛었다.

스노우는 스노우 자신의 힘으로 스스로를 구해내는 데 성공했다.

그만큼의 의지와 힘이 있었던 것이다. 이제 남은 일은, 그것을 주위에 증명하는 것뿐──.

◆◆◆◆◆

스노우와 나는 곁눈질 한 번 하지 않고, 곧바로 워커 가문 현직 문주가 있는 배로 향했다.

대가족의 문주인 스노우의 양어머니는, 당연하다는 듯 중앙에 위치한 『브아르홀라』의 고급 선박 최상층에 있었다.

숙박선들 가운데 최고의 호화스러움을 뽐내는 방 안, 스노우의 양어머니는 그 방 중앙에 놓인 의자에 우아하게 앉아있었다. 주위에는 여러 시종들과 다부진 경비병들이 도사리고 있었다.

물론, 워커 가문의 강자들도 모여 있었다.

나와 스노우는, 그런 면면들과 단둘이서 맞섰다.

인생 최대의 적을 상대하게 된 스노우의 얼굴에 떠올라 있는 것은, 미소였다. 몸의 떨림을 필사적으로 감춘 채, 자신의 양어머니와 마주하고 있었다.

나는 기사처럼 스노우 뒤에 대기한 채 상황을 지켜보았다.

언제든지 '소지품' 속에서 검을 꺼낼 수 있는 자세였다. 무슨 일이 있어도 스노우를 지킬 것이다. 나는 그러기 위해 여기에 있는 것이다.

그리고 팽팽하게 긴장된 그 공기 속에서, 스노우가 얘기를 꺼내었다.

도망치지 않고, 똑 부러지게 핵심부터 말했다.

"──죄송해요, 어머니. 저는 워커 가문을 떠나겠어요."

그 말을 들은 워커 가문 문주는, 떼쓰는 어린아이라도 상대하는 것처럼 한숨을 지었다.

"하아⋯⋯. 스노우 씨, 또 그 소리인가요⋯⋯."

그 고백에 놀라는 기색은 조금도 없었다.

스노우가 방에 들어올 때의 표정을 보고, 이 얘기가 나올 것을 예상하고 있었던 것이리라. 양부모라고 해도 부모는 부모다. 얼굴만 봐도 상대방의 생각을 어느 정도는 짐작할 수 있는 모양이었다.

"그래서, 워커 가문에서 도망쳐서 어쩔 거죠? 예전에 글렌에게 모든 걸 다 떠넘기고 도망쳤다가, 결국은 다시 끌려

오고 말았다는 걸 잊어버린 건가요?"

양어머니의 말에, 스노우는 숨을 죽였다.

아마, 예전에 겪은 실패의 트라우마가 또 다시 뇌리를 스친 것이리라.

"스노우 씨, 이제 좀 자기 자신의 사명과 똑바로 마주하세요. 세계를 위해, 국가를 위해, 워커 가문을 위해, 당신의 피에 깃든 힘을 활용하는 겁니다. 그게 당신의 인생을 충족시켜 준다는 걸 왜 이해 못 하는 거죠?"

워커 가문의 문주는 준엄하게 명령했다.

앞으로도 계속 인형으로 살라고 말한다. 사육당하며 살라고 말했다.

그에 대해, 스노우는 언성을 높여 항의했다.

"──그, 그런 건!!"

워커 가문의 압력에 지지 않겠다는 듯, 그 몸의 떨림을 떨쳐내려는 듯 외쳤다.

"그런 건, 더 잘하는 사람한테나 맡기세요! 저는 그런 거 못 해요! 저는 그저 완력이 좀 세고 날개가 달리기만 했을 뿐, 나약한 인간이에요! 이런 대귀족의 의무 같은 건 도저히 수행 못 해요! 저는 귀족 노릇 같은 건 못 해요!!"

한심하지만 솔직한 발언이었다.

스노우의 그런 꾸밈없는 말에, 워커 가문 당주의 눈이 휘둥그레졌다.

"저 같은 못난 인간이 여기서 아무리 발악을 해봤자, 그게 인생을 충족시켜줄 것 같다는 생각은 손톱만큼도 안 들어요! 행복하지 않은 인생 따위, 살아갈 의미가 없어요! 워커 가문은 너무 비좁아서, 저한테는 숨이 턱턱 막힐 정도예요! 귀족 같은 건 싫어요! 질색이에요! 여기는 제가 있을 곳이 아니에요!!"

"……아뇨, 그건 잘못 생각한 겁니다. 워커 가문이야말로 스노우 씨 삶의 터전입니다. 여기를 떠나면 후회할 텐데요, 스노우 씨. 이건 다 당신을 위해서 하는 말입니다. 틀림없이 후회하게 될 겁니다."

워커 가문 문주는 동요를 순식간에 잠재우고, 강압적인 말투로 위협했다.

"후, 후회는 지금도 얼마든지 하고 있어요! 이제 와서 조금 더 늘어난다고 해도 아무 상관없어요! 그러니까, 저는 몇 번이든 도망칠 거예요! 내뺄 거예요! 앞으로 또 실패한다고 해도, 몇 번이든 도망치겠다고 다짐했어요! 도망쳤다가 후회하고, 도망쳤다가 후회하고, 후회하고 또 후회한다고 해도, 저는 몇 번이든 도망치고 말 거예요!"

그러나 스노우는 흔들리지 않았다.

꼴사납더라도, 우습더라도, 나약한 스스로의 용기를 북돋우고, 자신의 '진정한 염원'을 밀어붙였다.

"어리석긴……. 몇 번을 되풀이한들 결과는 달라질 게 없건만……."

"어리석더라도, 몇 번이든 되풀이할 거예요! 저는 어머니가 생각하시는 것보다 훨씬 더 한심한 애니까요!! 어리석게 같은 실수를 되풀이하는 한이 있더라도, 저는 저답게 살아갈 거예요! 어머니가 두 손 두 발 다 드실 때까지, 몇 번이고 도망칠 거예요!! 이번에는 절대로 포기하지 않을 거예요!!"

그 외침은, 단순한 외침이 아니었다.

마력이 담긴 『용의 포효』에 가까웠다.

워커 가문 문주의 표정에서도 미세하게나마 변화가 엿보였다.

주위를 둘러싸고 있던 사람들은, 그 파동을 얻어맞고 휘청거렸다.

"저는 긍지 같은 건 하나도 없지만, 이래봬도 용의 후예에요! ──내가 평생을 온실 속에서 얌전히 지낼 줄 알고?! 후회하고 포기하는 건, 내가 아니라 그쪽이란 말이다아아아아!!"

그 마지막 절규는, 완전히 진동 마법으로 변질되어 있었다.

방 안의 장식품들이 모조리 파손되고, 방뿐만이 아니라 배 전체가 뒤흔들리고, 주위 사람들이 뒷걸음질 쳤다.

스노우와 워커 가문 문주는 그 중심에서 눈싸움을 벌였다.

"하아, 하아──."

워커 가문 문주는, 그렇게 숨을 헐떡이는 스노우를 가만히 응시하고 있었다.

워커 가문 문주의 표정은 읽을 수가 없었다. 대귀족 가문을 이끄는 수장답게, 스노우라는 강력한 힘 앞에서도 한 발짝도 물러서지 않았다.

할 말을 다 마친 스노우는, 이쪽으로 고개를 돌렸다.

불안한 표정으로 나를 응시했다.

"있잖아, 카나미…… 이런 나라도, 같이 있어도 돼……?"

스노우는 워커 가문에 대해서는 아무런 걱정도 없지만, 내 반응은 걱정됐던 모양이다.

나는 스노우의 가장 빛나는 무대에 누가 되지 않도록, 차분하게 대답했다.

"그래, 물론이지. 예나 지금이나 한심한 소리를 하는 건 똑같은 것 같기도 하지만…… 나는 지금의 스노우가 더 좋은데. 예전보다 훨씬 더 이해하기 쉬우니까. 무엇보다, 스노우답기도 하고."

"에헤헤……. 카나미는 이쪽을 더 좋아하는구나……. 좀 기쁜걸."

스노우는 웃었다.

비굴한 웃음이 아닌, 그저 순수한 웃음.

워커 가문의 문주는 그런 우리의 대화를 지켜보고 나서야 입을 열었다.

"……거기 그 기사가 스노우 씨의 버팀목이 되어주고 있는 모양이군요."

나를 쏘아본다. 내가 진정한 적이라는 것을 냉정하게 파악한 모양이었다.

"하는 수 없군요. 스노우 씨는 당분간 우리 워커 가문에 데리고 있어야겠습니다. 이제 두 번 다시 용서는 없을 테니 그리 아세요. 그 머리가 식을 때까지, 찬찬히 얘기를 해주겠습니다."

그리고 얘기를 하겠다는 명분으로 스노우를 붙잡으려 들었다.

드디어 내가 나설 차례였다. 나는 스노우 옆에 서서, 그 위협에 대꾸했다.

"문주님. 지금 이 자리에서 스노우를 포박할 생각인가요?"

"포박이라니 표현에 오해의 소지가 있는 표현이군요. 가족끼리 대화를 좀 하려는 것뿐입니다."

"거부하는 스노우를 붙잡으려고 들면, 사람을 부를 겁니다. 비록 시합에서 패배하기는 했지만, 스노우는 『무투대회』 출전자입니다. 연합국에서 자유를 보장해주는 신분이지요. 아무리 워커 가문이 라우라비아국과 연줄이 있다고 해도, 다른 4개국은 다르지 않습니까? 뭐, 나머지 4개국과 붙어보실 작정이라면 말리지는 않겠습니다만."

"『무투대회』의 규칙을 이용하겠다니. 그건 좀 곤란하긴 하군요."

워커 가문 문주는 순순히 물러섰다.

방금 발언은 내 대응을 살피기 위한 것이었던 모양이다. 물론, 그게 통하지 않는다고 해서 협박을 그치지는 않았다.

"하지만 『무투대회』가 끝나면, 당신들은 그 즉시 라우라비아의 정예병들에게 포위당하는 신세가 될 겁니다. 그리고 만에 하나 그 포위망을 요령껏 빠져나간다고 해도, 워커 가문의 추격이 느슨해지는 일은 없을 겁니다. 보나마나 스노우 씨는 얼마 안 돼서 워커 가문의 힘에 굴복하고 돌아오겠죠. 어미인 저는 알 수 있습니다."

"아뇨, 그 반대에요. 여러분이야말로 우리의 힘에 굴복해서 스노우를 포기하게 될 겁니다. 저는 알 수 있어요."

나는 바로 맞받아쳤다.

지금까지 쌓여 있던 귀족에 대한 원한이, 내 표현을 한층 더 신랄하게 만들었다.

그런 내 말에 워커 가문 문주는 얼굴을 찌푸렸다.

드디어 그 여유에도 금이 가기 시작한 것으로 보였다.

"드세기도 해라……. 역시 그 '신동' 펠린크론과 '최강' 글렌 씨가 선택한 '영웅'은 뭐가 달라도 좀 다르네요……."

"착각하지 마시죠. 저는 '영웅'이 아니에요. 지금 제가 하고 있는 일은, 친구인 스노우를 편들고 있는 것뿐. 고작 이런 걸 한다고 '영웅'이 될 리가 없잖아요? 저는 그저 스노우의 파트너일 뿐이에요."

"불쾌하기 짝이 없군요. 당신 같은 존재가 '평범한 인간'이라니 말도 안 되는 소리."

워커 가문 문주는 입이 뾰로통해져서 나를 비난했다.

그런 다음, 땅이 꺼질 듯 한숨을 짓고 나서 천천히 말을 토해냈다.

"후우……. 그럼, 일단은 스노우 씨를 당신에게 맡기도록 하죠. 하지만 스노우 씨는 워커 가문 것입니다. 반드시 돌려받고 말겠습니다. 그 점은 잊지 마시길……."

"네, 안 잊겠습니다. 단, 죽을 때까지 빌리게 될 것 같으니 미리 사과드리죠. 죄송해요, 워커 씨."

"말재주도 좋아라……. 그렇게 싫어하시니 섭섭하군요. 저는 '영웅'처럼 구는 당신이 싫지 않은데 말이죠."

"거듭 사과드려야겠네요. 저는 '귀족'처럼 구는 당신이 마음에 안 드니까요."

엉뚱한 곳에 분풀이하는 것 같은 느낌도 없지 않지만, 나는 지금껏 품어왔던 귀족에 대한 원한을 분출시키듯 워커 가문 문주를 부정했다.

그 말을 들은 워커 가문 문주는 뻣뻣하게 굳었던 어깨를 으쓱하고, 등받이에 등을 기댔다.

"……가세요."

그리고, 우리의 퇴실을 종용했다.

나와 스노우 입장에서도 딱히 거부할 이유가 없었기에, 시키는 대로 방을 떠나려 했다.

그런데 우리가 방을 나서는 순간──워커 가문 문주가 뇌까리는 목소리가 들려왔다. 그것은 〈디멘션〉을 보유한 나만이 알아들을 수 있는, 작디작은 목소리였다.

"저는 인정 못 합니다, 윌 씨, 글렌 씨……. 저 아이는 여러분과는 다른, 진정한 '최강'. 제가 찾아낸 희망……. 제 '최강'의 '영웅'이니까요……."

그것은 스노우에 대한 괴이할 정도의 집착과, 우리들을 놓치지 않겠다는 의지의 표현.

조금 전까지의 스노우의 모습이 떠오른다. 혈연으로 이어진 관계는 아니지만, 역시 스노우와 워커 가문 문주는 모녀지간이구나 하는 생각을 하며, 나는 스노우를 데리고 방을 떠났다.

이렇게 해서 워커 가문에 대한 우리의 선전포고는 끝을 맺었다.

그것은 스노우가 떠안고 있던 문제 중 하나가 해결되는 순간이기도 했다.

하지만, 아직 방심할 수는 없다. 나는 〈디멘션〉을 구사해서 신중하게 주의를 경계해 가며, 워커 가문의 구역인 고급 선박을 떠났다.

◆ ◆ ◆ ◆ ◆

"조, 좋았어……. 도망치자……. 카나미도 도와줄 거지……?"

배에서 나오자마자, 스노우는 갑자기 나약한 모습을 보였다.

양어머니에게 선보였던 용감한 모습은 온데간데없이, 비굴한 표정으로 내 반응을 살폈다.

사람이란 참 바뀌기 힘든 존재구나 하고 생각하면서, 쓴 웃음을 지었다.

"당연히 도와줘야지. 스노우를 데려가려고 드는 녀석이 있으면, 내가 나서서 싸울게. 스노우는 이제 내 동료니까."

"라스티아라 님도 협조해줄까……? 자신이 없는걸……."

"글쎄. 그 녀석은 워낙 변덕쟁이니까."

"뭐, 뭐어어……? 그럼 말이야, 카나미가 어떻게 부탁 좀 해 주면 안 될까?"

"물론 부탁 정도야 해줄 수 있지만……."

스노우의 마음속에서는, 라스티아라도 자신을 지켜줄 사람의 범주 안에 들어있는 모양이었다.

나는 아직도 타인에 대한 의존성을 버리지 못한 스노우를 보며 살짝 황당함을 느꼈다. 그런 내 반응을 본 스노우는, 가슴을 쫙 펴서 자신이 이제 자립했다는 것을 어필했다.

"아, 아니, 이제 혼자서도 문제없다고. '영웅'이 있건 없건 상관없어. 이번에는 워커 가문을 완전히 벗어나고 말 거야! 그래도 사실 아직 불안한 건 사실이지만……. 어디로 도망칠까? 일단 라우라비아만 아니면 어디든 상관없는데……."

스노우는 두려움에 떨면서도, 앞장서서 걸음을 내딛었다.

당장이라도 『라우라비아』를 벗어나서 국외로 내뺄 것 같은 기세였다.

"스노우, 잠깐만. 아직 얘기해줘야 할 게 한참 더 남았어."

"어, 음? 그렇게 화끈하게 내질렀으니까, 당장이라도 어머니 근처를 떠나서 도망쳤으면 좋겠는데……. 솔직히, 같은 나라에 있다는 것만으로도 무서워 죽겠어……."

"진정해. 『무투대회』 기간 중의 『라우라비아』 안이라면, 제아무리 워커 가문이라도 섣부른 행동은 못 할 거 아냐?"

"그야 그렇지만……."

스노우는 조바심에 어쩔 줄 몰라 했다.

평소에 안 하던 행동을 하다 보니, 이런 상황에서 뭘 어떻게 해야 할지 도무지 모르겠다는 기색이었다.

"라스티아라 일행에게 스노우에 대한 경호를 부탁할 테니까 걱정 말고 좀 진정해. ……그 녀석들이랑 함께 있으면 스노우도 든든하잖아?"

"든든하긴 하지만, 그 사람들이랑 같이 있으면 후즈야즈에게까지 쫓겨 다니는 신세가 되는 거 아냐……?"

"그 점은 어쩔 수 없어. 까놓고 말해서, 나를 노리는 녀석들도 한둘이 아냐."

"역시 그랬구나……. 응, 알고 있었어……."

동료로 끌어들여 놓고 이런 소리를 하는 것도 좀 그렇지만, 나와 같이 다니다 보면 스노우의 상황은 오히려 지금보다 더 악화될 수도 있겠다는 생각도 들었다.

나는 풀죽어 있는 스노우에게, 차후의 예정에 대해 설명했다.

"이제 나는 마리아와 얘기하러 갈 거야. 아마, 얘기를 마친 다음에는 '팔찌'를 파괴하게 될 거야. 단, 내 '팔찌'의 경우로 미루어보아, 마리아도 반격해 올 가능성이 높아. 스노우, 네가 마리아를 결박하는 작업을 도와줬으면 좋겠어."

"그렇구나. 그리고 보니, 여동생도 '팔찌'를 차고 있었지? 응, 귀찮지만, 나도 도와줄게. 카나미의 호감을 사려면 당연히 도와줘야지."

스노우는 당연하다는 듯이 '호감을 사고 싶다'고 대놓고 얘기했다. 나는 그 말에 쑥스러워져서, 살짝 시선을 외면하며 얘기를 이어갔다.

"고마워. 하지만, 마리아는 강하니까 조심해야 돼."

"어, 강해?"

"어쩌면 마리아는 로웬에 버금갈 만큼 강할지도 몰라. 마리아에게는 가디언『불의 이치를 훔치는 자』아르티의 힘이 깃들어 있으니까……."

"가디언의 힘을……? 이, 이걸 어쩌지……? 카나미의 호감을 사고 싶긴 하지만, 가디언을 상대하는 건 좀 사양하고 싶은데."

"아니, 아마 스노우까지 싸울 필요는 없을 거야. 같이 미궁 탐색을 하던 때처럼, 스노우는 그냥 곁에 있어주기만 하면 돼. 그렇게만 해줘도 한결 마음이 놓이니까."

미궁 탐색 때를 떠올리곤 건넨 얘기였다. 이제 진심으로 최선을 다해 싸우기로 마음먹었다고는 해도, 스노우의 마음은 아직 소극적인 경향이 있는 것 같았다.

하지만 이 정도가 딱 좋았다.

포기하지도 않고, 그러면서 지나치게 집착하지 않는 정도의 스노우가 가장 보기 편했다.

"좋아, 그럼 결정된 거다. 지금 당장 가자. 내일까지 마리아를 원래 상태로 되돌리고, 그런 다음에——."

"——**그런 다음에?**"

그러나 누군가의 목소리가 그런 내 말과 순조롭던 분위기를 통째로 끊어버린다.

언제부턴가 앞쪽에 어두운 기운이 자욱하게 끼여 있었다. 그리고 그 어둠 속에서 리퍼의 목소리가 들려왔다.

"내일까지라니 너무 서두르는 거 아냐, 오빠?"

이윽고 리퍼가 모습을 나타냈다.

그리고 우리 앞을 막아서듯 버텨 서서, 미소 띤 얼굴로 우리를 축복해주었다.

"일단, 두 사람 모두 축하해! 이제야 스스로의 감정에 솔직해질 수 있게 됐구나. 둘 다 참 부럽네……."

그 말에 거짓은 느껴지지 않았다.

진심으로 우리를 축복하고, 진심으로 우리를 부러워하고 있었다.

나는 리퍼의 등장을 예측하고 있었지만, 스노우는 달랐다. 놀란 표정으로 말을 걸었다.

"리, 리퍼……? 역시 있었구나……."

"응, 계속 가까이에 있었어. 그러니까 상황은 대충 알고 있어."

리퍼는 스노우의 말에 대답하고, 곧이어 내 쪽을 쳐다보았다.

"엄청나게 위험한 다리를 건넜네, 오빠. 그렇게 우격다짐으로 스노우 언니를 설득할 줄은 몰랐어. 그 정도로 강렬한 열기 같은 건 하나도 못 느꼈는걸. 오빠는 스노우 언니를 껄끄럽게 여기고 있는 줄로만 알고 있었는데……."

"네 말대로 살짝 껄끄럽게 여기긴 했어. 하지만, 이번이 마지막 만남이 될 수도 있는 상황이었으니까. 미련이 남지 않도록, 있는 힘껏 부딪쳐보는 게 당연한 거 아냐?"

"흐응……. 미련이 남지 않도록 말이지……."

리퍼의 조금 전까지의 웃음기를 거둔 채, 진지한 얼굴로 물었다.

"있잖아, 오빠. 얘기해줘. 왜 지금 당장 마리아 언니한테 가려는 거야? 이럴 때는 잠깐 시간을 두고 전열을 재정비한 다음에 행동하는 게 옳은 거 아냐? 봐, 지금도 그렇게 비틀거리고 있는걸. 마리아 언니는 강하잖아? 만전을 기하려면, 일단은 푹 쉬고 나서 내일 싸우는 게 나아."

리퍼의 물음은 타당한 의문이었다.

지금 나는 『무투대회』에서 상위 라운드에 진출하기 위해 체력을 소모한 상태였다. 잠깐의 수면도 취하지 못한 채, 먹지도 마시지도 않은데다가, 라스티아라와 격전을 벌였다.

만약 팰린크론 타도가 가장 우선적인 목적이라면, 여기서 무리할 이유는 없었다.

팰린크론을 처치하자면, 내 힘도 마리아의 힘도 모두 필요하다. 그런 마당에, 여기서 무리했다가 부상이라도 입는다면, 그런 멍청한 일도 없다.

논리적인 설득에, 나는 필사적으로 둘러댔다.

"……마리아는 나와 마찬가지로 기억을 잃었어. 기억의 일부가 빠져 있다는 건 엄청나게 힘든 일이야. 나는 그 괴로움을 알고 있어. 그러니까 당장이라도 마리아의 기억을 되찾아주고 싶다고 생각하는 건데, 그게 그렇게 이상해?"

"응, 이상해. 만에 하나 지금 오빠가 갔다가 오히려 당하기라도 하면, 마리아 언니의 기억은 평생 되찾을 수 없잖아? 마리아 언니의 기억을 되찾는 게 딱히 기한이 정해져 있는 일도 아니니니까, 정말로 마리아 언니를 위해서 그러는 거라면, 일단 조금이라도 성공률을 더 끌어올리고, 만전을 기해서 만나러 가야지. 지금 당장 만나러 가겠다는 건 정말 말이 안 돼."

"……이성적으로 생각하면 그럴지도 모르지. 하지만, 감정이 이성적인 결정을 납득하지 못하는 경우도 있잖아? 내 감정은, 지금 당장 마리아의 기억을 되찾아주고 싶어."

스스로가 생각하기에도 억지스럽게 느껴지는 변명을 거듭했다.

당연히 리퍼는 눈살을 찌푸린다. 등 뒤에 소용돌이치는 어둠이 짙어져갔다.

나에 대한 의심이, 그대로 어둠으로 변환되는 것처럼 보였다.

"아무래도 이상해. '지크프리트 비지터'는 합리적인 사람이라고 들었는데, 오빠가 지금 하는 행동은 이치에 하나도 안 맞아. 왜 이렇게 우격다짐으로 스노우 언니를 구해준 거야? 왜 그렇게 피곤에 찌든 상태로 마리아 언니한테 가는 거야? 얘기해줘. 왜?"

어둠보다도 깊은 리퍼의 눈이 나를 응시했다.

조금의 거짓도 용납지 않는, 의심 가득한 눈이었다.

"그, 그건……."

"마리아 언니를 구해준 다음에도 여기서 할 일이 더 있으니까?"

미처 내가 대답하기도 전에, 리퍼는 내 본심을 짚어냈다.

그것은 즉, 리퍼가 내 노림수를 이미 알아챘다는 뜻이기도 했다.

더 이상은 속일 수 없다는 걸 깨달은 나는, 체념하고 고개를 끄덕였다. 더 이상은 얼버무리기 힘들 것 같았다.

"그래, 맞아."

"뭘 하려는 건데? 마리아 언니를 구하고 나면, 라우라비아에서 할 일은 다 끝난 거 아냐? 아무 걱정도 없이 팰린크론 레거시를 추격할 수 있는 거 아냐?"

리퍼의 표정이 점점 일그러져갔다.

"해야 할 일이 있어."

"없어. 없으니까 가. 빨리 팰린크론을 쫓아가. 오빠, 제발 부탁이니까……!"

목소리를 쥐어짜다시피 하는 리퍼의 애원 앞에서, 나는 고개를 가로저었다.

그것을 본 리퍼는, 더는 참지 못하고 소리쳤다.

절규한다.

"——그만 좀 해! 나랑 로웬을 두고 가란 말이야!"

"——너희들을 두고 갈 수 있을 리가 없잖아!!!!"

끝끝내 우리 둘은 얼버무리는 것을 포기했다.

"대체 왜……?! 지금은 그러고 있을 때가 아니잖아?! 절대 용서할 수 없는 적이 있잖아?! 그럼 그쪽으로 가야 할 거 아냐! 로웬한테 가면 안 돼!!"

"가야 돼. 나는 로웬의 친구니까. 그냥 두고 갈 수는 없어……."

"친구라서 뭐가 어쨌다는 건데? 뭘 어쩌려는 거야? 로웬은 이제 모든 걸 손에 넣었어! '최강'의 '영웅'을 물리치고, '영광'을 얻고, 스스로를 꾸미는 것도 그만뒀어! 이제 오빠가 나설 필요 없다고!!"

"아르티 때는 실패했었지만, 이번에는 실패하지 않을 거야. 이번에야말로 내가 싸워야만 해. 아마, 그것이 가디언을 상대하는 인간의 역할일 테니까……. 나는 절대로 그 책임을 남에게 떠넘기지 않을 거야……. 두 번 다시!!"

여기서 리퍼에게 모든 걸 다 떠넘겼다가는, 마리아와 아르티 때의 일이 재현될 뿐이다.

그 결말은 '로웬이 모든 것을 걸고 나와 결투를 벌이려 드는 것'이리라.

"무슨 소리를 하는 거야, 오빠?! 이해가 안 돼! 나는 오빠가 무슨 소리를 하는 건지 하나도 모르겠어! 만나면, 로웬은 분명 사라질 텐데!! 그런데 대체 왜 그렇게까지 해가면서 로웬을 만나러 가겠다는 건데?!"

"로웬이 나를 기다리고 있으니까. ……그러니까, 만나러 가야 돼."

이유를 묻는 리퍼에게, 나는 대답했다.

"……!!"

그 대답을 듣고, 리퍼의 표정이 얼어붙었다.

시간이 정지한 것만 같은 순간이 지나고, 리퍼는 곧 미소를 되찾았다.

"힛, 히힛, 그래, 맞아……. 로웬은 오빠를 기다리고 있어. 그 말이 맞아."

미소를 짓고는 있지만, 그 표정에는 그늘이 깊었다.

리퍼는 체념 섞인 웃음과 함께 독백을 늘어놓았다.

"나는 오랫동안 로웬을 지켜봐 왔으니까 알 수 있어. 틀림없어. 지금 로웬 눈에는 오빠밖에 안 보여. 자기 소원에 대한 확신을 잃은 뒤로, 로웬은 자기를 깨운 '영웅'에게 기대를 걸고 있어."

리퍼도 나와 같은 식으로 생각하고 있었다.

아니, 로웬을 아는 사람이라면 누구나 모를 리 없다.

그는 그 누구보다도 솔직하게, 자기 자신의 소원을 언급해 왔다. '아이카와 카나미와 『무투대회』 결승에서 싸우는 것'이라고. 입버릇처럼 얘기해 왔다.

"로웬은 오빠가 해답을 알려줄 거라 믿으면서 『라우라비아』의 정점에서 기다리고 있어. 아마 언제까지고 기다리겠지. 하지만, 그러니까, 더더욱 가면 안 돼."

리퍼는 웃는 얼굴로, 하지만 고통스럽게 고개를 가로저었다.

"──그러니까 오히려 더 로웬을 배신해줘, 오빠."

그리고 친구를 배신해달라고 대놓고 내게 졸랐다.

악의가 있어서 하는 행동은 아니었다.

모든 것은 로웬을 위한 것. 그렇기에 더더욱 리퍼는 상대하기가 까다로웠다.

"로웬의 신뢰와 기대를 배반하는 거야. 그렇게만 하면, 로웬은 안 사라져. 나아가서, 지금보다 더 큰 미련이 생기게 될지도 몰라. 미련이 늘어나면, 앞으로도 안정적으로 살 수 있어! 계속 쭉 로웬이랑 같이 지낼 수 있어!!"

리퍼는 어둠 속에서 큰 낫을 꺼냈다.

처음 만났을 때 쓰던 것과는 다른 물건이었다. 형태는 예전 것과 비슷하지만, 큰 낫을 휘감고 있는 시커먼 마력이 몇 배는 더 부풀어 올라 있었다. 리퍼의 현재 감정을 나타내듯 불길하게 꿈틀거리고 있었다.

"나는! 당장이라도 사라질 것 같은 로웬의 모습은 보고 싶지 않아! 그러니까——!!"

큰 낫을 옆으로 내뻗고, 우리의 진로를 막아섰다.

그것은 '여기를 지나가고 싶거든 나를 먼저 물리쳐라'라는 의사표명이리라.

그에 맞서서, 나는 '소지품' 속에서 『크레센트 펙트라즐리의 직검』을 꺼내서 리퍼와 마찬가지로 경계태세를 취했다.

이미 나는 각오하고 있다. 리퍼와 적대할 각오를⋯⋯.

"비켜, 리퍼. 나는 내일까지 마리아를 되찾을 거야. 그리고 반드시 로웬에게로 갈 거야."

"내가 이렇게 애원하는데⋯⋯! 오빠는 그런데도 기어코 가겠다는 거야⋯⋯?!"

"그래, 그 소원만은 들어줄 수 없어."

"아까는 팰린크론한테 가겠다고 해놓고⋯⋯! 거짓말쟁이⋯⋯!"

"그건 리퍼도 마찬가지잖아?"

거짓말을 한 건 피차일반이었다.

그 점을 지적당한 리퍼는 눈살을 찌푸렸지만, 이내 당당하게 웃었다.

"⋯⋯히, 히힛, 히히히. 하긴 그래. 나도 그랬었지, 오빠."

천진난만하던 리퍼는 온데간데없고, 마치 노련한 마녀와도 같은 모습이었다.

눈앞에 있는 소녀는, 이제 예전의 앳된 아이가 아니다.

리퍼는 차분한 목소리로 말을 이어갔다.

"아아, 보험 삼아서 『연결고리』를 남겨둔 게 실수였나 보네⋯⋯. 『연결고리』를 통해서 오빠의 감정과 행동을 읽을 수 있을 줄 알았는데, 그렇지도 않았던 모양이야. 그리고 내가 오빠를 소원하게 느끼는 게 전해지면, 저절로 거리를 두게 될 줄 알았는데⋯⋯. 오빠는 내가 미워하든 말든 신경도 안 쓴다니까. 나 참⋯⋯."

그리고 볼멘소리를 하듯 지금까지의 책략을 스스로 폭로하고, 호들갑스럽게 실수를 한탄했다.

"아아, 생각대로 안 풀리네⋯⋯. 안 풀려도 너무 안 풀려⋯⋯."

하지만, 아직 충분히 여유가 있어 보였다. 아니, 노련한 그녀는 일이 이렇게 될 것을 처음부터 예측하고 있었던 것이다.

"──그렇지만, 그렇다면 나한테도 생각이 있어."

이런 상황에 대비한 비장의 카드까지 남겨두고 있었다는 것을 확신케 하는 한 마디를 던지고, 리퍼는 뒤쪽의 어둠 속으로──사라졌다.

그녀 특유의 순간이동능력이다. 주위에 깃들어 있던 어둠도 사라지고, 그 자리에는 나와 스노우만이 남았다.

"사, 사라졌잖아⋯⋯? 카나미, 리퍼를 보내줘도 괜찮은 거야⋯⋯?"

"괜찮아. 아마, 리퍼는 『에픽 시커』 본거지에 있는 마리아 한테 갔을 테니까⋯⋯."

"카나미 여동생한테⋯⋯?"

내가 스노우를 먼저 만난 것은, 그렇게 되도록 유도하기 위해서였다.

스노우를 먼저 아군으로 끌어들이면, 리퍼는 마리아를 이용하기 위해서 움직일 거라는 확신이 있었다. 그리고 내가 아는 마리아라면, 절대로 리퍼의 꿍꿍이대로 움직이지 않을 거라는 확신도 있었다.

『불의 이치를 훔치는 자』와 싸웠던 기억은, 지금도 선명하게 기억에 남아있다.

아르티를 이긴 건 내가 아니다. 마리아였다.

그 '연옥' 속에서, 자신의 두 눈까지 파내면서까지 '앞으로 나아가겠다'고 얘기했던 마리아라면, 절대로 '자신의 염원을 오인하지 않는다'.

"다시 한 번 부탁할게, 스노우. 나랑 같이 리퍼와 싸워줘. 파트너로서 협조를 부탁하고 싶어."

나는 당초 계획대로, 『사신』 리퍼와의 싸움에 함께해달라고 스노우에게 의뢰한다.

"파트너로서⋯⋯ 협조⋯⋯."

"그래. 내가 일방적으로 스노우를 지키기만 하는 게 아냐. 스노우도 나를 지켜달라고 부탁하는 거야."

"그게 대등한 관계라는 거구나⋯⋯. 그렇다면 하는 수 없

지……. 알았어. 거기부터 시작하자. 나와 카나미의 새 출
발을……."

스노우는 흔쾌히 그렇게 대답했다.

당연히 아까처럼 꾸물댈 줄로만 알았는데, 그건 반가운
오산이었다.

"이번에는 의욕이 넘치네. 마리아를 상대해달라고 했을
때는 그렇게 싫어했으면서."

"그렇게 오래 알고 지낸 건 아니지만, 나는 리퍼를 친구라
고 생각해. 될 수 있으면 앞으로 더 친하게 지내고 싶어. 그렇
게 생각하니까…… 나도 갈 거야. 더는 도망치지 않을래."

"그렇구나……."

여기서 도망치면 두 번 다시 리퍼와 마음을 터놓을 수 없
으리라는 걸, 스노우는 본능적으로 이해하고 있었다.

예전의 나와는 전혀 딴판이었다.

스노우가 듬직하게 앞장서서 걸음을 내딛으며, 내게 말을
건네었다.

"빨리 가자, 카나미. 빨리『에픽 시커』에 가지 않으면, 여
동생이 위험해질 거야. 카나미의 〈커넥션〉을 써서『에픽 시
커』까지 갈 수는 없어?"

"『에픽 시커』에 설치해 뒀던 〈커넥션〉은 한참 전에 해제
했어. 그러니까 〈커넥션〉으로는 못 가. 하지만…… 걱정
마. 미리 손을 써 뒀으니까."

"어, 손을 써 뒀다고?"

"그래."

굳건한 신뢰를 갖고 고개를 끄덕였다.

손을 써 뒀다. 게다가 그건, 내가 가장 신뢰하는 수단이었다.

하지만, 그렇다고 해서 여유를 부릴 수 있는 상황은 아니었다. 나와 스노우는, 마리아가 있는 『에픽 시커』를 향해 달려 나갔다. 이번에야말로 모두를 구하고 말겠노라고 다짐하며——.

나와 스노우가 『브아르홀라』 선단을 빠져나와서 라우라비아의 『에픽 시커』 본거지에 도착하기까지는, 그리 오랜 시간이 걸리지 않았다.

내가 알고 있는 한 최단 경로를 통해 달려왔지만——상황은 이미 불이 붙은 상태였다.

『에픽 시커』 본거지 맨 위층, 마리아의 방이 있는 부분에서 연기가 치솟고 있었다.

그리고 우리가 건물에 들어가려 한 순간, 폭발음이 들려왔다.

동시에 맨 위층 창문에서, 어두운 기운을 휘감은 리퍼가 마리아를 안고 뛰쳐나오는 모습이 보였다. 뒤이어 라스티아라가 창밖으로 뛰쳐나와서, 그런 리퍼를 뒤쫓았다.

전투는 이미 시작되어 있었다.

마리아를 지키기위해 미리 보낸 라스티아라가, 마리아를 납치하러 온 리퍼를 요격한 것이리라.

세 사람이 지붕 위를 뛰어서 『에픽 시커』 훈련장 쪽으로 이동하는 것을 확인하고, 나와 스노우도 서둘러 그쪽으로 향했다.

나와 스노우는 일단 둘로 갈라진 다음, 차원마법과 진동마법에 의한 연락을 활용해서 리퍼의 퇴로를 차단, 그녀를 훈련장 안으로 몰아넣는 데 성공했다.

리퍼는 마리아를 땅바닥에 내려놓고 자세를 가다듬는다. 그런 그녀의 정면에는 라스티아라, 우측 후방에는 나, 좌측 후방에는 스노우, 이렇게 트라이앵글 구도로 포위한 상태였다.

이렇게 해서, 관객도 없는 훈련장에서 『무투대회』 번외전이 시작됐다.

먼저 적과 가장 가까운 위치에 있던 라스티아라가 소리쳤다.

"마리아를 돌려줘!"

"돌려달라고? 히힛, 그렇지만 마리아 언니는 싫어하는 것 같은데? 억지로 '팔찌'를 빼앗으려고 들다니 너무하잖아, 라스티아라 언니."

"크윽——. 아아, 미치겠네! 시간을 들여서 '팔찌'를 벗기고 있을 때가 아닌데! 하지만 그렇다고 카나미한테 했던 것처럼 마리아를 두들겨 팰 수도 없잖아!"

라스티아라는 짧아진 머리를 벅벅 휘저으며 분통을 터뜨렸다.

보아하니, '팔찌' 해제 중에 리퍼의 습격을 받은 모양이다.

두 사람이 입씨름을 벌이고 있는 동안에, 나는 냉정하게 리퍼 옆에 웅크리고 있는 마리아를 '주시'한다.

[스테이터스]

이름 : 마리아 HP 107/159 MP 832/855 클래스 : 없음

레벨 10

근력 7.69 기량 5.99 속도 4.45 지능 7.96 마력 41.13 소질 4.13

상태 : 정신오염 1.65 기억개조 1.04 기억장해 1.02 인식저해 1.34 어둠 1.33

선천 스킬 : 없음

후천 스킬 : 사냥 0.68 요리 1.08 화염마법 3.53

그 '상태' 항목으로 미루어보아, 준결승 때의 내 상태인 것 같았다. 지금의 마리아는 자신에게 접근하는 모든 이들이 적으로만 보일 것이다.

"라스티아라! 우선 마리아부터 제압하자!"

무엇보다 마리아를 우선시해야 한다고 동료에게 지시를 보냈다.

그런데 라스티아라에게서 돌아온 것은 불만 섞인 목소리였다.

"카나미! 마리아가 이렇게 강해졌다는 얘기는 못 들었다고!!"

"아르티의 힘을 조금 쓸 수 있을지도 모른다고 분명히 얘기했잖아!"

"조금 쓸 수 있는 정도가 아니었는걸! 완전 장난이 아니라니까!"

보아하니, '팔찌'를 벗기려 시도하는 과정에서 화염으로 반격을 받은 것 같았다. 라스티아라의 옷자락은 그을려 있고, 그 눈동자에는 살짝 눈물이 고여 있었다.

"아니, 나도 거기까지는 몰랐다니까!"

성탄제 날 이후로 마리아가 아르티처럼 불꽃을 통해 주위 정보를 얻고 있다는 건 알고 있었지만, 그 이상의 것에 대해서는 전혀 모르고 있었다.

라스티아라의 분위기와 스테이터스로 미루어보아, 마리아가 상당히 강력한 마법을 구사해서 반격한 모양이었다.

"라, 라스티아라 님──.오늘은 날씨도 좋고…… 으─음, 지난번에는 크나큰 실례를──."

이때 뜬금없이 스노우가 자기주장을 시작한다. 언제 인사하면 좋을지 계속 타이밍을 재고 있었던 모양이다. 그 인사를 받은 라스티아라는, 간결하게 중요한 것만을 물었다.

"그런데, 스노우는 적이야?! 아군이야?! 어느 쪽이야?!"

"무, 물론 같은 편이고말고요! 대가를 바라고 이러는 건 아니지만, 혹시 괜찮으시면 나중에 부탁드리고 싶은 게⋯⋯."

"알았어, 들어줄게! 그러니까 지금은 협조해줘!"

"알겠습니다! 열심히 해볼게요!"

스노우는 내가 건네준 대검을 힘껏 움켜쥐고, 의욕을 드러내 보였다.

그 모습을 본 리퍼는 눈웃음을 지었다.

"오빠, 내 움직임을 읽고 있었구나. 나를 상대할 수 있는 라스티아라 언니만 혼자 보내서 매복시키고 있었을 줄이야⋯⋯. 사도님이 있었다면 인질로 잡거나 해서 써먹을 수 있었을 텐데."

"아니, 디아는 불가피한 사정 때문에 못 왔어."

디아는 시시하기 그지없는 이유로 기절해 있다.

하지만, 애초에 기절하지 않았더라도 전투에는 참가시키지 않았을 것이다. 원거리공격을 주무기로 삼는 디아에게 있어, 순간이동을 이용해서 순식간에 배후를 파고드는 리퍼는 상성이 나쁘다. 세라 씨를 이동수단으로 이용할 수 있는 상황이라 해도 참가시키고 싶지 않았다.

"어쨌거나, 여기에는 네 무지막지한 순간이동공격을 견뎌낼 수 있는 검사가 셋이나 있어. 마리아를 데려가는 건 단념하시지, 리퍼."

"그런 것 같네. 그렇지만, 혹시 이것까지 예상하고 있었나 몰라? 실은 나, 팰린크론의 '팔찌'에 간섭할 수 있어. 히힛, 왜 그럴까─?"

리퍼가 손을 들어 올리자, 마리아의 '팔찌'에 깃든 어둠이 짙어졌다.

그리고 마리아의 마력이 넘실넘실 소용돌이치며, 흉악한 적의를 증폭시켜 나갔다.

그 구조는 나도 어느 정도 짐작이 갔다.

"대충은 알 것 같아. 너는 『어둠의 이치를 훔치는 자』 팰린크론 레거시와 『연결고리』가 있는 거지? 그걸 통해서 얻은 마력으로 '팔찌'를 조종할 수 있는 거고."

"어, 그걸 어떻게……."

리퍼의 입이 놀라서 벌어졌다.

하지만 이내 그 입을 다물고, 이쪽을 쏘아보았다.

"알고 있다면, 더 이상 가까이 오지 마. 지금 당장 마리아 언니가 오빠랑 라스티아라 언니를 공격하게 만들 수도 있으니까."

"하고 싶으면 해봐. 하지만, 일이 그렇게 마음대로 풀리지는 않을걸. 마리아는 '자신의 염원을 오인하지 않아'. 그것만 해도 엄청난 차이가 나게 돼 있어. 그래서 나도 이 상황을 선택한 거고."

"흐응……. 자기 염원을 오인하지 않는다는 게 뭐가 어떻다는 건지 모르겠는데……?"

"남의 꼭두각시가 되지 않는다는 거야."

끝까지 관철하는 의지. 그것이 무엇보다 중요하다.

제아무리 강력한 힘을 가진 사람이라 해도, 그 의지가 없으면 나약해지기 마련이다.

실제로, 기본적인 저력에서는 라스티아라와 대등한 관계인 나와 스노우는, 염원이 애매모호했던 탓에 시합에서 패배했다.

"그렇다면 나도 다른 사람의 꼭두각시가 안 된다는 뜻이겠네. 나도 '자신의 염원을 오인하지 않아'. 절대로."

"나도 알아. 리퍼가 그렇게 결의하게 된 건 나 때문이었어. 그 날, 가벼운 마음으로 리퍼와의『연결고리』를 방치한 내 책임이야. ……그 염원이 잘못된 거라는 소리는 안 할게. 리퍼가 그걸 진심으로 원하고 있다는 건 나도 잘 알아. 하지만, 로웬이 괴로워한다는 걸 알면서도 리퍼가 그 염원에 집착한다면…… 싸우는 수밖에 없어."

"흐응. 내 염원이 그렇게나 맘에 안 든단 말이지……."

"그 염원은 로웬과 리퍼 모두를 괴롭게만 만들 뿐이야. 너희 둘의 친구로서, 그냥 간과하고 지나칠 수는 없어."

"친구라면 그냥 모르는 척 넘어가 줘야지, 오빠."

"친구니까 지나칠 수 없다는 거야, 리퍼."

물러설 생각은 없었다.

나의 그 단호한 의지를 알아챘는지, 리퍼는 대화를 단념하고 웃었다.

"히힛. 한 마디로, 결국은 끝까지 나를 방해하겠다는 거구나…… 오빠……."

리퍼의 몸에서 흘러나오는 어둠이 점점 더 짙어져서, 소용돌이치며 훈련장을 가득히 채워 나갔다.

그녀의 힘이 최대한으로 발휘될 수 있는 필드로 변모해 갔다.

"그렇지만, 오빠가 과연 우리를 이길 수 있을까?! 고작 그 정도 '영웅'의 힘으로 뭐든지 다 마음대로 할 수 있을 거라고 생각했다가는 엄청난 오산일 걸! 히히힛!!"

리퍼는 어둠의 중심에서 두둥실 떠올라서, 활기차게, 그리고 천진난만하게 웃었다.

거기에서는 수천 년을 살아온 마녀와도 같은 풍격이 느껴졌다.

아직 생후 1년도 되지 않은 마법 『그림 림 리퍼(그리워하는 사신)』. 그런 그녀에게 방대해도 너무 방대한 인생 경험이 주입되고 말았다. 그 정도면 이미 인간을 초월한 존재라 해도 과언이 아닐 것이다.

말 그대로 '사신'. 지금의 리퍼는 그런 존재다.

"나는 『그림 림 리퍼』! 예전에, 오로지 인간을 죽이기 위한 목적으로 만들어진 마법! 그게 전부인 존재! 모든 생물이 나의 먹잇감이다! ──차원마법 〈디나이 엔티아(차원의 계루, 繫累)〉!!"

별안간, 나와 리퍼를 잇는 『연결고리』가 굵어지고, 마력이 빨려 나갔다.

재빨리 『연결고리』를 닫았지만, 그녀의 마력은 여전히 증

대되고 있었다.

리퍼가 갖고 있는『연결고리』는 나뿐만이 아니다. 약간이나 회복된 마력으로 구축한 〈디멘션〉을 통해서 느낄 수 있었다.

리퍼는 라우라비아에 사는 수많은 사람들로부터 마력을 빨아들이고 있었다.

물론, 그중에는 내 동료들도 포함되어 있었다.

"뭐야, 마력이──."

라스티아라도 힘이 빠져나가는 것을 느끼고 어쩔 줄 몰라 한다.

스노우도 마찬가지이리라. 하지만 스노우는 라스티아라와는 달리 미리 예측하고 있었던 듯, 동요하는 기색은 별로 보이지 않는다.

이 분위기로 보아, 마리아나 디아 같은 다른 고마력 보유자들에게서도 마력을 앗아 오고 있는 게 분명했다. 이제, 리퍼는 연합국 최고의 마법사가 되었다.

"내가 이때를 대비해서 얼마나 많은 곳을 돌아다녔는지 몰라! 내 마력 공급원은 무한대! 이것이 바로 사신이 내리는 '저주'의 정수!!"

점점 더 강해지는 마력을 몸으로 느낀 리퍼의 감정이 고조되어 갔다.

감정이 고조되다 보니, 말도 많아졌다.

자신의 승리를 확신하고 있는 것이리라. 여유만만하게 말을 늘어놓았다.

"이쪽의 마력은 무한대! 그런데 오빠 쪽 마력은 어떨까? 마력이 부족한 정도가 아니라, 아예 생명활동에 지장이 있을 정도이지 않아? 그리고 이게 다가 아냐——!"

리퍼는 한쪽 손을 꽉 움켜쥐었다.

단지 그 동작만으로도 검은 마력이 하늘을 뒤덮어 버릴 만큼 퍼져 나갔다.

훈련장에서 모든 빛이 사라져 버렸다.

완전한 어둠. 나의 〈디 윈터〉가 세계를 '겨울'로 바꾸는 마법이라 한다면——.

"——〈디 나이트(차원의 밤)〉!!"

이 마법은 세계를 '밤'으로 바꾸는 마법이었다.

"오빠한테 『연결고리』를 만들어놓은 건, 단지 감시 때문만은 아니었어! 오빠는 나한테 마법을 가르쳐줄 수 있는, 유일한 차원마법 전문가니까! 그렇지만, 이제 됐어! 오빠의 마법은 이제 다 내 것이 됐으니까!!"

〈디 윈터〉는 구축하기 복잡한 마법이다. 어지간한 마법사들은 이해하기조차 버거울 것이다.

하지만 리퍼는 요 며칠 만에 그 모든 것을 이해하고, 습득했다.

갓난아기의 성장속도를 연상케 한다. 눈에 보이는 모든 것을 신선하게 느끼기에, 흡수가 빠른 것이다.

리퍼의 젊은 센스와 노련한 경험. 그 두 가지가 결합되어,

리퍼는 단기간에 숙련된 마법사의 경지에 다다를 수 있었다.

"이 어둠 속에서는, 모든 인식이 다 내 마음대로야! 아무한테도 안 져! 오늘 내가 물리쳐버리겠어! 내일 로웬과 결승에서 맞붙을 상대는, 내가 처치해버릴 거야!"

로웬의 결승전 상대를 처치한다──리퍼는 처음부터 그렇게 각오하고 있었던 것이리라.『무투대회』출전 선수가 누구이든 이길 수 있을 거라는 자신감이 있었을 것이다.

그렇게 여유로운 모습을 보일 수 있었던 것도 그 덕분이었다.

그리고 그 외침을 끝으로, 리퍼는 어둠 속으로 녹아들듯 사라졌다.

찰나의 정적이 있은 후, 나는 등 뒤에서 살기를 느끼고『크레센트 펙트라즐리의 직검』을 휘둘렀다.

쨍 하는 날카로운 소리가 울려 퍼졌다.

뒤쪽의 어둠으로부터 큰 낫만이 튀어나와 있었다. 하지만, 어둠이 너무 짙어서 리퍼의 모습은 인식할 수 없었다.

"쳇, 아직 차원마법을 어렴풋이 몸에 두르고 있었구나, 오빠. 그럼, 그 마력이 떨어질 때까지 뒤로 미뤄둬야겠다!"

모습은 모이지 않았지만, 어둠 속에서 리퍼의 목소리가 들려왔다.

"라스티아라, 스노우! 온다!"

"──선혈마법 〈월 링커〉, 신성마법 〈라이트〉!"

"——진동마법 〈비브레이션〉!"

내 경고가 떨어지기도 전에, 두 사람 모두 각자가 자신 있게 구사하는 마법 영창을 마친 상태였다.

하지만, 리퍼는 그녀들의 마법을 비웃었다.

"히히힛! 둘 다 굉장한 마법이네. 검도 잘 쓰고 마법도 강하다니, 완전 반칙이잖아. 그렇지만, 그것도 나한테는 아무 소용없어! 나는 마법 그 자체니까, 이 마법을 오빠보다 더 잘 쓸 수 있는걸! ——마법 〈디 리벨린트나이트(심연차원深淵次元의 진야眞夜)〉!!"

리퍼가 〈디 윈터〉와 동등한 〈디 나이트〉를 사용한 이상, 당연히 그 마법도 사용할 수 있으리라는 건 짐작할 수 있었다. 내 〈디 오버 윈터〉를 흉내 내서 만든 그 마법을, 나보다 몇 배는 더 광대한 범위에 전개해갔다.

"오빠가 쓰면 제한이 있는 이 마법을, 나는 훨씬 더 넓게, 더 오래 쓸 수 있다고!!"

몇 초밖에 유지할 수 없는 나와는 달리, 리퍼는 여유 있게 지속적으로 전개하고 있었다.

그리고 충분한 시간을 들여서, 스노우와 라스티아라의 마법에 간섭해 나갔다.

어둠 마법이 두 사람의 마법 구축을 붕괴시켜서, 실패로 내몰았다.

선혈마법 〈월 링커〉, 신성마법 〈라이트〉, 진동마법 〈비브레이션〉, 그 세 개의 마법이 흩어져버렸다.

"으엑! 내 『선혈마법』과 『신성마법』이!"

"미안하지만, 라스티아라 언니! 그런 반칙 기술은 빼고 싸우자고! 로웬처럼, 검만 가지고, 이 어둠 속에서! 싸우잔 말이야!!"

리퍼는 라스티아라의 비탄에 꼬박꼬박 대답했고──하지만, 그녀가 공격한 것은 라스티아라가 아니었다.

아까 내 검과 리퍼의 낫이 부딪쳤을 때와 비슷한 소리가 울려 퍼졌다.

"우왓! 엄청 단단하네, 스노우 언니! 내 낫으로도 그 용의 비늘은 못 뚫는구나! 그렇지만, 나한테는 온 세계를 불살라 버릴 수 있는 힘이 있다고! 부탁할게, 마리아 언니!"

리퍼가 이번에 노린 것은 스노우였다.

그리고 이 어둠 속에서 유일하게 허락된 광휘가 불타올랐다.

"『섬염(閃炎)이여 일어라』 『세계사(世界蛇)의 섬(纖)에 따라』, ──『아그니 블레이즈(처천燈天의 섬염纖炎)』."

칠흑처럼 어두운 세계에, 흰색의 번쩍이는 선이 용솟음쳤다.

귀에 익은 마법이었다.

마리아가 아르티와 같은 화염마법을 내쏜 것이다. 공간을 절단할 듯 날카로운 화염이 어둠을 찢어발겼다.

"큭, 이렇게 빠를 수가! ──하지만!!"

약간 멀리서 스노우가 신음했다.

그 말로 미루어보아, 정통으로 얻어맞지는 않았다는 걸 알 수 있었다.

어둠 속이라 화염을 육안으로 쉽게 알아볼 수 있었던 건 지도 모른다.

"라스티아라! 네가 가진 마법으로 타개해볼 수 없어?!"

"이것저것 시험해보고는 있는데, 당장은 힘들 것 같아!"

빛의 마법을 쓸 수 있는 라스티아라에게 기대를 걸었지만, 반가운 대답은 돌아오지 않았다.

"히힛! 내 마법을 억누를 수 있는 건 고위 차원마법뿐일 걸! 그렇지만, 오빠는 이미 마력이 바닥났잖아?! 그러게 내일로 미루라고 했을 때 내 말을 들었어야지!!"

"어차피 내일까지 기다렸으면 넌 스노우와 마리아를 둘 다 납치하려고 들었을 거 아냐!"

"그야 당연히 그렇지! 으ー음, 그러니까, '동료를 되찾고 싶거든 『무투대회』결승이 열리는 시간에 드랩 드래곤이 있던 폐성으로 와라'라는 편지 같은 걸 놔두고 왔겠지?!"

"그랬겠지!"

나와 리퍼는 오늘까지 『연결고리』로 이어져 있었던 덕분에, 불필요한 점까지 이심전심 상태가 되고 말았다.

감정을 드러내며 싸우는 상태가 된 되로는, 서로의 꿍꿍이가 짜증스러울 만큼 훤히 들여다보였다.

리퍼는 계속 조잘대면서, 이번에는 나를 향해 낫을 휘둘렀다.

나는 그 큰 낫 공격을 가까스로 검으로 막아낸다. 그리고 리퍼와 칼부림을 주고받으며, 서로를 향해 고함쳤다.

"한숨 푹 자고 있어, 오빠! 벌써 며칠이나 잠을 못 잤잖아?『무투대회』가 끝날 때까지 내가 재워줄 테니까!!"

"고마운 제안이지만 사양할게! 너한테 맡겼다가는 영원히 잠들 것 같으니까!"

"그렇지만 말이야, 당장이라도 마력이 고갈될 것 같은 상태잖아? 차원마법도 없이 무슨 수로 내 공격을 막을 건데? 오빠한테는 라스티아라 언니 같은 센스도, 스노우 언니 같은 방어력도 없는데, 무슨 수로 막을 거냐고?!"

"그건──!"

"봐, 이제 곧 마력이 바닥날 테니까──!"

칼부림을 주고받을 때마다 마력이 소실되어갔다.

그리고 라스티아라와의 전투 이후로 조금이나마 자연회복되었던 마력까지 소실되어, 진정한 의미로 고갈되어 버렸다.

미약하게나마 전개하고 있던 차원마법이 기어이 해제되고 말았다.

어둠 속에서 아무것도 볼 수 없게 되었다. 느낄 수 없게 되었다.

마치, **눈을 감고 있는 것처럼** 새까만 어둠──.

그 상황 속에서, 나는 며칠 전의 일을 떠올린다.

그 때, 로웬은 말했었다.

나는 '몸과 마음이 제각각'이라고.

심신의 불일치가, 그 오의의 습득을 방해하고 있었다.

하지만, 이제 나는 모든 것을 기억해 냈다. 기억을 되찾았기에, 몸과 마음도 일치된 것이다.

그렇기에, 알 수 있었다. 또렷하게 알 수 있었다.

아레이스류의 오의인『감응』. 그 진정한 구조를——.

"——그건! 로웬이 가르쳐줬어!!"

리퍼의 물음에 고함으로 대답했다.

고함과 동시에, 그 스킬이 발동했다.

로웬의 말마따나, 나에게는 모든 것이 갖추어져 있었다. 오의를 익히기에 충분한 관찰능력과 모사능력을 갖고 있었다. 부족했던 것은 몸과 마음의 일치, 그 하나뿐.

습득의 계기는 팰린크론의『팔찌』가 만들어주었다. 그 폭주상태 속에서, 나는 분명히 스킬『감응』을 사용했었다. 차원마법에 의존하지 않고 자기 스스로의 힘을 최대한 발휘하려고 애쓴 결과, '저주'가 스킬『감응』을 사용할 수 있게 해준 것이다.

나는 그 감각을 기억하고 있었다.

한 번이라도 몸이 사용한 이상, 이제 식은 죽 먹기다. 재현하기만 하면 그만이다.

간단히 말해, 몸의 오감이 아닌 마음의 감각으로 세계를 관찰하는 것.

아마, 마력이 존재하는 이세계 특유의 감각이리라.

이것은 이세계에 가득 차 있는 마력의 흐름을――'이세계의 이치'를 느끼는 힘.

그것이 스킬『감응』의 정체.

안 그래도 깊은 어둠 속에서, 나는 아예 눈까지 감았다.

모든 마법을 해제했다.

의지할 것은 오직 스킬『감응』하나면 충분했다.

마법을 사용하지 않고, 마력을 피부로 느끼는 데 집중했다.

마력의 흐름을 파악함으로써, 거기에 작용하는 생물의 움직임까지 이해했다.

피부로 느껴지는 것은, 이쪽으로 덮쳐드는 흉악한 낫의 칼부림.

배후에서 덮쳐드는 그 공격을――나는 종이 한 장 차이로 회피했다.

낫의 공격은 거듭 이어진다. 하지만 나는 그 모든 공격을 피하고 피하고 또 피했다.

"어, 어라――?!"

리퍼는 내 차원마법이 사라졌다는 걸 감지했을 것이다.

그런데도 내가 어둠 속에서 보이지 않는 공격에 겁을 집어먹기는커녕, 오히려 더 움직임이 좋아진 것을 보고 경악하고 있었다.

"이, 이건, 꼭――!"

로웬에 대해 그 누구보다 더 잘 아는 리퍼인 만큼, 바로 알아챘다.

그런 그녀의 태도에, 나는 어렴풋한 웃음으로 대답했다.

"꼭 로웬이랑 싸울 때랑 똑같이! 오빠, 설마——!!"

나는 웃으면서, 로웬과 동등한 경지에 다다랐다는 것을 리퍼에게 자랑해 보였다.

그것을 본 리퍼는 분통을 터뜨렸다.

"끄으——! 그럼, 마리아 언니! 그 불길로 오빠의 움직임을 틀어막아!!"

대기하고 있던 마리아에게 지시를 내렸다.

리퍼의 공격은 이제 딱히 위협이 되지 않았지만, 마리아의 공격은 여전히 위협적이었다.

하지만 나는 걱정하지 않았다. 마리아를 설득시킬 자신이 있었던 것이다.

그 날, 결의를 새로이 다졌던 나.

그 날, 친구 앞에서 선서했던 마리아.

두 사람이 함께하면, 팰린크론의 '팔찌'를 이겨낼 수 있다고 믿었다.

"마리아! 내 목소리 들려?!"

마리아의 몸이 내 쪽으로 돌아서며 움찔 반응했다.

상태이상 때문에 아무것도 이해하지 못하고 있는 마리아에게, 나는 연신 호소했다.

"들린다면 대답해줘! 마리아——!!"

마리아는 그 호소에 대답했다.

어둠 속 어딘가에서 들려오는 목소리의 주인을 찾듯, 나를 불렀다.

"오, 오빠……?"

"아냐! 나는 네 오빠가 아냐! 내 이름을 똑똑히 기억해내 줘! 그리고 그 이름으로 불러줘! 마리아는 내 이름을 알고 있잖아?!"

"오빠의 이름……?"

내가 부르짖는 것은, 그 날의 기억.

완전히 다 기억해내 주지 않아도 좋았다. 그저 조금만이라도 좋으니, 그 날의 감정을 되찾아주기를 바랐다.

"오, 오빠가 아니라구……? 그럼 뭔데……? 이름……. '지크'? 아냐, 나는 알고 있어……. 오빠의 진짜 이름을, 손에 닿을 듯 닿지 않는 이름……. 그렇지만, 그걸 인정한다는 건……!"

마리아는 떨었다.

내 때와 똑같았다. 거짓 세계를 빠져나온다는 것은 곧, 당장 눈앞에 있는 행복을 부정한다는 뜻인 것이다.

그것을 전면적으로 부정한다는 건 절대 쉽게 할 수 있는 일이 아니다.

"아파……. 머리가 아파……! 거짓말, 다 거짓말이에요……!"

마리아는 이제 기억을 의심하기 시작했지만, 아직 한 발짝이 부족했다.

"마리아! 나는 내 모든 것을 마리아한테 얘기했어! 마리아는 그런 나를 믿겠다고 말해줬어! 그러니까 나도 마리아를 믿을게! 여기서 포기하면, 그때 아르티한테 한 말까지도 다 거짓이 되고 말 거야! 그래도 괜찮겠어?!"

"아, 아르티……? 내, '친구'……?"

나는 옛 숙적에게도 호소했다.

"아르티! 네가 그랬었지? '계속 지켜보고 있겠다'라고! 너도 이제 마리아와 하나가 됐잖아?! 그럼 이 상황을 어떻게 생각해?! 마리아의 심정을 누구보다 더 잘 아는 네가, 거짓 기억에 현혹당하고 있는 마리아를 그냥 내버려둘 셈이냐?!"

"으, 우우……. 우으, 우아아, 아아아아아아아아아──!!"

마리아가 통곡했다.

몸에서 업화가 뿜어져 나오고, 그 불기둥은 끝도 없이 비대화되었다.

그 화염의 불빛 덕분에, 마리아의 눈에서 살짝 눈물이 흐르고 있는 것을 볼 수 있었다.

어둠 속에서 홀로 광휘를 내뿜는 화염. 그 속에서, 마리아는 쓰라린 머리를 싸쥐고 리퍼를 쏘아보았다. 아직 기억을 되찾지는 못했지만, 마리아의 옛 의지와 감정이 되살아나고 있다는 건 알 수 있었다.

"나는 더 이상…… 틀리지 않을 거야……! 더 이상 누구에게도 현혹되지 않을 거야……! 리퍼, 당신, 나를 속이고 있는 거 아니에요……?!"

그 말을 들은 리퍼는, 우리와의 전투를 중단하고 마리아에게 다가갔다.

하지만, 타오르는 불길 때문에 바로 옆까지는 다가가지 못했다.

"앗 뜨거! 왜 이래?! 『불의 이치를 훔치는 자』가 『어둠의 이치』를 거부하는 거야?! 그, 그건 말도 안 돼!"

리퍼는 초조함에 휩싸여서, 어둠의 마력을 마리아에게 불어 넣으려 했다. 그러나 그 마력은 모조리 불길에 불살라져 버렸다. 할 수 없이, 리퍼는 말로 설득하기 시작했다.

"마리아 언니, 속으면 안 돼! 저기 저 오빠는 틀림없는 마리아 언니의 오빠야! 오빠랑 함께한 기억도 분명히 머릿속에 있잖아?!"

리퍼는 마리아의 기억을 상기시켰다.

"기억 말인가요……? 있어요. 어린 시절의 기억……. '오빠'와 함께 놀았던 기억, 아버지 어머니와의 기억, 가족들과의 기억이 있어……! 잔뜩 있어요!!"

"바로 그거야! 그게 다 가짜라는 거야?! 분명히 기억이 있는데도, 그걸 의심하겠다는 거야?"

"행복한 기억이 있어요. 분명히 있다는 건 알겠어요. 그렇지만, 그 기억이……."

그러나 그것은 오히려 역효과만 불러왔다.

"**──가족의 기억이 있다는 건 말이 안 돼요.**"

연옥의 화염 속에서, 마리아는 참담하기 그지없는 미소를 지었다.

그것을 버리는 건 죽기보다 괴롭다. 하지만, 그럼에도 버리기로 각오한 표정이었다.

그 노련한 리퍼조차도 한 발짝 뒷걸음질 칠 만큼 비장한 미소였다.

"어, 응? 있는 게, 말이 안 된다고……?"

리퍼는 마리아가 하는 말을 이해하지 못하고 있었다.

"만약에 대비해서 화염마법의 경험을 지워두지 않은 게 실책이었어요. 제 화염마법은, 과거를 불살라서 발동하는 마법이에요. 그래서 저는 가족의 기억을 잃어버렸죠. 저는 그 점을 화염마법의 경험으로서 똑똑히 기억하고 있어요. 그러니까, 가족의 기억이 있다는 게 말이 안 된다는 걸 알 수 있어요……."

"나, 나는 그런 얘기 들은 적 없는걸……!"

"제 기억이 사라진 건 사실이에요. 그렇지만, 그렇다고 해서 거짓 기억을 심어도 된다는 뜻은 아니에요! 거짓으로는 누구도 구할 수 없다는 걸, 저는 잘 아는걸요! 그것만은 틀리지 않아요! 네, 저는 두 번 다시 틀리지 않을 거예요!!"

마리아는 비록 기억은 잃었지만, 자기 자신이 믿어야 할 길──'진정한 염원'만은 또렷하게 몸에 새겨져 있었다.

아무리 감정과 기억을 농락당하더라도, 사람의 마음속 깊은 곳에 타오르는 불길만은 꺼트릴수 없는 것이다.

마리아는, 그 사실을 온몸으로 증명하고 있었다.

이대로 가면 곤란하겠다는 걸 깨달은 리퍼는, 한층 더 마력을 불어 넣었다.

"그렇다면! '팔찌'를 통해 의식을 비틀어서――."

"어디 마음대로 해보세요. 그 감각도 이제 익숙해졌으니까요."

그러나 마리아는 그 기억 조작과 감정 변화도 이제 익숙해졌다는 한 마디 말로 정리해 버린다. 그리고 영창했다.

"――『몽환창랑(夢幻滄浪)과 섬(纖)에 따라』――!"

한층 더 강력한 화염마법을 구축해나갔다.

그 '대가'는 무지막지할 것이다. 나도 비슷한 경험이 있기에 알 수 있었다.

이 마법은 과거를 불살라서 발동시키는 마법이었다.

"이 거짓 기억을 모조리 불살라 버리면, 다시는 당신에게 현혹당하는 일도 없겠죠! 제게 남아있는 건 단 하나! '지크'도 '주인님'도 아닌, '카나미 씨'를 믿겠다고 다짐했다는 것뿐! 그것만 있으면 저는 살아갈 수 있어요!!"

자신의 의지를 비틀려 하는 리퍼의 행동에, 마리아는 분노를 터뜨렸다.

그 감정을 쏟아 부어 영창을 완성시켰다. 과거를 연소시키는 영창이었지만, 지금은 그 영창이 해가 되지 않았다.

"――『**나를** 집어삼켜라』! 화염마법 〈미드가르즈 블레이즈〉!!"

마리아의 왼쪽 어깻죽지에서, 흉악한 수준의 열기가 깃든 화염 뱀이 기어 나왔다.

그리고 마리아는 그 왼손을 리퍼를 향해 내뻗고, 목청껏 외쳤다.

"'오빠'라는, 그런 편리한 사람은 없어요! 없단 말이에요!"

마리아의 왼팔이 불타올랐다.

옷의 소매가 어깻죽지부터 불타 사라지고, 피부가 그을리고——불꽃이 마리아의 '팔찌'를 녹여버렸다.

화염 뱀은 그대로 내쏘아져서, 그 열기를 온전히 간직한 채 어둠 속을 돌진해 나갔다.

훈련장 여기저기에 불꽃을 흩뿌리면서, 리퍼에게로 덮쳐 들었다.

리퍼는 어둠 속으로 도망쳐서 그 화염 뱀을 피하려 했지만——화염이 어둠을 잠식해나갔다.

마리아의 그 마법을 본 나는, 리퍼에게 나의 승리를 선언했다.

"그것 봐, 리퍼……. 마리아는 틀린 선택을 하지 않았잖아?"

리퍼가 어둠 속에서 기어 나온다. 가까스로 피하기는 했지만, 그 여파만으로도 오른팔이 불타고 있었다.

"끄으, 으으으윽!"

마리아의 화염마법이 가진 위력은 강력했다. 마법 그 자체인 리퍼의 몸을, 존재 그 자체까지 불사르고 있었다. 내 육안으로 인식된 이상, 리퍼는 지금 실체를 상실한 상태이련만, 불길은 사그라지지 않았다.

나는 그 화염의 불빛을 따라 마리아에게 다가갔다.

"마리아!"

"카나미 씨!"

마리아도 이쪽을 향해 달려오고 있었다.

드디어 나와 마리아는 진정한 의미에서 합류한 것이다.

떨어져 있던 건 성탄제 날 이후로 며칠 정도였지만, 마치 몇 년은 떨어져 있었던 것 같은 기분이었다.

"전부…… 전부 다 꿈이었군요……."

"그래, 꿈이었어……."

"제 오빠는…… 아니, 가족들은 모두 죽었어요……. 이제 기억조차 사라졌어요. 그렇지만, 그렇다고 해서 소중한 가족을 오인해서는 안 돼요! 가짜 기억 따위는 죽어도 싫어요! 이번에는 꼭 앞으로 나아가고 말겠다고, 친구와 약속했어요! 이 두 눈에 맹세코──!!"

마리아는 아르티와 한 약속을 언급하면서, 예전의 아르티처럼 몸에서 화염을 분출시켰다.

그 불꽃은 수없이 많은 나비가 되어 훈련장 곳곳을 밝혀 나갔다.

리퍼가 구축한 어둠의 세계가 불꽃에 의해 조금씩 밝혀져 가고, 라스티아라와 스노우의 위치도 어렴풋이 육안으로 인식할 수 있게 되었다.

"──〈파이어플라이 · 헤이즈(양염陽炎)〉. 이러면 카나미 씨

얼굴을 똑똑히 볼 수 있어요."

나뿐만이 아니라 마리아도 똑똑히 볼 수 있게 된 모양이었다. 마리아의 눈은 의안이지만, 불꽃을 통해 주위의 정보를 수집하고 있는 것이다.

"하지만, 지금은 재회의 기쁨보다 리퍼를 상대하는 게 먼저겠죠. 걱정 마세요. 리퍼가 어디에 숨더라도, **우리**의 불꽃이 모조리 불살라 버릴 테니까요."

마리아는 정신을 집중해서, 한 번 더 화염마법을 구축하려 했다.

당연하게도 영창 중의 무방비한 등 뒤에 어둠이 모여들고, 거기서 낫이 뻗어 나왔다.

내가 검으로 그 낫을 쳐낸다.

"아아, 미치겠네! 오빠, 방해하지 마!!"

"마리아는 나를 믿고 마법을 구축하고 있어! 손끝 하나 못 건드려!!"

어둠 속의 리퍼와 욕지거리를 주고받으며 칼부림을 주고받는다.

하지만 이대로 가면 언제 마리아에게 위험이 미칠지 알수가 없다. 나는 만전을 기하기 위해 라스티아라에게 지시를 내렸다.

"라스티아라, 이쪽으로 와줘! 처음에 했던 것처럼 마리아를 보호하면서 싸워줘!"

"처음?"

"미궁에서 했던 거 말이야!"

"아아! 그거 말이지? 이번에는 공주님 안기로 해도 돼?!"

"그건 마리아한테 물어봐!!"

라스티아라는 화염의 빛에 기대어 마리아 곁으로 달려갔다.

"──화염마법〈프레이 블레이즈(일락日落의 천염天炎). 부탁해요, 라스티아라 씨. 다음에 또 많이 얘기해요. 사과하고 싶은 일들이 아주 많아요."

마리아는 하늘을 향해 화염 구체를 내쏘고, 라스티아라에게 양손을 내뻗었다.

"아, 알았어! 마리아가 나한테 이렇게 고분고분하다니!"

라스티아라는 화색이 만연한 얼굴로 마리아를 안아 들고 훈련장을 내달렸다.

리퍼가 들어있는 어둠도 그런 라스티아라를 뒤쫓으려 했지만, 따라잡지 못했다.

라스티아라의 속도는 어마어마하다. 마리아가 뿜어낸 빛 때문에 약화된 어둠 정도로는 속도가 턱없이 부족했다.

그리고 그 약해진 어둠의 덩어리 속으로 한 발 늦게 달려든 스노우가, 온 힘을 다한 일격을 꽂아 넣었다.

"──〈임펄스 브레이크〉!!"

어둠 속에서 금속음이 울려 퍼졌다.

스노우의 대검과 리퍼의 큰 낫이 충돌하는 소리였다.

체중이 가득 실린 스노우의 공격에 내리 찍힌 어둠이 진동과 충격에 의해 나가떨어지고, 어둠 속에 숨어 있던 리퍼의 모습이 드러났다.

나에게 육안으로 인식되는 동시에 리퍼는 실체를 상실하고, 스노우의 대검은 땅바닥을 내리쳤다.

"──크윽! 기껏 모은 마력이! 다 흩어지잖아!!"

리퍼는 스노우에게서 거리를 벌리고, 곧바로 다시 어둠을 모아들였다.

그리고 자신의 필드를 어지럽히는 불길을 어둠으로 감싸서 꺼트리려 했다. 하지만 도리어 빛에 노출된 어둠만 사라질 뿐이었다.

"『불의 이치를 훔치는 자』의 마법에 간섭할 수가 없잖아……?! 마법의 레벨 차이가 너무 많이 나서 그런 건가……?"

리퍼는 절망했다.

최강의 마법사가 됐다는 자부심이 사그라지고, 그에 비례해서 어둠도 옅어져 갔다.

반면에 라스티아라의 보호를 받게 된 마리아는 안도한 표정으로 화염을 생성해갔다.

그리고 후위로 물러난 라스티아라와 마리아를 보호하기 위해, 나와 스노우가 전위로 나서서 앞을 막아섰다.

견고한 진형이다. 나는 검을 내뻗고, 리퍼에게 항복을 촉구했다.

"리퍼, 시야의 우위는 이미 사라졌어. 게다가 4대1의 싸움이야. 그만 포기하시지……!"

"포기……? 오빠라면 그런 말을 듣는다고 포기할 것 같아? 내 의지는 오빠랑 똑같아! 끝까지 포기 같은 건 안 해!!"

"그럼, 이제 끝이야. ──로웬의 기술이 있는 이상, 나는 절대로 너에게 지지 않아!"

"아직 끝난 건 아냐! 오빠만 처치하면, 아직 방법은 있어! 오빠가 제일 약한 주제에 파티의 중심이니까, 승산은 있어!"

"그렇게 생각한다면 덤벼봐! 리퍼!!"

"오빠!!"

리퍼는 훈련장에 남아있던 어둠을 모조리 긁어모아서, 마지막 도박에 나섰다.

나는 그 공격을 검 한 자루로 맞받아친다.

그거면 충분하다. 로웬도 항상 검 한 자루로만 싸웠다.

리퍼는 어둠과 함께 내달려서, 먼저 어둠을 선봉으로 삼아 나를 휘감았다. 시야가 완전히 봉쇄되어, 리퍼의 모습을 상실한다. 그리고 패턴대로 등 뒤에서 낫을 휘둘러 공격했다.

나는 로웬이 그랬던 것처럼 몸을 숙여서 그 공격을 피하고, 그의 검술로 반격했다.

리퍼는 큰 낫의 자루로 검을 막아낸다. 리퍼도 로웬과 많은 전투 경험이 있는 덕분에, 대응도 능숙했다. 조금도 동요하지 않고, 다시 어둠 속으로 들어갔다.

낫을 이용한 리퍼의 독특한 기습이 거듭 펼쳐졌다.

그에 맞서는 것은 신의 경지에 다다른 로웬의 검술.

──어둠 속, 검과 낫이 연신 교차했다.

금속과 금속이 맞부딪치고, 하얀 불꽃이 수십 번 흩날렸을 때쯤, 승부가 판가름 났다.

단순한 계산에 따른, 단순한 해답이었다.

리퍼는 로웬을 이길 수 없다.

그 한 가지로 표현될 수 있는 해답.

──리퍼의 패배였다.

내 검이 리퍼의 오른쪽 다리를 인정사정없이 절단했다.

다리를 잃은 리퍼가 고통에 찬 표정으로 비틀거리는 것이 느껴졌다.

그리고 눈을 감은 나의 검이, 쓰러지려 하는 리퍼의 왼발을 꿰뚫어서──땅바닥에 꿰어버렸다.

"──마법 〈아이스〉."

마지막으로 검을 통해 빙결마법을 전달했다.

이 정도 기초마법 정도는 전투 중에 자연 회복된 마력으로도 충분히 사용할 수 있었다.

티다와의 전투 때 했던 것과 같은 요령으로, 실체가 사라진 리퍼를 고형화시켰다.

그리고 나는 눈을 떠서 리퍼를 응시했다.

눈앞에는, 만신창이가 된 그녀가 쓰러져서 땅바닥에 드러누워 있었다.

더 이상은 움직이기 힘들어 보이는 상태였다.

"젠장……. 비겁하잖아, 오빠……."

쓰러진 리퍼는 눈물이 그렁그렁한 눈으로 나를 쏘아보았다.

그것은 곧, 그녀가 패배를 인정하는 순간이었다.

동시에, 지난번과 달리 내가 제때에 마리아를 구해내는 데 성공한 순간이기도 했다. 훈련장 중앙에 멍하니 서서, '시련' 속에서 한 발짝 더 전진했다는 것을 실감하고 안도의 한숨을 내쉬었다.

◆ ◆ ◆ ◆ ◆

『무투대회』 번외 경기는 우리의 승리로 끝났다.

리퍼는 오른쪽 다리를 잃고, 왼발은 검과 얼음에 의해 땅바닥에 꿰이고, 오른팔은 화염에 그을린 상태였다. 그래도 안심할 수 없었던 내가 왼팔을 꼼꼼하게 빙결마법으로 봉쇄하고, 라스티아라의 신성마법으로 몸 전체의 움직임을 틀어막아 두었다.

잘려나간 다리는 마력에 의해 서서히 복구되고 있지만, 상당히 처참한 상태였다.

"내 승리야, 리퍼. 그래도 더 대들겠다면, 마리아의 불꽃으로 더 태워버릴 거야"

"그건 좀 싫은데……. 그 불꽃은 무효화도 못 하니까, 타 죽고 말 거야……."

리퍼는 저항하는 기색은 보이지 않았다.

역전할 수 있는 상황이 아니라는 걸 깨달은 것이리라.

나는 검을 움켜쥔 채, 그 옆에 걸터앉았다.

이제 오늘의 싸움이 모두 끝났다고 생각하니, 단숨에 힘이 빠져나가 버렸다.

리퍼는 옆에 주저앉은 나에게 말을 걸었다.

"천 년 전에 말이야. 마지막 밤에도, 로웬이랑 같이 이렇게 보냈었어."

뜬금없는 얘기였다.

어떻게 대꾸하면 좋을지 몰라서, 가만히 듣고만 있었다.

"로웬한테는 충분히 나를 죽일 수 있는 힘이 있었는데…… 내 모습을 보고는 검을 멈췄어……. 정말 다정했어……. 로웬은 끝까지 나랑 같이 놀아준 첫 번째 친구……."

리퍼는 독백했다.

딱히 대답을 원하는 건 아니다. 그저, 내게 알려주고 싶은 것이리라.

"『그림 림 리퍼』는 앞으로도 계속 로웬이랑 놀고 싶어……. 그러니까, 로웬을 지켜주고 싶다고, 스스로의 의지로 소망했어……."

리퍼의 소망을.

나는 그 마음을 찬찬히 받아들이고, 내 뜻을 전했다.

"리퍼, 그래도 나는 로웬과 한 약속을 지키러 갈 거야. 나는 로웬을 행복하게 해주고 싶어. ──나는 로웬을 좋아하니까."

"나도 로웬이 정말 좋아. 행복하게 해주고 싶어……. 그렇지만, 그건 곧 로웬이 죽는다는 뜻이 되는걸……! 그것만은…… 싫어……."

전과 달라지지 않은 내 대답에, 리퍼는 통곡했다.

"미안해, 리퍼. 내 대답은 언제나 단 하나, 모든 사람이 자기가 원하는 대로 살아가야 한다는 거야. ……하지만, 지금의 로웬은 그렇지 못해. 주어진 꿈만을 좇으면서, 자기 자신의 염원을 오인하고 있어. 그걸 간과할 수는 없어."

"난 그런 거 몰라……! 로웬이 염원을 오인하고 있는지 어떤지, 아직 모르는 거잖아……!"

"나는 오인하고 있다고 생각해. 난 아무리 생각해도, '영웅'이니 '영광'이니 하는 것들이 로웬의 염원은 아닐 것 같아……. 아무리 생각해도 그건 아냐……."

나는 '영광'의 편린을 손에 넣은 적이 있었다.

하지만, 그것은 나를 괴롭히기만 할 뿐이었다.

스노우는 '영광' 그 자체를 손에 넣은 적이 있었다.

하지만, 그것은 스노우를 절망의 나락에 빠트렸다.

그것을 알고 있으면서도 로웬을 방치해 둘 수는 없었다.

"그래도 말이야! 그게 잘못된 염원이라도, 로웬은 납득할지도 모르잖아! 사라지지 않은 채, 행복해질 수 있을지도 모르잖아! 그러면 안 돼?!"

리퍼는 끈질기게 물고 늘어졌지만, 나는 고개를 가로저으며 말한다.

"있잖아, 리퍼. 내가 했던 말을 떠올려봐."

"오빠가 했던 말?"

리퍼는 그게 무슨 말을 가리키는 건지 짐작이 될 것이다. 짐작 가는 게 없을 리가 없다.

"'남의 운명을 농락하지 마라'라고, 나는 항상 마음속 깊은 곳에서 외쳐 왔어……."

"응, 아주 귀가 따가워 죽는 줄 알았어. ……'거짓을 용납하지 마'라는 소리도 했었지."

"그래. 그리고 그 다음에 이어지는 건 '자신의 염원을──.'"

"'──오인하지 마'라는 거였지……."

마지막 구절은 리퍼 스스로가 이었다.

그 말을 되뇌는 사이에, 리퍼의 힘이 조금씩 풀려나갔다.

"그럼, 내 염원은 어떻게 되는 건데……?"

"로웬이 마음 속 깊은 곳에서 고통 받고 있다는 걸 알고 있는데…… 그런데도 같이 있고 싶은 거야……? 그런 거짓된 생활을 계속해봤자 둘 다 괴로워지기만 할 뿐, 누구도 행복해질 수 없어. 대답을 미루고 또 미뤄봤자, 언젠가는 무너질 수밖에 없어."

스스로를 속이면서 생긴 간극은, 언젠가 반드시 파멸을 부르게 되어 있다.

나는 이미 경험을 통해 그 사실을 알고 있었다.

리퍼는 아무런 대꾸도 하지 않은 채, 가만히 내 얘기를 듣고 있었다. 내 감정에 의해 성장한 리퍼이기에, 누구보다도 내게 공감할 수 있었던 것이다.

"로웬은 '미련'을 풀고 사라지기를 원하고 있어. 예전의 티다와 아르티도 사라지기를 원했었어. 아마 가디언이라는 건 원래 다들 그런 존재일 거야."

옛 가디언들의 사례를 언급해서 리퍼를 체념시키려 시도했다.

"그건 나도 알아……. 알고 있으니까, 더더욱 마음대로 안 되는 거라고……."

리퍼는 하늘을 올려다본다. 눈에 고인 눈물이 흐르지 않도록, 땅거미가 내리기 시작한 하늘을 쏘아보듯 뚫어지게 올려다보고 있었다.

나도 그녀와 같이 하늘을 우러러보았다.

용 퇴치 의뢰를 수행했던 지난날에 그랬던 것처럼, 둘이서 나란히 하늘을 올려다보았다. 하지만 서로 가까워지지 못한 채 평행선만 달릴 뿐이었다.

나는 더 이상 무슨 말을 해야 할지 몰라서 곤혹스러운 심정이었다. 그것은 리퍼도 마찬가지였던 듯, 내게 전의가 없다는 걸 알아채고 비꼬듯이 웃었다.

"……히힛, 오빠도 참 냉정하지 못하다니까. 여기서 나를 죽이면 전부 다 해결되는 건데."

"다 알면서 하는 소리지? 그런 짓을 했다가는, 이번에는 로웬이 가만 안 있을 거라고."

"어차피 일이 잘 안 풀렸으니까, 내 입장에서는 그것도 나쁘지 않아. 그 정도 각오는 하고 있는걸."

"하아……. 너도 참 성가신 녀석이라니까……."

"그래. 오빠랑 똑같이 말이야."

그렇다. 나와 리퍼는 서로 닮았다.

그 모습을 보고 있으면, 마치 내 자식을 보는 것 같다는 착각까지 느껴질 정도였다.

"나는 이제 아무 말도 안 할 거야. 이제 모든 건 로웬에게 달렸어. 내일, 결승전에 너를 데려갈 거고, 거기서 모든 게 다 끝나겠지."

"하긴……. 이제 내게 남은 역전의 가능성도 그것밖에 없으니까……. 이제 로웬한테 직접 부탁하는 수밖에 없어. 사라지지 말아달라고…… 진심으로……."

리퍼는 진심으로 부탁해보겠다고 했다.

하지만, 그 소원은 아마 이루어지지 못할 것이다. 리퍼 역시 그 사실을 알고 있기에, 그 방법을 선택하지 않고 우리와 싸우는 길을 택했다.

그 말을 마지막으로, 우리 둘의 대화는 끝났다.

나와 리퍼는 하늘을 올려다보며, 나란히 침묵에 빠졌다.

전의가 사라진 우리를 보고, 라스티아라가 검을 집어넣으며 말을 걸었다.

"어라? 리퍼를 설득하는 건 실패한 거야? 카나미는 여기서 전원을 다 설득해내겠다고 그랬었는데……."

"미안. 리퍼는 아무래도 힘들 것 같아."

"……그랬구나. 그럼 이제 어떻게 할 거야? 여러모로 예정에 변동이 생길 것 같은데."

"리퍼에 대한 설득은 로웬한테 맡겨야겠어. 그러니까 계속 리퍼를 이대로 다 같이 감시하다가, 내일 결승전 때 리퍼를 데려갈 거야.『무투대회』는 그걸로 끝이야."

"어, 정말 리퍼를 데려갈 거야? 위험한 거 아냐? 2대1 싸움이 될 수도 있는데?"

"괜찮아. 2대1 싸움이 된다면, 그건 나와 로웬이 리퍼를 물리치는 구도의 2대1이 될 거야. 로웬은 나와의 1대1 싸움에 집착하고 있으니까. 이제 리퍼를 설득할 수 있는 사람은 로웬밖에 없어. 그러니까 꼭 데려가야 돼."

"별 해괴한 신뢰감도 다 있네……. 뭐, 이제 와서 말릴 생각도 없지만……."

라스티아라는 그렇게 나를 비난했지만, 약간 부러운 기색도 엿보였다.

결승전이라는 상황에 대한 부러움도 있겠지만, 우리의 묘한 인연에 대한 동경도 있어 보였다.

"하지만 카나미, 그 대신──."

"그래, 라스티아라랑 스노우는 관객석에서 결승전을 지켜봐 줘."

"혹시 상황이 위험해지면 우리가 끼어들 거야. 그것만은 절대로 양보 못 해."

"알았어."

"정말 알고 하는 소리야……?"

라스티아라는 의심 어린 눈초리로 내 얼굴을 들여다보았다.

얼굴과 얼굴, 눈과 눈이 가까워지고, 내 심장의 박동이 거세어졌다.

그 고동의 정체는 알고 있다. 여러 모로 **돌아와 버렸기 때문이다.**

하지만 그 감정은 지금은 중요한 게 아닐 것이다. 나는 그 감정을 꾹 억누르고, 냉정하게 진지한 눈으로 라스티아라의 눈을 응시해서, 내가 진심이라는 것을 전했다.

라스티아라는 황당하다는 듯 한숨짓고, 약간 떨어진 곳에 있던 마리아에게 말을 건넸다.

"하아-. 으-음, 마리아, 귀찮은 일들이 더 이어질 것 같은데. 동료를 좀 불러올 테니까, 카나미랑 리퍼를 좀 지켜봐줄래?"

"아, 네. 맡겨주세요."

"리퍼가 엉뚱한 짓을 할 낌새가 보이면, 죽지 않을 정도로 불살라 버려도 돼. 아, 스노우도 잘 지켜보고 있어야 돼."

그 말을 들은 스노우는 자세를 가다듬고 대답했다.

"알겠습니다! 라스티아라 님!!"

"스노우……. 그 이상한 존댓말에 대해서도 나중에 찬찬히 얘기해보자……."

그 말을 끝으로, 라스티아라는 훈련장을 떠나갔다.

이렇게 해서 우리는 훈련장에 남겨졌다.

리퍼는 피곤에 찌든 표정으로 밤하늘을 올려다보고 있었고, 스노우는 라스티아라의 지시대로 리퍼를 감시하고, 마리아는 언제든지 화염마법을 내쏠 수 있도록 준비하고 있었다.

한때, 이 세 사람은 『에픽 시커』라는 한 지붕 아래 살고 있었다.

이런 상황을 마주하고 나니, 저절로 그 시절의 기억이 떠올랐다. 그러고 보면, 셋이서 같이 목도리를 뜬 적도 있었다. 그러나 그 시절과는 상황이 달라져도 너무 많이 달라졌다. 이제 그 시절로는 돌아갈 수 없으리라.

물론, 돌아갈 생각도 없다. 하지만 그렇다고 모든 걸 다 버릴 필요는 없을 것이다. 나는 과거의 나날을 떠올리고, 동시에 작은 약속도 떠올렸다.

잠시 생각에 잠겼다가, 스노우에게 말했다.

"있잖아, 스노우."

"응? 왜?"

"할 일도 없는데, 뜨개질 도구 좀 가져와 주면 안 될까? 저번에 목도리를 뜰 때 썼던 거."

시간도 남아돌겠다 싶어서, 바로 근처인 『에픽 시커』본거지에서 심심풀이에 쓸 도구를 가져다달라고 부탁했다.

"어, 응? 카나미, 무슨 소릴 하는 거야?"

"아니, 목도리라도 좀 뜰까 해서."

"저기…… 혹시 머리라도 찧은 거야? 카나미는 내일 로웬 아레이스랑 싸우게 돼 있는 거 맞지? 그럼 지금은 조금이라도 쉬어야지. 아니, 아예 그만 자. 리퍼는 이제 못 움직이니까."

"라스티아라가 동료를 데리고 돌아오면 잘 거야. 다만, 전에 약속했던 게 기억나서……. 그러니까 부탁 좀 할게."

"약속?"

"그래, 약속했었어. 이제 기억이 났으니까 만들어야지……."

나는 막무가내로 스노우에게 부탁했다.

"히, 히힛."

스노우와 마리아가 어리둥절한 얼굴로 나를 쳐다보는 가운데, 리퍼만은 쓴웃음을 짓고 있었다.

말로만 나눈 사소한 약속을, 그녀만은 기억하고 있었던 모양이다.

그 후, 라스티아라가 돌아오고 난 후에, 스노우는 마지못해 뜨개질 도구를 가져왔다. 그리고 나는 쓸데없이 섬세한 손재주를 발휘해서, 짧은 시간 안에 하나를 완성시켰다.

완성된 목도리를 보고, 리퍼가 웃었다. 나도 웃었다.

그런 두 사람 사이에는, 아까 같은 불화는 없었다.

결국 리퍼를 설득하는 데는 실패했지만, 전혀 의미가 없었던 건 아니라고 생각한다. 방금 리퍼와 마주보며 웃은 순간, 『연결고리』와는 무관하게 그녀의 감정을 조금이나마 알 수 있었다. 조금이나마 진정한 의미의 교류를 나눌 수 있었다.

리퍼가 얌전히 있는 것도 그 때문이었다.

나와 같이 결승전에 가는 것을 받아들인 것이다.

공통된 친구를 가진 나와 리퍼는, 결국 마음속 깊은 곳에서는 서로 같은 마음을 품고 있는 것이리라.

이윽고 나와 리퍼는 동시에 눈을 감고, 잠이 들었다.

정말로 기나긴 하루였지만, 이제 이 자리에 더 이상의 적은 없다.

신뢰할 수 있는 동료들이 지켜봐 주고 있기에, 안심하고 잠들 수 있었다.

이렇게 나는 『무투대회』가 시작된 이후 처음으로 잠에 빠져들었다. 결승전을 앞둔, 최후의 휴식이었다.

이제 남은 건 로웬뿐.

나의 검술 스승이자 친구인 가디언.

그를 구해내는 데 성공하면, 라우라비아에서의 모든 싸움이 끝난다.

하지만 그것은 어중간한 각오로는 해낼 수 없는 일일 것이다.

로웬 아레이스는 최강의 검사다. 그 점은 의심의 여지가 없다.

승리하려면 그의 모든 것을 이해하고, 모든 것을 뛰어넘어야만 한다.

그러기 위해, 나는 잠 속에 빠져들며 떠올렸다.

로웬과 함께 수행했던 시간과, 함께 지내 왔던 날들을 떠올렸다.

나 혼자만의 착각이 아니라면, 나와 로웬은 친구였다. 서로를 친구라 불렀던 적도 있었다.

그렇기에 기필코 이겨야만 한다. 이겨서, 구해줘야만 한다.

그러기 위해서 나는, 눈을 감고 연신 기억을 떠올렸다.

내가 알고 있는, 로웬이라는 청년이 살아온 모습을——.

2. 꿈의 시작

나의 가장 오래된 기억——그것은 쓸데없이 드넓고 황량한 저택.

그 저택은 새까맣게 어둡고 먼지투성이다. 천장 구석에는 어디나 거미집이 쳐져 있고, 복도를 걸을 때마다 바닥이 빠지는 게 아닐까 싶을 만큼 삐걱거리는 소리가 울려 퍼졌다.

냄새도 고약하다. 짐승 냄새가 지독해서, 코가 비뚤어져 버릴 것만 같이 괴로웠다.

저택의 벽은 곳곳이 무너져 있고, 어둠 속을 자세히 들여다보면 이끼가 잔뜩 끼어 있는 것을 알 수 있었다.

사람이 살기에는 턱없이 부적절한 저택——그것이 나의 원점이었다.

처음 철이 들었을 때부터 나는 그 저택에서 살고 있었다. 어째선지 내 손에는 내 키 정도의 직검이 들려 있었고, 나는 그것을 질질 끌면서 매일 저택 안을 싸돌아 다녔다.

어서 그곳을 걷고 있었던 것인가. 그 이유는 기억이 나지 않는다.

어떤 과정을 거쳐서 그곳에 다다른 건지도 기억이 나지 않는다.

모든 것이 너무나 아득하기만 한 기억.

하지만, 그럼에도 확신할 수 있는 게 한 가지 있었다.

이 저택이 바로 나의 '집'이라는 것.

저택에 사는 소년 로웬 아레이스──나는 '아레이스가(家)'에서 '검'을 쥐고 있었다.

그 '검'을 이용해서, 나는 매일같이 단련했다. 귀족 아레이스 가문에서 태어난 자라면 반드시 검술을 익혀야 한다고 들었기 때문이었다.

그렇게 가르쳐준 게 누구였던가……. 아마, 어머니였던 것 같다.

그 가훈을 믿고, 나는 몸이 채 무르익지도 않은 어린 시절부터 매일같이 검을 휘둘렀다.

소년은 꼭두새벽부터 깊은 밤까지, 쉬지 않고 검을 휘둘렀다.

비가 쏟아지건 바람이 몰아치건, 개의치 않고 검을 휘둘렀다.

몸이 타 버릴 듯 무더운 날에도, 얼어붙을 듯 추운 날에도, 검을 휘둘렀다.

열이 있는 날도, 오한이 이는 날도, 그 어떤 날에도.

줄곧 혼자서, 쉼 없이 검을 휘둘렀다. 검이 내 전부였다.

산 밑으로 내려가면 내 또래의 아이들도 있을 것이었다. 이런 쓸쓸한 저택이 아닌, 훨씬 더 근사한 저택도 있다는 걸, 나는 알고 있었다.

그리고 그 저택 역시 아레이스 가문의 소유라는 것을, 나는 어린 나이임에도 불구하고 알고 있었다.

그 저택에서 뛰어노는 아이들 앞에 모습을 드러내서는 안 된다는 것도 알고 있었다. 그런 아레이스 가문의 지시를, 나는 충실히 지키면서 지냈다.

한 마디 불평도 하지 않은 채, 나는 아레이스 가문의 염원인 '최강의 검사'라는 것이 되기 위한 노력을 거듭했다.

검사로서 출세해서 '영광'과 '명예'를 손에 넣기만 하면, 언젠가 나도 인정받을 수 있을 거라고 생각했기 때문이었다.

귀족의 일원이 되어, 그 산기슭에 있는 근사한 저택에 당당히 들어가서, 즐겁게 노는 아이들 사이에 낄 수 있을 거라고 믿어 의심치 않았다.

──그것이 로웬 아레이스의 시작이었다.

…………．

그 넝마 같은 집은 아직도 남아 있을까……?

벌써 천 년이 지났다.

남아 있을 리가 없다는 걸 알고 있으면서도, 나는 미련을 버리지 못하고 그곳을 떠올렸다.

비록 그 집이 나를 증오한다고 해도, 나에게 있어서는 그 집이 전부였다.

세상으로부터 거부당하고, 그 누구와도 교류할 수 없었던 나에게 있어서는 더없이 소중한 존재였던 것이다.

이 로웬 아레이스 안에 있는 것은 오직 '집'과 '검'뿐.

그리고 소년은 부모의 유언을 지켜서, 아레이스 가문의 번영을 갈망하는 청년으로 자라났다. 가훈에 따라서, 마법을 사용하지 않는 훌륭한 검사가 되었다.

스스로 생각해도 그런 자신이 기특할 정도였다.

넝마 저택에 버려진 아이가, 그렇게 강해진 건 그야말로 기적과도 같은 일이었다.

검을 휘둘러 단련만 하던 소년은, 어느덧 전장에서 활동하게 되었다.

과도한 단련 덕분이었는지, 재능이 있었던 건지——아마둘 다일 테지만, 어쨌거나 나는 검술 실력이 출중했다.

상대가 몬스터이건 인간이건 상관없이, 상대가 미처 움직이기도 전에 베어 죽일 수 있을 정도였다.

스스로가 강하다는 걸 금세 확신한 나는, 공을 올리기 위해 전장을 종횡무진 뛰어다녔다. 이러면 '영웅'이 될 수 있을 거라는 기대를 품고 적을 베러 나섰다.

'영웅'이 되기만 하면, 이번에는 정말로 아레이스 가문의 칭찬을 받을 수 있을 거라고 생각했기에…….

줄곧 적을 베며 살아갔다.

……솔직히, 이 전장에서의 기억이 가장 애매모호했다.

똑같은 일만 되풀이하며 살았던 시절이기 때문일까.

어느 전장이건, 검붉은 색의 기억밖에 없다.

죽이고, 죽이고, 또 죽이다 보니, 항상 내 얼굴과 옷은 피투성이였다.

전장에서 『사신』이라는 이름으로 공포의 대상이 되기까지는, 그리 오랜 시간이 걸리지 않았다.

그럭저럭 높은 지위에도 앉았던 것 같다.

국가의 부름을 받아서, 성녀님의 근위기사 같은 일도 한 적이 있었던 기억이 난다.

부정(不淨)한 출신에서 태어나서, 출세도 이런 출세가 없었다. 참 대단한 일이었다.

……하지만, 나는 아무것도 실감할 수 없었다.

왕족의 명령이라면 몇 명이건 베었다. 산처럼 거대한 용의 목을 일격에 베어버린 적도 있었다. 만 명이 넘는 적군을 혼자서 몰살시킨 적도 있었다. 유명한 장수의 목만 따져도 100개 이상은 베었던 걸로 기억한다.

그런데도, 스스로가 '영웅'이 됐다는 건 좀처럼 실감할 수 없었다.

'대단하다'는 칭찬을 받은 적은 한 번도 없었다.

하나같이 긴장된 얼굴로 '역시 해내셨군요'라는 한 마디를 남길 뿐이었다.

알고 있었다.

나는 '영웅'이 아니라 '괴물'로 불리고 있었다.

귀족들이 모이는 무도회에 나간 적은 한 번도 없었다. 나와 얼굴을 마주치면 다들 파랗게 질린 얼굴로 시선을 외면했다. 쫓겨나듯이, 몇 번이고 위험한 전장으로 내몰렸다.

그 명령을 나는 절대로 거부하지 않았다.

공적을 쌓고 싶었기 때문이다. 썩 머리가 좋지 않았던 나는, 바보처럼 '영광'과 '명예'를 추구했다.

그것만 있으면, 인정받고, 칭찬받고, 언젠가 보람을 얻을 수 있을 거라 믿었기 때문이었다.

그렇게 믿으며, 홀로 싸우고 또 싸웠다.

……나는 언제나 혼자였다.

적은 아무도 나를 이기지 못하고 목숨을 잃어 갔다. 함께 싸우기로 맹세했던 동료는 나의 전장에서 살아남지 못했다. 지키고 싶었던 사람들은, 남김없이 모두 인질로 잡혀서 죽었다.

아아, 죽었다. 모두 다 죽었다……. 다들 나 때문에 죽었다…….

로웬 아레이스와 얽히면 죽는다는 소문이 퍼지는 건 당연한 일이었다.

그런 마당이니, 아무리 무공을 세워도 박수 한 번 받지 못했다. 칭찬을 받기도 전에 다음 전장으로 떠나야 했다. 아마, 적도 아군도 나의 죽음을 바라고 있었던 거겠지.

성에서 본 귀족들의 공포에 질린 눈동자는, 지금도 똑똑히 기억난다.

그리고 나는 항상 가장 위험한 전장에서 시체의 산을 쌓고, 그 꼭대기에서 새빨갛게 물든 몸으로 우뚝 서 있었다. 그 모습을 보고 광란에 빠진 아군이 공격해 온 적도 있었다. 그 일은 잊으려야 잊을 수가 없다……. 처음으로 아군을 죽인 기억이었다…….

언제나, 누구나 나를 괴물로 취급했다.

존경은 없고, 공포만이 있었다.

칭찬은 없고, 차별만이 있었다.

결국, 나는 어엿한 귀족으로 인정받았던 걸까…….

나는 그 틀에 들어갈 수 있었던가……. 기억이 나질 않는다.

──여기까지가 내 생전의 이야기.

그 뒤로, 나는 진짜 몬스터가 되었다.

'영광'도 '명예'를 갈망하며 적을 베는 데만 열중하는, 진정한 괴물이었다.

그 천 년 전의 전쟁에 출몰하던 『사신』 로웬 아레이스는 강했다.

천하무적이라 해도 과언이 아닐 만큼 강했다.

절묘한 몸놀림으로 안개처럼 적군 한가운데에 나타나서는, 적이 눈치 채기도 전에 전원의 목을 베어버렸다.

까놓고 말해서 전술이고 뭐고 없었다. 그저 재앙일 뿐이었다.

그 남군의 『사신』에 맞서서, 당시의 북군은 최고의 카드를 꺼내들었다.

나를 토벌하기 위해 『시조』라 불리는, 전설의 마법사를 파견한 것이다.

당연한 일이지만, 『시조』는 검사인 나에게 정면승부를 거는 무모한 짓 따위는 하지 않았다.

나를 죽이기 위한 '마법'을 자객으로 보낸 것이다.

그 마법의 이름은『그림 림 리퍼』.

그 녀석은『시조』의 최대 걸작이었으며, 나와 마찬가지로 사람을 죽이는 데 특화되어 있었다.

더불어서『그림 림 리퍼』는 어린 소녀의 모습을 하고 있었다.

지성이 있고, 스스로의 의지도 갖고 있었다.

솔직히 말해, 내 눈에는 다른 평범한 아이들과 구분이 가지 않았다.

그리고 그 아이는 내 눈앞에 나타나서, 이렇게 말했다――.

"히, 히힛! 나랑 놀자, 로웰!!"

나에게 같이 놀자고 먼저 나서서 말했다.

소녀는 나를 보며 천진난만하게 웃었다.

한 번도 내게서 시선을 외면하지 않았다.

그 눈동자는 전혀 공포에 물들지 않았다.

놀랍게도, 나와 싸우고, 살아남고, 끊임없이 도전해주었다.

"뭐야?! 로웰, 방금 그 공격에도 안 죽는 거야?! 어떻게 뒤를 보는 건데?!"

소녀는 내 검술 하나하나에 놀라고 천진난만하게 떠들어주었다.

그 이후의 일들은 모두 똑똑히 기억하고 있다. 그녀 덕분에, 기억이 검붉게 물들어서 떠올리지 못하는 일은 사라졌다.

그만큼 기뻤던 것이다. 내가 살아가는 세계 자체의 빛깔이 달라진 것만 같았다.

"괴, 굉장해! 로웬! 내 낫을 막아낸 건 로웬이 처음이야!!"

리퍼는 나를 칭찬해주었다.

그 칭찬에는 분명한 경의가 있었다.

그와 동시에, 친구와 얘기하는 것 같은 친근함도 있었다.

"히히힛! 진짜 강하네! 역시 내 숙적이라니까!!"

리퍼와 얘기하면 얘기할수록, 싸우면 싸울수록, 심장이 힘차게 뛰고, 항상 차갑기만 하던 몸에 열기가 감돌았다. 등골에 짜릿한 전율이 일고, 항상 굳어져 있었던 얼굴에 미소가 새겨졌다.

그것은 '영광'와도 '명예'와도 거리가 먼 것이었다.

하지만 죽음을 흩뿌리는 대등한 괴물들 사이에서만 공감할 수 있는 알 수 없는 일체감이 있었고, 그것이 아까워서, 나는 도저히 그녀를 죽일 수 없었다.

어느 시점부터는 힘을 아껴 가며 싸우기 시작했다.

어떻게든 화해하고 싶은 마음에 몇 번 대화를 시도해봤지만, 그녀는 나를 죽이는 것이 사명이라면서 상대도 해주지 않았다.

이 죽고 죽이는 싸움만이 마법 『그림 림 리퍼』의 유일한 생존 방식이며 커뮤니케이션 방식이라는 것을 깨닫고——그렇다면 나도 거기에 어울려 줘야겠다고 생각했다.

수도 없이 무승부를 거듭해가며, 나는 자는 시간이나 먹는 시간까지 아껴서 리퍼와 싸웠다.

솔직히 말해서, 나도 죽고 죽이는 싸움만이 유일한 삶의 방식이었고, 검만이 유일한 커뮤니케이션 방법이었기 때문일 것이다.

부끄럽게도 친구와 장난감으로 칼싸움을 하듯이, 매일같이 죽고 죽이는 싸움을 벌였다. 하지만 그때만은 나 자신이 아레이스 가문의 일원이라는 것을 잊을 수 있었다.

더없이 마음이 가벼워졌다.

책임이니 뭐니 하는 것들은 모조리 잊고, 마치 평범한 소년처럼, 눈앞에 있는 소녀와 놀았다.

그 놀이는 끝없이 이어졌다.

세계 붕괴의 때가 다가올 때까지도, 줄곧 둘이서 죽고 죽이는 싸움을 거듭했다.

시간을 잊은 채, 대륙에 집어삼켜질 때까지, 계속, 계속——.

◆ ◆ ◆ ◆ ◆

"——웬 씨! 로웬 씨!"

목소리가 들려온다.

어깨를 흔드는 손길에, 방금 전까지 꾸었던 꿈이 흩어져 버렸다.

뭔가 더없이 그리운 꿈을 꾼 것 같은 기분이었다. 하지만, 눈을 뜨고 나니 그 꿈도 또렷히 기억이 나질 않았다. 요즘에는 매일같이 이런 꿈을 꾸곤 했다.

"으음…… 무슨 일이지?"

나는 눈을 뜨고, 그 목소리의 주인공을 돌아보았다.

거기에는 호화로운 케이프를 어깨에 두른 청년이 서 있었다.

이 남자의 이름은 글렌 워커.

연합국『최강』의 칭호를 보유하고 있던『영웅』이다.

얼핏 보면 허약해 보이는 기생오라비 같지만, 실제로는 암살술의 결정체라 해도 과언이 아닐 만큼 흉악한 사내였다. 나는 썩 좋아하지 않는 힘이지만, 인간들 간의 싸움에 있어서는『최강』이라는 칭호가 아깝지 않을 정도의 힘을 갖고 있는 건 사실이었다.

그 글렌이 의자에 앉은 내 눈앞에서 쓴웃음을 짓고 있었다.

"이 상황에서 용케도 잠을 잘 수 있군요……. 로웬 씨……."

나는 주위를 둘러보았다.

가구며 장식은 적지만, 상당히 넓고 근사한 방이었다. 다만, 그 넓이를 무색케 만드는 우락부락한 사내들이 빼곡하게 들어차 있었다. 사내들은 하나같이 허리춤에 검을 찬 채, 살벌한 얼굴로 나를 노려보고 있었다.

만에 하나 내가 조금이라도 수상쩍은 움직임을 보이면 언제든지 일제히 달려들 수 있도록 집중하고 있음을 알 수 있었다. 단, 나를 상대하기에는 인원의 자릿수가 턱없이 부족한 것 같은데……

"이런 상황은 한두 번 겪는 것도 아니니까."

문제없다고 대답하고, 다시 한 번 가볍게 눈을 비빈 다음,

의자의 등받이에 온몸을 기댔다.

그 편안한 모습을 보고, 글렌은 황당한 듯 말했다.

"하하……. 명불허전이네요. 역시, 제가 여기 있어 봤자 아무 의미도 없는 것 같은데……."

그리고 한숨을 한 번 내쉬며 투덜거렸다.

그 말마따나, 글렌이 나를 감시하는 건 별 의미가 없다. 하지만, 그렇다고 방치해둘 수도 없는 것이리라. 지금 나는 결승전 출전자인 동시에, 몬스터로서 포박당한 상태다.

그러고 그는 대전 상대 중에 유일하게 나를 상대로 선전을 펼친 인물이다. 『무투대회』 운영진은, 결승전이 시작될 때까지 한 시도 눈을 떼지 않고 나를 감시하기를 바랄 것이었다.

"의미는 있어. 글렌이 있으면 고맙게도 내 따분함을 덜 수 있으니까."

"저를 심심풀이 땅콩으로 취급하시는군요……. 아, 그러고 보니, 당신이 잠들어 있는 동안에 라이너 헤르빌샤인이 왔었습니다. 면회를 허락할 수는 없어서 정중하게 되돌려 보냈지만, 걱정 가득한 얼굴이더군요. 저…… 혹시 두 분이 어떤 사이인지 여쭤봐도 될까요?"

며칠 전에 도와주었던 소년이, 예의 바르게도 면회를 와 준 건지도 모른다.

하지만 이제 라이너 군을 만날 생각은 없다. 그에게 가르쳐줄 건 이미 다 가르쳐주었고, 남겨주고 싶은 것도 남겨주었다. 나머지 문제는 카나미 일행과 해결해야 할 것이다.

"내 검술 제자 서열 2위야. 아직 미숙하지만, 그 애는 분명 강해질 거야."

"호오…… 그거 좀 부러운걸요. 당신의 검술을 배울 수 있다니."

"그렇게 대단한 건 아냐. 마음가짐에 대해 살짝 가르쳐준 것뿐이니까."

나는 심심풀이 삼아 얘기를 이어갔다.

그런데 별안간 글렌의 몸에 감도는 기운이 돌변했다.

"──아뇨, 누구나 다 부러워할 겁니다. 왜냐하면, 당신은 연합국『최강』이니까요."

그 점만은 꼭 짚고 넘어가야겠다는 듯 강경하게 지적하고 들었다.

그 말에 나는 살짝 마음이 아팠다.

『무투대회』시합에서, 나는 글렌 워커에게 승리했다.

동시에 그가 갖고 있던 연합국『최강』이라는 칭호도 빼앗게 되었다.

그건 상관없다.

글렌은 그 점에 대해 아쉬워하기는커녕, 나를 처음 본 순간부터 그 칭호를 양보하기로 작정했었다. 시합에 앞서 일부러 내 쪽으로 와서, 그 칭호는 나에게 걸맞다고 얘기하기까지 했을 정도다.

문제는 그에게 승리한 뒤였다.

나를 대하는 연합국의 태도가, 무명 검사에서 '영웅' 취급으로 돌변했다.

살아가는 세계 자체가 격변했다 해도 과언이 아니었다.

우선 시합을 마치고 돌아가는 길에 낯모르는 수많은 사람들에게 둘러싸였다. 가까스로 그 사람들 사이를 빠져나왔더니, 내가 묵고 있는 숙소에 귀족들이 들이닥쳐서 갖가지 방법으로 치근덕대기 시작했다. 중앙의 무도회에 억지로 끌려 나가서, 경력과 정체에 대한 수많은 질문에 시달려야 했다. 그 다음에는 훈장이며 작위에 대한 얘기가 시작되고, 심지어는 몇 년 후의 인생 설계에 대한 질문까지 받았다.

그들은 현재 무소속인 내가 누구와 친하게 지내고 어떤 파벌에 들어가는지가 궁금해서 견딜 수 없는 기색이었다.

하나같이 쉴 새 없이 칭찬 세례를 퍼부었지만, 왠지 조금도 기쁘지 않았다.

그래도 나는 억지로 웃음을 지으며 그들에게 응대했다. 글렌 워커를 물리친 선수라는 지위에 걸맞게 행동해야 한다고 생각했기 때문이다.

만약 무도회 경험이 풍부한 라이너 군이 와주지 않았더라면, 나는 아마 그곳을 빠져나오지도 못했으리라.

그의 도움 덕분에 가까스로 귀족들의 포위망을 돌파한 후, 나는 생기 없는 눈으로 숙소에 돌아왔다.

그리고 예전에 카나미 역시 이런 눈으로 돌아온 적이 있었다는 걸 바로 깨달았다.

'영광'의 증거인 무도회는, 내가 꿈에 그리던 것과는 전혀 딴판이었다.

내가 꿈꿔 왔던 '영웅'의 초라함에 눈물이 다 날 지경이었다.

카나미는 나보다 먼저 그 점을 깨달았던 건지도 모른다. 스노우 군과 함께 무도회에 갔던 날, 그 점을 통감하고 '영웅'을 기피하기 시작한 것이리라.

아마 스노우 군 역시 알고 있었을 것이다. 그랬기에 자신이 아닌 다른 사람에게 '영웅'을 떠넘기려 애쓰고 있었다.

내가 꿈꿔왔던 것들은 모두 환상에 지나지 않았다는 걸 뼈저리게 느꼈다.

'영광'을 손에 넣으면 즐거운 일들이 잔뜩 기다리고 있을 줄로만 알았다. '영웅'이 되면 더 행복해질 수 있을 줄로만 알았다. 귀족의 일원이 되면, 많은 친구들을 사귈 수 있을 줄로만 알았다.

하지만, 현실은 그렇게 만만치가 않았다. 그리고 그 '영광'으로부터 도망칠 수도 없었다. 이건 일단 한 번 손에 넣으면, 본인의 의사와는 무관하게 따라붙는 것이었다.

행복을 가져다주기는커녕, '저주'. 나는 그 점을 인정할 수밖에 없었다.

글렌의 기대에 부응하기 위해, 나는 스스로가 '영웅'이라는 것을 인정했다.

"그래, 맞아……. 나는 분명히 연합국『최강』이 틀림없어.

내가 좀 볼썽사납게 겸손을 떨었나 보군. 미안하게 됐어…….”

불현듯, 카나미와 스노우 군의 이야기를 듣고 싶어졌다.

다시 모두와 만나서, 매일 『에픽 시커』에서 환담을 나누던 것처럼 얘기하고 싶었다. 같은 상황에 처한 경험이 있을 친구들과 의논해보고 싶었다.

“……글렌. 나 결승전에 나갈 수 있는 건가?”

나도 모르게, 입에서 그런 힘없는 목소리가 흘러나왔다.

비록 가능성이 낮다는 건 알고 있지만, 그래도 나는 아직 기대하고 있다. 결승전이 시작되면, 거기에 나를 구해줄 누군가가 서 있을 거라는 기대를——.

“걱정 마십시오. 몬스터라도 상관없습니다. 기필코 당신을 결승전에 내보내 드릴 겁니다. 이 글렌 워커의 목숨을 걸고서라도.”

자기만 믿으라는 듯, 글렌은 자신의 가슴을 탁 쳤다.

“내가 제멋대로 구는 바람에……. 미안하게 됐어.”

글렌과의 시합이 끝난 후, 나는 다음 시합——펜릴 아레이스와의 시합에서 스스로가 몬스터라는 사실을 밝혔다. 그 날 이후로 글렌이 각지를 뛰어 다니며 나를 변호해주고 있다는 사실은 나도 잘 알고 있다.

“그건 쌍방의 입장을 생각하면 불가피한 일이었습니다. 아레이스 가문 문주 『검성』 펜릴 씨를 위해서 그런 거였잖아요? 덕분에 펜릴 씨는 무명의 검사에게 패배한 게 아니라, 조상의 검에 패한 게 되지 않았습니까? 자기 가문의 명성을 지키려 하는 마음은 저도 충분히 이해해요."

"아니, 그건 딱히 가문의 명성을 지키려고 그런 게 아니라⋯⋯."

글렌과 싸운 이후의 다음 시합에서, 나는 나의 자손인 펜릴 아레이스와 싸워서 압승을 거두었다.

이 연합국에서『검성』이라 불리던 그였지만, 시대의 벽은 두껍고도 두꺼웠다. 이 평화로운 시대의『검성』과 살벌한 시대의『사신』사이에는, 확연한 실력의 격차가 있었다.

무엇보다 큰 차이는——아레이스 가문 그 자체의 차이였다.

이 시대의 아레이스 가문과 내가 알던 아레이스 가문은, 그 실체가 전혀 달랐다. 물론 혈연 자체는 분명히 이어져 있겠지만.

하지만 가훈도 달랐고, 계승되어 온 검술도 전혀 달랐다.

비슷하기는 하지만 전혀 다른 것. 내가 알고 있던 아레이스 가문은 그런 근사한 곳이 아니었다.

한 마디로, 내가 지키고자 했던 '가문'은, 이 천 년 후의 세계에는 남아 있지 않았다는 것이었다. 나는 그 사실에 절망하고, 지독한 고독감에 휩싸였다.

당연히, 승리한 나에게는 아레이스 가문을 지키고 싶다는 마음은 하나도 없었다. 무릎을 꿇은 펜릴 앞에서 갈채를 받는 내 안에 존재하던 것은 오직——도망치고 싶다는 감정뿐.

"그, 그건…… 그저 내가 칭찬을 견딜 수가 없어서 그랬던 것뿐이었어. 딱히 펜릴을 위해서 그런 건…….

"하지만, 그렇다 해도 펜릴 씨는 감사하게 여기고 있던걸요. 로웬 씨가 의도한 게 아니라고 해도, 그 행동은 분명히 아레이스 가문을 구해주었으니까요. 실은 지금 그도 당신의 결승전 출전 성사를 위해 애쓰고 있습니다."

"펜릴 아레이스가……?"

"그 영감님도 저와 비슷한 생각을 하고 있는 모양이더군요."

보아하니, 두 사람 사이에는 공통된 부분이 있었던 모양이다. 웃음을 머금은 채, 믿음직한 조력자의 존재를 가르쳐주었다.

그리고 진지한 표정으로 돌아와서, 두 사람 몫의 기대를 나에게 전한다.

"우리들의 바람은 단 하나. 우리가 갖고 있던 『최강』과 『검성』의 칭호를 이어받은 로웬 아레이스가, 아이카와 카나미와 싸우는 것입니다."

그 기대는 약간 무겁게 느껴졌지만, 소원 자체는 내 소원과 완전히 일치했다.

"그래. 나도, 카나미와 싸우고 싶어……."

그 싸움을 그 누구보다 절실하게 원하는 건 바로 나일 것이다.

나는 마음속 깊은 곳에 있는 열망을 털어놓았다.

"걱정하실 것 없어요, 로웬 씨. 내일, 당신은 결승전에 나가게 될 겁니다. 카나미 군도 반드시 올 겁니다. 모두가 그걸 원하고 있으니까."

내 표정을 보고, 글렌은 허둥지둥 격려의 말을 건넸다.

나 스스로는 몰랐지만, 그 정도로 처참한 표정이었던 모양이다.

"고맙다, 글렌……."

그의 말 덕분에, 조금이나마 마음이 편해졌다.

감사의 말을 입에 담고, 나는 근처의 창문 쪽으로 시선을 옮겼다.

새하얀 커튼이 바람에 나부끼고 있었다. 내 앞머리를 부드럽게 어루만지는 바람이 상쾌해.

무엇보다도, 창밖에 보이는 쾌청한 하늘이 아름다웠다.

천 년 후 세계의 아름다움에 마음의 위안을 얻으며, 나는 지금껏 잃어버린 것들을 헤아리기 시작했다.

요 며칠 동안은 정말이지 격동의 나날이었다.

갈망하던 '영웅'의 자리에 다가서기는 했지만, 꿈꿔왔던 '영광'에 대해 먼저 절망했고, 사명이었던 '아레이스 가문'이 현대에는 이미 남아 있지 않다는 사실을 알게 되었다.

정말 큰 충격이었다.

하지만, 그 대신 조금씩 '해답'에 가까워진 것 같다는 느낌도 들었다.

아마도, 이제 소거법을 사용해서 생각하다 보면, 내 '진정한 염원'을 밝혀낼 수 있을 것이다.

정말로 이제 조금……. 조금만 더 가면 된다.

다만, 그 '해답'에 다다르기 전에 만나고 싶다…….

리퍼를 만나고 싶다. 카나미를 만나고 싶다.

배부른 소리라고 생각할지도 모르지만, 마지막으로 셋이 같이 '해답'을 깨닫고, 셋이 같이 웃으며 끝내고 싶다.

그 둘은 내일 있을 결승전에 와 줄까……?

리퍼는 화가 났으니까 아마 안 오겠지…….

카나미도 이제 기억을 되찾았으니, 나 같은 건 이제 뒷전이겠지…….

외롭다…….

만약 그 둘이 와주지 않는다면, 나는 혼자 죽어 사라지게 되겠지.

그건 너무나도 외롭다…….

또 다시 혼자서 죽음을 맞게 되다니……. 그건 너무 공허하지 않은가.

그러니까, 제발 부탁이다.

리퍼…….

카나미…….

나는 기다릴 거다.

너희 둘을 기다릴 거다.

이건 아마, 아주 오래 전부터 이어져온 기다림이었으리라——.

그 황량한 저택 안을 돌아다니던 시절부터——.

로웬 아레이스는, 친구가 찾아와 주기를 줄곧 기다리고
있었던 것이다.

3.『첫 번째 달 연합국 종합기사단종 무도회』 결승전

어둠 속, 귓가에서 목소리가 들려왔다

몸을 흔드는 손놀림에 이어, 뭔가 차가운 것이 뺨을 때렸다.

어둠 속에서의 휴식은 더없이 포근했지만, 그 외부 자극을 견디지 못하고 의식이 깨어난다. 늪과도 같이 질척거리는 졸음을 뿌리치고, 눈꺼풀을 들어 올렸다.

동시에 머리 위에서 비치는 햇빛이 눈 속으로 뛰어들었다.

살짝 고개를 돌려서 시선을 옮기니, 투박한 훈련장이 보였다.

보아하니, 나는 그 훈련장 중앙에서 잠들어 있었던 모양이다. 나도 모르는 사이에 누군가가 덮어준 담요를 홱 젖히고, 나는 기상했다.

상쾌한 기상이었다.

아니, 상쾌함을 넘은 해방감이 머릿속에 퍼져 나갔다.

머릿속은 탁하지도 무겁지도 않고, 오직 한없이 선명하기만 한 감각. 투명하게 개인 머릿속이 현재 상황을 인식해 나갔다.

살인적인 졸음은 흩어지고, 불쾌한 오한과 땀도 멎어 있었다. 나무 말뚝이라도 박힌 것처럼 마음대로 움직여 주지 않았던 말다리가 깃털처럼 가벼웠다. 뇌에서 나온 신호에 따라 손발이 정확하게 움직인다는 사실에, 감동까지 느껴질 정도였다.

쾌조의 컨디션이라고 할 수 있을 정도는 아니지만, 어제까지의 몸 상태에 비하면 하늘과 땅 차이였다.

HP와 MP는 완전히 회복되었고, 상태이상도 회복. '팔찌'도 없기에, 사고의 제한도 없었다.

──완전 회복이다.

그 사실을 동료들에게 전해야겠다는 생각에, 주위를 확인했다.

가장 먼저, 바로 옆에 리퍼가 드러누워 있는 모습이 보였다.

"좋은 아침, 오빠. 벌써 해가 중천이지만."

"좋은 아침, 리퍼."

보아하니, 나를 깨워준 건 리퍼였던 모양이다. 그 얼어붙은 왼손을 흔들어서, 내게 아침 인사를 건넸다.

"벌써 시합 시간 다 된 거야?"

"응. 조금만 더 있으면 오빠랑 로웬의 결승전 시간이야."

태양은 이미 머리 위까지 떠올라 있었다. 정오에 가까운 시간이었다.

시합은 오후 이른 시간부터 시작되는 것으로 기억하고 있다.

지각 하면 안 되기에, 황급히 일어섰다.

그리고 리퍼 이외의 상황을 파악하기 위해 훈련장 안을 둘러보았다.

……뭔가 좀 기묘한 상황이 펼쳐져 있었다.

훈련장 안에는 라스티아라, 디아, 마리아, 스노우, 세라 씨, 이 다섯 명이 있었다. 그런데 그 전원이 눈짓으로 서로를 견제하면서, 심상치 않은 분위기를 분위기 속에서 침묵하고 있었다.

"어, 어째 하룻밤 사이에 분위기가 좀 이상해졌는데……. 리퍼, 무슨 일이라도 있었어……?"

"나도 기억이 안 나서 잘 모르겠어……."

리퍼도 나와 마찬가지로 어쩔 줄 몰라 하고 있었다.

그런 가운데, 세 사람 중에 라스티아라가 나를 쳐다보며 여기를 떠나라고 재촉했다.

"아, 일어났어? 지금 좀 디아랑 마리아 사이가 삐걱거리고 있어서 말이야……. 그렇지만, 그렇게 큰일은 아니니까 신경 쓸 것 없어. 카나미는 먼저 가서『무투대회』부터 끝마치고 와."

"어, 응? 그런 거야?"

나는 뜻하지 않은 두 사람의 불화에 놀랐다.

그리고 라스티아라가 지명한 두 사람은 웃으며 내게 대답했다.

"아뇨, 그럴 리가요. 저는 지극히 정상적이에요. 평소와 다름없이."

"그래, 나도 정상적이야. 거기 그 녀석 따위는 관심도 없어. 그러니까 신경 안 써도 돼."

……누가 봐도 정상적인 상태와는 거리가 멀었다.

뭔가 한바탕 실랑이가 있었던 건 분명해 보였다.

어제 마리아와 라스티아라 사이에 불화가 없다는 걸 확인한 탓에, 조금 지나치게 방심했던 모양이다.

그 참상을, 라스티아라는 쓴웃음 띤 얼굴로 받아들이고 있었다.

"상황은 대충 알겠지? 그러니까 일단 거기 선수 두 명은 먼저 가 있어. 우리도 금방 따라갈 테니까."

"아, 아니⋯⋯. 이런 상태에서 혼자 갈 수는 없어. 절대로 못 가. 『무투대회』를 끝내고 왔을 때 어떤 상황이 펼쳐져 있을지 불안해서라도 못 간다고⋯⋯."

트라우마 때문에 온몸이 떨리기 시작했다.

이런 상태를 방치해뒀다가 탈이 난 게 한두 번이 아니었다.

수면을 취한 덕분에 몸 상태는 분명 회복됐건만, 등에서 식은땀이 줄줄 흐른다. 불쾌한 오한이 온몸을 덮치고, 말뚝이라도 박힌 듯 손발이 뜻대로 움직이지 않았다.

그것을 본 마리아와 디아는 당황한 기색이었다.

"아, 아뇨, 정말 괜찮아요. 그냥 좀 디아 씨와 다툼이 있었다고나 할까⋯⋯. 다툼이라고 해봤자, 정말로 어린애 싸움 같은 거니까⋯⋯!"

"그, 그래! 마리아 말이 맞아! 서로 좀 고집을 부리느라 그런 것뿐이야! 그렇지, 마리아?"

"그렇고말고요. 디아 씨!"

마리아와 디아는 억지 미소를 지으며 손을 마주잡았다.

약간 억지스러운 연출 같긴 했지만, 적어도 목숨 걸고 치고받는 싸움으로 발전할 만큼 험악한 상황은 아니라는 것쯤은 알 수 있었다.

……아니, 하지만 예전에도 그런 식으로 방심했다가 쓴 맛을 본 적이 있었다.

시합을 끝내고 돌아오고 나면 두 사람 때문에 라우라비아가 불바다로 변해 있을 가능성이 높다. 상당한 확률로 그렇게 될 것이다. 그렇게 될 게 틀림없다고 해도 과언은 아니다. 그럴 게 분명하다.

오늘 있을 결승전의 계획을 변경해야 하는 건지, 나는 심각하게 고민했다.

그 때 라스티아라가 내 머리를 탁 때렸다.

"고민이 너무 과해. ……카나미, 고민 말고 빨리 가. 만에 하나 상황이 살벌해지더라도, 나랑 스노우랑 세라가 있어. 카나미는 우리를 신뢰하고 있는 거 아니었어?"

라스티아라는 반쯤 광란 상태에 빠져들어 있던 내 모습에 황당해하며 말했다.

그리고 진지한 눈빛으로 예전과는 상황이 다르다는 것을 설명하고, 자기한테 맡기라고 했다.

그 믿음직한 태도에 이기지 못하고, 나는 고개를 끄덕였다.

"알았어. 그렇게 할게……."

"그럼 다녀와. 우리는 마리아와 디아를 다독이고 나서 관객석으로 갈 테니까. 카나미와 리퍼는 일찌감치 대기실에 가서 대기하고 있어."

그렇게 말하고 우리를 훈련장 밖으로 내몬 다음, 마리아와 디아를 나무라기 시작했다. 그 광경을 보고서야, 나도 안심하고 리퍼를 불렀다.

"리퍼, 가자."

"응, 갈래, 갈래. 그렇지만, 팔에 달라붙은 이 얼음 때문에 제대로 걸을 수가 없단 말이야. 팔은 이미 감각이 아예 없어졌고……. 좀만 더 있으면 결승전이니까, 이제 좀 풀어 주면 안 돼?"

"그건 안 돼. 잔말 말고 얌전히 따라오기나 해."

"체엣."

리퍼는 입을 뾰로통하게 내밀고, 탄화된 오른팔과 얼어붙은 왼팔을 덜렁덜렁 늘어뜨린 채 내 뒤를 따라왔다.

검에 절단된 다리는 하룻밤 사이에 복구된 모양이라, 보행에 큰 지장은 없었다. 만약에 반항이라도 하면 일이 성가셔지겠지만, 이제 나도 완전히 회복된 상태이니 큰 문제는 없을 것이다.

리퍼도 스킬『감응』을 익힌 나를 이길 수 없다는 것쯤은 이성적으로 이해하고 있을 것이다.

'소지품'에서 꺼낸 천으로 리퍼의 두 팔을 가리고 우리들은 『에픽 시커』의 훈련장을 나서서, 북쪽의 『브아르훌라』로 향했다.

큰길을 걸어서, 국경을 이루는 강을 건너, 거대 선단에 올라탔다.

길을 걷다 보니, 오가는 사람들이 속닥거리는 소문도 들을 수 있었다.

하나같이 『무투대회』에 대해 얘기하고 있었다. 목적지가 결승전 경기장이니 당연한 일이리라. 나는 얼굴을 들키지 않도록 목도리 속에 얼굴을 묻고, 그 소문들을 포착했다.

옆에서 걷는 리퍼도 귀를 쫑긋 세우고 있었다.

먼저 젊은 모험가 두 사람의 대화가 귀에 들어왔다.

"──드디어 『무투대회』 결승전이네. 정말이지, 이번 『무투대회』는 이변이 많아서 분위기가 아주 후끈 달아올랐어. 특히 남부 에어리어."

"그러게 말이야. 로웬이라는 녀석의 싸움 실력은 진짜 무시무시하더라고. 우승후보였던 팀들이 그 녀석 하나한테 수두룩하게 당했잖아? 그것도, 거의 상처 하나 없이."

"그 유명한 『최강』 글렌 워커도, 『검성』 펜릴 아레이스도 패배했으니까. 이제는 그 로웬이라는 녀석을 연합국 『최강』, 『검성』으로 취급한다나 봐."

두 젊은 모험가는 결승전에 출전하는 로웬에 대해 얘기하고 있었다.

역시 이번 『무투대회』에서 가장 큰 주목을 받는 출전자는 로웬이었던 모양이다. 우리와는 달리 유명한 팀들과 연거푸 붙어서, 그 모든 시합에서 멋지게 전승을 거둔 게 반향이 컸다.

그 말을 들은 리퍼는, 내 옆에서 흣흥 하고 득의양양하게 콧소리를 냈다.

자기 얘기도 아닌데 콧대가 높아져 있었다. 하지만, 어쩌면 나도 같은 표정을 하고 있는지도 모른다.

"그런데 로웬은 시합 중에 자기가 몬스터라고 선언했다던데? 그것도, 보통 몬스터가 아닌 미궁의 가디언이라고."

"그래. 나는 남부 에어리어 시합을 관전했으니까, 이 귀로 똑똑하게 들었어. 분명히 자기 입으로 말했지. 하지만 멀리서 봐서 그런지, 나는 그게 어딜 봐서 몬스터라는 건지 도통 모르겠던데……."

"흐으음. 그럼 그냥 자칭이었던 건가……?"

"아니. 대회 운영진 측에서 허겁지겁 포위하던 걸 보면, 아마 진짜일 거야. 사람들 사이에 도는 소문으로도, 로웬이 진짜 몬스터라는 목소리가 더 많고."

"진짜라면 굉장한데……. 설마, 몬스터가 우승하는 건가?"

"아니. 그래서 더더욱 북부 에어리어의『영웅』에 대한 기대가 엄청나더라고. 이름은 카나미라고 했지, 아마? 북부 에어리어는 내 숙소에서 너무 멀어서 볼 기회가 얼마 없었단 말이지……."

옆에서 걷던 리퍼가 손가락으로 내 뺨을 쿡쿡 찔렀다.

차가우니까 그만 좀 해줬으면 좋겠다.

"그 4차원 영웅 말이지? 풀네임은 아이카와 카나미라고 들었어. 북부 에어리어의 시합은 다 보지는 못했지만, 신기한 이름이라서 기억하고 있지."

"그리고 많은 관객들은 그 새로운 『영웅』이 최강의 몬스터를 타파해주기를 기대하고 있다는 거군. 공평을 기해야 하는 대회 주최측도, 이번에는 그래주기를 바라고 있겠지."

"뭐, 하긴 그렇겠지. 만약에 로웬이 진짜 몬스터라면⋯⋯ 우승해도 곤란하니까."

"응원이 한쪽으로 치우치는 건 어쩔 수 없겠지. 로웬이 몬스터라는 소리를 들은 이상, 아무래도 고분고분 응원하기는 힘들 테니까. 연합국은 미궁을 중심으로 한 나라야. 몬스터의 손에 동료나 가족을 잃은 녀석들이 한둘이 아니지. 그런 가운데 몬스터를 응원하는 건, 아무래도 용기가 필요한 일일 거야."

얘기를 듣다 보니, 들떠 있던 리퍼가 잠잠해졌다.

몬스터라는 입장 때문에 로웬이 부당한 처우를 당하는 게 불만인 모양이었다.

젊은 모험가 일행이 멀어져 갔다.

하지만 『무투대회』에 대한 기대가 담긴 목소리들은 그 뒤로도 연신 우리의 귀에 들어왔다.

지나가는 사람들 모두가 결승전의 향방에 관심을 기울이고 있었다.

이번 『무투대회』가 얼마나 많은 인기를 끌고 있고, 분위기가 달아올라 있는지를 잘 알 수 있었다. 거의 무명에 가깝던 선수끼리 결승에서 맞붙는 건 전대미문의 일이라는 모양이었다.

"당연히 북부의 카나미가 이기지. 우리 라우라비아의 『영웅』이잖아."

"하긴, 단박에 『용 토벌』을 해낸 『영웅』이라는 모양이니까. 남부의 로웬에게도 뒤쳐지지는 않을 거야."

"『영웅』과 몬스터의 싸움이라면, 아무래도 『영웅』을 응원할 수밖에 없겠지. 둘 다 젊고 멋있기는 하지만……."

"남부의 검사도 대단하지만, 북부의 『영웅』도 시합 내용면에서는 밀리지 않아. 나는 북부 시합을 관전했었는데, 그 친구는 역대 우승자들을 다 따져도 아마 최강일 거야."

단, 그 대부분의 대화에서 로웬은 '몬스터', 즉 적으로 언급되고 있었다.

나는 그들이 원하는 『영웅』 역할이었다.

그 사실이, 리퍼에게는 조금 슬프게 느껴지는 것 같았다.

"……오빠를 응원하는 사람이 더 많은 모양이네."

"그러게 말이야."

"역시, 몬스터는 무슨 짓을 해도 소용없는 걸까?"

"아니, 그렇지도 않은 것 같은데. 다들 몬스터 타령을 하면서 떠들기는 하지만, 얘기를 들어보면, 『최강』과 『검성』을 격파한 검사에 대한 경의는 아직도 멀쩡히 남아 있는 것 같으니까."

"응……. 그러게……."

나는 귀에 들어오는 정보들을 냉철하게 분석했지만, 리퍼의 표정은 영 시원치가 못했다.

그리고 지나가는 사람들이 떠드는 소문을 듣다 보니, 어느덧 우리는 선단 최고의 크기를 자랑하는 『브아르홀라』 중앙선에 발걸음을 들여놓았다.

특수한 형태의 선박이다. 마치 성의 입구 같은 거대한 문이 있고, 주위에는 탑 같은 건축물이 수십 개나 달려 있다. 다른 배들과는 달리, 전투선을 개조한 것이 아니라 처음부터 극장선으로 만들어진 배임을 알 수 있었다.

우리는 거대 극장선 안으로 들어갔다.

내부는 마치 대귀족의 저택 같은 구조였다. 현관에 들어서면 수천 명을 수용할 수 있는 대형 홀이 있고, 거기에는 호화로운 샹들리에가 수도 없이 매달려 있었다. 그것은 예전에 참석했던 무도회를 떠오르게 하는 광경이었다.

마음속에 싹트는 불쾌한 감정을 무시하고, 나는 발걸음을 내딛었다.

담당자에게 문의해서 선수 대기실로 향했다.

그러는 동안에도 로웬에 대한 소문은 끊임없이 귀에 들어왔다.

호화로운 회랑에 귀족들이 늘어서 있다. 그들은 제멋대로 로웬과 나에 대한 평가를 늘어놓았다.

모두가 우리의 힘을 인정하고 있었다. 그것은 로웬이 얘기하던 '영광'과 흡사했다. 흡사하긴 하지만, 결코 기분 좋게 느껴지는 것은 아니었다.

우리는 대기실에 도착해서 말없이 시간을 보냈고, 이윽고 담당자가 와서 시합 개시를 알렸다.

나는 리퍼의 손을 잡아끌고, 아마 다시는 걸을 길이 없을, 투기장으로 통하는 회랑을 걷는다.

그리고 곁에 있는 소녀에게 마지막 말을 건넨다.

지금까지 많은 목소리들을 들었다. 오가는 소문들 속에서, 사람들이 많은 기대를 하고 있다는 것도 알았다. 하지만──.

"──하지만 리퍼. 로웬이 몬스터라는 것도, 『영웅』이나 『최강』이라는 것도, 우리한테는 아무 상관없어. 아무 상관도 없는 일이야."

"응......?"

"관객들한테는 미안하지만, 이 싸움은 다른 누군가를 위한 싸움이 아냐. 로웬과 리퍼, 그리고 나. 우리 세 사람만의 싸움이야."

"......응."

"전하러 가자. 나와 리퍼의 해답을."

내 뜬금없는 얘기에 리퍼는 잠시 놀랐지만, 곧 내 말을 이해하고 침울하게 고개를 끄덕였다.

나와 리퍼는 같은 마음을 품은 채, 같은 길을 함께 걸었다.

그리고 우리는 어두운 회랑을 지나, 마지막 투기장에 들어섰다.

순간, 강렬한 태양 빛이 우리의 몸을 태웠다.

동시에 우레와도 같은 환호성에 휩싸였다.

시야 안으로 들어온 것은, 헤아릴 수 없을 만큼 많은 관객들. 그 모든 사람들이 우리의 등장을 기다려 마지않았던 것이다.

드넓은 투기장이었다.

필드는 지금까지 시합을 치렀던 투기장들보다 세 배는 더 넓고, 쾌청한 하늘에는 견고한 결계가 펼쳐져 있었다. 관객석의 면적 역시 다른 투기장보다 세 배는 더 넓었다. 다른 투기장들과 차별화되는 또 한 가지 특징은, 일반적인 관객석뿐만 아니라 탑 같은 관객석도 만들어져 있다는 점이었다. 한계치까지 최대한 많은 사람들이 볼 수 있도록 고안해낸 구조임을 알 수 있었다.

그리고 투기장 중앙, 우리의 시선 앞에, 그가 서 있었다.

아마도 그는, 이곳에 있는 그 모든 관객들보다도 더 간절하게, 우리가 와 주기를 바라고 있었을 것이다.

무장한 경비병들에 둘러싸인 채 하늘을 올려다보고 있는 한 사람의 청년 검사——

우리가 입장하는 동시에, 그는 이쪽을 쳐다보았다.

부드러운 밤색 머리칼이 찰랑이고, 짙은 다크써클 위에 있는 청회색 눈동자가 우리를 포착했다.

그 동공이 조그맣게 움츠러들고, 뒤이어, 그 입가에 힘이
풀렸다.

그는『브아르홀라의 정점』에서 홀로 기다리고 있었다.

──줄곧 기다리고 있었다.

그 기다림은 언제부터였을까.

이『무투대화』가 시작됐을 때부터였을까. 아니면 처음 나
와 만난 그 때부터였을까.

아니, 그보다 훨씬 더 이전, 천 년도 더 넘는 아득한 과거.

그가 최강의 검사가 됐을 때부터였을까.

하지만, 내 생각에는 그 어느 것도 아닌 것 같았다.

그가 기다리기 시작한 것은, 아마도──…….

그 청년 검사의 이름은『로웬 아레이스』.

가디언『땅의 이치를 훔치는 자』.

이제는『최강』과『검성』의 칭호를 얻어서, 『영광』의 정점에
선 존재이기도 했다. 조금 더 덧붙이자면, 내 검술 스승이
며 친구이기도 하다.

나와 로웬의 눈이 서로 마주치는 동시에, 입장 안내방송
이 울려 퍼졌다.

"──이에 맞서 반대편에서 들어온 것은, 북부의『영웅』아이카와 카나미! 요 며칠 동안, 이 선수에 대한 소문은 끊이지를 않았습니다! 길드『에픽 시커』의 마스터로 시작해서,『용 토벌』의 기사가 되고, 대귀족 워커 가문의 영애 스노우 님의 약혼자이면서, 게다가 현재는 후즈야즈의 공주 라스티아라 님과 사도 시스 님을 동반한 채 사랑의 도피 중이라는 소문! 그런데도, 어째선지 로웬 팀 소속인 리퍼 선수와 함께 입장했습니다!!"

나에 대해서만 은근히 살갑게 구는 북부 에어리어 사회자가 결승전에서 마이크를 쥐고 있었다. 결승전에서는 다른 사람이 맡지 않을까 기대했건만, 현실은 나에게는 너무 냉혹했다.

사회자를 한 번 쏘아본 다음, 나는 투기장 중앙을 향해 걸어갔다.

로웬도 살벌한 경비병들 사이를 빠져나와, 중앙을 향해 걸어왔다.

여기까지 도달하는 과정에서 수많은 일들이 있었다.

하지만, 나는 오랜만에 만난 친구를 대하듯 가볍게 말을 건넸다.

"어때, 로웬? 난 약속대로 여기 나타났지?"

"카나미…… 와줬구나…… 리퍼도……."

미안한 표정으로, 그리고 기쁜 얼굴로 로웬이 말했다.

그런 그에게, 나는 손에 들고 온 수제 머플러를 던져주었다.

"자, 목도리. 약속했던 거."

"목도리? 아, 아아……. 그러고 보니 그런 약속도 했었지……. 꼼꼼하군. 카나미는 정말 꼼꼼해……."

로웬은 약속을 기억해 내고 놀란 기색을 보이더니, 그 목도리를 오른쪽 어깨에 감고 내게 "고맙다"라고 인사를 건넸다.

"어제 생각났어. ──한 번 한 약속은 꼭 지켜야지."

로웬과 한 약속은 반드시 지킨다. 그 점을 드러내 보이기 위해, 나는 검을 뽑았다.

"심신이 하나가 됐군……. 기억도 돌아온 것 같고……."

내 자세만 보고도 로웬은 모든 것을 간파했다.

'팔찌'의 유무가 아닌, 내 자세만을 보고도 모든 것을 이해한 것이다.

"그럼, 진짜 카나미는 나를 어떻게 할 생각이지……?"

최종 확인을 취하려 한다. 그 물음에, 나는 당연한 일이라는 듯 대답했다.

"무슨 일이 있더라도, 아이카와 카나미는 로웬의 친구야. 나는 고통에 빠진 친구를 내버려둘 수는 없어. 싸우자, 로웬. 그러면 모든 해답을 알 수 있을 테니까. 로웬의 '미련'은 해소되고, 우리의 약속도 완수되겠지."

다시는 착오를 범하지 않을 것이다.

아르티 때, 나는 그녀를 '인간'으로 취급하지 못했었다.

스스로의 나약함 때문에 그런 결말을 초래하고 말았다.

하지만 이번에는 다르다. 나는 로웬을 '친구'로서 배웅할 것이다.

그러기 위해서, 나는 검을 힘차게 옆으로 휘둘렀다.

그 검격은 예전에 미궁에서 로웬에게 배웠을 때보다 더 빨랐다. 나의 몸 상태가 최상이고, 예전보다 강해져서, 그가 바라던 강적이 되어 이곳에 서 있음을 알렸다.

그 모습을 본 로웬의 입이 떡 벌어졌다.

기대해왔던 것이, 기대 이상의 것이 되어 눈앞에 서 있는 것이다. 그렇기에, 히어로가 나오는 방송을 보는 어린아이처럼, 경악과 동경이 뒤섞인 표정이 엿보였다. 한편으로는, 어린 시절에 보았던 히어로 방송을 보는 어른 같은 추억과 사랑스러움도 뒤섞여 있었다.

기대 이상의 희열 앞에서 아연실색했다가──잠시 시간이 흐른 뒤, 입을 다물었다.

그리고 그 감동을 곱씹었다.

눈웃음을 머금고, 지그시 눈을 감은 채…… 한 마디, 뇌까린다.

"……그런가."

로웬은 고개를 들고 천천히 사과했다.

"다 내 쓸데없는 걱정일 뿐이었군……. 미안하다. 정말 미안하다……."

진지한 얼굴로 속내를 털어놓았다.

"팰린크론 레거시의 얘기를 듣고 마음이 동요됐었어. 기억을 되찾으면, 카나미는 복수를 우선시할 거라고만 생각했었어……. 카나미는 그만큼 팰린크론에게 험한 꼴을 당했으니까……. 하지만, 그런데도——."

로웬은 검을 뽑았다.

그 태도로 미루어보아, 내 심정이 똑똑히 전해졌음을 알 수 있었다.

더불어 호전적인 미소를 머금으며——.

"——그런데도, 카나미는 나와 싸워주겠다는 거군."

내 쪽으로 다가왔다.

나도 마찬가지로 그에게 다가가려 했다.

그런데, 그런 우리 둘 사이에 그림자가 끼어들었다.

리퍼였다.

우리의 얘기를 듣다 못한 리퍼가 떨리는 몸으로 우리 사이에서 고개를 가로저었다.

그런 리퍼를 본 로웬은 웃었다. 그 얼굴은 자식을 바라보는 부모처럼 다정했지만——동시에, 죽음의 상 같은 게 엿보이는 것 같기도 했다.

"리퍼, 그냥 지켜봐줘. 나는 이제야 오랜 세월 동안 갈망했던 걸 얻을 수 있게 된 거니까."

"로웬……."

리퍼는 힘겹게 목소리를 쥐어짰다.

"그렇게 슬픈 표정 짓지 마. 웃으면서 보내주면 안 될까?"

"이, 있잖아…… 로웬은 이 세계에 남고 싶지 않아……? 살고 싶지 않아? 이 세계에는 우리가 모르는 것들이 아직 잔뜩 남아 있다고."

"무슨 소릴 하는 거야? 나는 '죽은 사람'이야."

로웬과 리퍼 사이의 골은 깊었다.

리퍼는 얘기를 시작하기도 전부터 그 사실을 알고 있었다. 그렇기에 그녀는 이곳에 오고 싶지 않아했다. 그와 얽히지 않고 그를 구하려 했던 것이다.

리퍼의 몸은 바들바들 떨렸고, 그러면서도 마지막 소원에 승부를 걸었다.

"그렇지만, 모처럼 이렇게 살고 있잖아……. 그러니까 말이야, 조금 더 욕심을 부려도 되는 거 아냐……?"

"욕심은 얼마든지 부리고 있어. 욕심을 부려서, 지금 친구를 통해, 그토록 갈망해왔던 '해답'을 얻으려 하고 있어. 이미 죽은 주제에 이보다 더 큰 사치는 없을 거야."

"그런 얘기를 하는 게 아니잖아! 그 해답이라는 걸 얻으면, 로웬은 사라질 거 아냐?! '미련'이 사라져서, 사라질 거 잖아! '로웬 아레이스'는 정말 그걸로 만족할 수 있는 거야?! 이런 결말에 만족할 수 있어?!"

"괜찮아. 이런 결말이면 충분해……. 리퍼, 착각하면 안 돼. 나는 깨달았어. 이 시대의 '영웅'들이 가르쳐줬어……."

아예 절규하다시피 하는 리퍼. 반면에 로웬의 말투는 온화했다.

그 온화함은 내 입장에서도 뜻밖이었다. 로웬의 지금 모습에서는, 예전의 초조한 기색은 조금도 찾아볼 수 없었다.

"'최강의 영웅' 글렌 워커는 내가 갈망하던 꿈이 허상이라는 걸 가르쳐줬어. '검성의 영웅' 펜릴 아레이스는 내가 알고 있던 아레이스 가문이 더는 존재하지 않는다는 걸 가르쳐줬지."

내가 스노우며 라스티아라 일행과 함께 『무투대회』에서 종횡무진 활약하는 동안, 로웬도 로웬의『무투대회』를 종횡무진하고 있었던 것이리라. 로웬의 얘기를 통해 그 점을 똑똑히 알 수 있었다.

글렌 씨를 이기는 과정에서 현대 귀족의 실태를 뼈저리게 실감하고, 자손에 해당하는 펜릴 아레이스 씨를 이기는 과정에서 자기 가문의 종말을 본 것이리라. 거기에 로웬이 있을 자리는 없었다.

그렇기에, 이렇게도 나와 비슷한 표정을 짓고 있는 것이다.

"애초에, '로웬 아레이스'라는 남자는 여기에는 없어. 그런 녀석은 없다고, 리퍼. 너와 만나기 한참 전, 『땅의 이치를 훔치는 자』가 되기로 계약한 날, '로웬 아레이스'는 이 세상에서 사라졌어. 여기에 있는 건 '미련'에 따라 움직이는, 이름도 없는 '시체'──그저 『땅의 이치를 훔치는 자』라는 몬스터일 뿐이야."

친구로서는 약간 서글프게 들리는 해답. 하지만, 그것이 진실.

로웬은 로웬 자신의 힘으로, 스스로의 해답에 다가섰다.

"하지만, 아직 부족해──. 글렌은 나에게 '미래'를 가르쳐주었고, 펜릴은 나에게 '현재'를 가르쳐줬어. 하지만, 가디언에게 있어서 가장 중요한 게 아직 부족해──."

그러나 아직 다다르지는 못했다.

'미련'은 사라지지 않았다.

로웬은 리퍼에게서 시선을 돌려서 나를 쳐다보았다.

"카나미가 내 『과거』의 해답. 내 『미련』을 가르쳐줄 거라고 믿어."

단 하나의 목소리를 요구하고 있다.

물론, 나도 그럴 생각이었다.

주저 없이 고개를 끄덕여 대답한다.

그러나 리퍼만은 여전히 고개를 가로젓고 있었다.

"안 돼, 로웬⋯⋯! 그래도 나는, 나는⋯⋯!"

"이 결승전을 마치면 나는 사라질 거야. 무슨 일이 있어도, 오늘, 여기서 사라지고 말 거다."

로웬은 바들바들 떠는 리퍼의 머리를 쓰다듬는 시늉을 하고는, 그 옆을 지나쳐 갔다.

로웬은 앞으로 나아가고 말았다. 혼자서, 앞으로──.

자신의 '진정한 염원'을 확인하기 위해서.

"아, 아아⋯⋯."

오열을 흘리면서, 리퍼는 고개를 가로젓는 동작을 멈추었다.

"역시…… 역시 이렇게 되는구나……."

로웬의 태도에 망설임은 없었다.

스스로의 염원을 모르는 자라고는 믿을 수 없을 만큼, 로웬은 힘찬 눈빛으로 오로지 앞쪽만을 응시하고 있었다. 리퍼는 그 점을 이해하고, 더 이상은 로웬을 막을 수 없다는 사실을 뼈저리게 실감했다.

로웬이 원하는 해답은, 이제 금방 손이 닿을 거리에 있다. 조금만 더 손을 뻗으면 된다. 이제 리퍼의 힘으로는 막을 수 없었다.

"더는 안 되는 거구나……. 더는……."

"끝이야, 리퍼. 미안하다. 너와의 오랜 놀이도, 이제 마칠 때가 된 것 같아."

"우, 우우……!!"

리퍼는 고개를 돌리고, 주먹을 힘껏 움켜쥐었다가──바로 단념했다. 순간적으로 막대한 전의가 흘러나왔지만, 지속되지는 않았다.

이제 와서 시합을 저지하려 해 봤자, 나와 로웬을 혼자서 상대해야 하는 상황이 될 뿐이다. 스킬『감응』을 보유한 두 사람을 상대로 싸우면, 제아무리 막대한 마력이 있더라도, 리퍼의 실력으로는 이길 수 없다.

그 점을 알고 있기에, 리퍼는 체념할 수밖에 없었다.

손바닥으로 얼굴을 싸쥐고 무릎을 꿇었다.

리퍼의 싸움이 끝났다는 것을 확인한 나는, 사회자에게

말을 건넸다.

"시합이 시작되면, 리퍼를 데리고 안전한 곳으로 물러나 주세요. 여기는 위험하니까……."

"아, 네……."

사회자는 비탄에 빠진 참가자 소녀의 모습을 보고, 순순히 고개를 끄덕였다.

자세한 사정까지는 모르더라도, 리퍼에게 더 이상은 전의가 없다는 걸 알아본 모양이었다.

"그럼, 두 분의 1대1로 대결하시겠다는 뜻으로 알겠습니다……. 규칙을 결정해주시죠……."

우리 두 사람의 마지막 시합을 재촉하며, 사회자는 리퍼의 손을 이끌고 살짝 물러섰다.

투기장 중앙에는, 나와 로웬만이 남았다.

리퍼가 걱정되기는 했지만, 침울한 분위기 속에서 시합을 시작할 수는 없었다.

규칙을 정하는 것. 어쩌면 단순한 일이지만, 그것은 마지막 인사와 다름없었다.

마지막에는 웃으며 작별하고 싶다.

그런 생각에, 나와 로웬은 평소와 다름없는 태도로 대화했다.

"나는 '무기 떨어뜨리기'를 시험해보고 싶은데."

"잠깐, 카나미. 이건 결승이야, 결승. 이럴 때는 당연히 한 계치까지 치고받는 '데스매치'가 어울리는 거 아냐?"

"하지만 로웬과는 검술로 사제 대결을 펼쳐야 되니까……."

"끄응, 그리고 보니 그런 소리도 했었던 것 같기도 하군……."

"나는 토씨 하나 안 틀리고 다 기억한다고. 『무투대회』 결승에서 자웅을 겨루는 스승과 제자. 아레이스류 검술이 우아하게 난무하고, 사람들은 그 아름다운 검격에 홀려버리는 거야'라고 했었지."

"늘 그랬지만, 네 기억력은 참 편리하군. 그럼, 규칙은 '데스매치'로 하되, 초반에는 독자적으로 '무기 떨어뜨리기'를 해보는 건 어때? 단계를 밟아가면서 시합 분위기를 띄우는 거지."

"그렇게 하자. ……그나저나, 아는 사람끼리 시합을 하니까 뭔가 규칙에 긴장감이 안 생기는데."

"하긴. 우리가 참가하는 바람에, 대회 후반부는 거의 내부 싸움만 펼쳐졌지."

우리는 웃으며 대화를 나누었다.

슬퍼할 필요 없다는 걸, 아무도 후회하지 않는다는 걸, 바로 옆에서 눈물을 흘리는 소녀에게 알려주고 싶었다.

대화가 일단락되고, 사회자가 말을 건넸다.

"저기, 내기는 안 하십니까? 두 분이 서로 아는 사이라고 해서, 개인적으로는 내기의 내용에 대해 아주 큰 기대를 하고 있었습니다만……. 로웬 선수가 카나미 씨의 여자친구를 몰래 연모하고 있어서 한 여인을 두고 다툰다거나 하는 건 없나요?"

잔뜩 신난 얼굴로, 무례하기 짝이 없는 소리를 지껄여댔다.

나는 이 기회에 지금까지 시합을 하면서 쌓여 온 울분을 풀기로 했다.

"장난하지 마세요. 저와 로웬은 아무것도 안 걸어요. 지금까지는 컨디션이 영 안 좋아서 그냥 참고 넘어갔는데, 당신 정말——."

"아니, 카나미. 실은 걸고 싶은 게 있어."

그런데, 로웬이 그런 내 판단을 가로막았다.

"응?"

"검을 걸자. 진 쪽은, 자기가 갖고 있는 검을 상대에게 넘겨주는 거다."

"검을? 나는 상관없는데……."

"그리고, 나는 이 검을 걸지."

로웬은 허리에 차고 있던 두 개의 칼집 가운데 하나에서 검 한 자루를 뽑았다.

[개악(改惡)된 아레이스 가문의 보검] 공격력2

예전에 로웬에게 맡겼던 디아의 검이었다.

그 검은 알리버즈 씨의 손에 의해 복구되어 있었다. 녹았던 검신은 레이크리스털로 정비되어 있고, 칼자루에는 수정 장식이 새겨져 있다. 단, 우격다짐으로 복구한 탓인지, 절삭력은 회복되지 않았다.

"이 검을 걸겠다니……. 그건 원래부터 내 거였잖아. 아니, 따지고 보면 디아 거지만……."

"나와 알리버즈의 최고 걸작이야. 돈도 제법 많이 들었어. 나를 이기면, 무료로 넘겨주지."

"자기 멋대로 개조해놓고 무슨 소릴 하는 건지……. 하아, 알았어. 이겨서 돌려받기로 하지."

결국, 나는 『크레센트 펙트라즐리의 직검』을 걸고, 로웬은 『개악된 아레이스 가문의 보검』을 걸었다. 하지만, 사회자는 그 내기에 대해 불만이 가득이었다.

"뭡니까, 그 내기는……? 재, 재미없잖아요……!!"

"잔말 말고, 이 규칙으로 개시 선언이나 해주세요, 사회자님. 쓸데없는 소리를 하면 확 얼려버릴 줄 아세요."

나는 〈디 윈터 · 프로스트〉를 전개해서 사회자의 머리카락 끝을 얼렸다.

"──큭, 할 수 없죠. 카나미 씨가 그렇게 나오시는데, 일개 일반시민인 제가 무슨 수로 거스르겠습니까."

"잔말 말고 빨리요."

진심으로 울분에 차 있는 사회자를 재촉한다. 이대로 가면 진짜로 마음먹고 빙결마법을 날리게 될 것만 같았다.

"그럼! 결승전 규칙이 정해졌습니다! 두 분은 **자신의 검을**

걸고 '데스매치'를 벌이겠습니다! 친구이자 사제지간이기도 한 두 분은, 그 검술의 모든 것을 쏟아내서 맞부딪치기로 맹세했습니다!!"

마법으로 동작하는 마이크를 통해서, 사회자의 목소리가 드넓은 투기장 전체에 울려 퍼졌다.

거기에 화답하듯이, 관객들의 환호성이 메아리처럼 되돌아왔다. 그 환호성 하나하나를 알아들을 수 있던 나는, 관객들이 『검성』과 그 제자의 싸움을 기다려 마지않고 있다는 걸 알 수 있었다.

그 기대의 소용돌이 속에서, 로웬은 얼굴 가득 웃음을 머금었다.

"아아, **좋아**. 자신의 검을 거는 것. 이 말이 듣고 싶었어. 아주 좋은 서두야."

쏟아지는 성원은, 눈덩이처럼 한없이 부풀어 올랐다.

그런 가운데, 유난히 우렁찬 목소리가 내 귀에 들어온다. 어떻게 자리를 구한 건지는 모르지만, 라스티아라 일행은 가장 앞자리에 있었다.

스노우와 마리아가 나를 열렬히 응원해주고 있었다.

"힘내, 카나미! 이겨서 나를 빼내 줘! 나를 위해서라도 꼭 압승을 거둬야 돼!!"

"카나미 씨, 힘내세요! 저와 싸울 때 했던 것처럼, 오늘도 이기실 거라고 믿어요!!"

그것을 본 사회자의 얼굴이 환해졌다.

그리고 오늘 들은 것 가운데 가장 신이 난 목소리로 중계한다.

"오오! 카나미 씨는 기대를 져버렸지만 관객석은 기대에 부응해주었습니다! 놀랍게도 관객석에는 워커 가문의 따님이신 스노우 님과 라스티아라 팀 일행이 사이좋게 앉아서 카나미 씨를 응원하고 있습니다! 시합 중에는 그렇게 험악한 분위기였던 두 분께 도대체 무슨 일이 있었던 걸까요?! 게다가 소녀의 수가 더 늘어났습니다! 그런데 이번 소녀는 좀 어리네요, 너무 어리지 않습니까, 카나미 씨! 소녀를 얻는 건 좋지만 조금 자제하는 게 좋겠습니다, 카나미 씨! 아아, 그런데 왠지 헤르빌샤인 가문의 따님이신 프랑류르 님이 안 보이네요! 설마 이 전개 속에서 버린 건 아니겠죠, 카나미 씨?! 역시 '영웅'은 뭐가 달라도 다릅니다. 특히 그 지조 없는 면이 더더욱——아아악, 앗 차거! 차가워!!"

"그, 러, 니, 까, 너는 왜 그렇게 나한테 질척거리는 거냐 말이다……!"

나는 참다못해 정말로 〈디 윈터·프로스트〉를 발동시켰고, 사회자는 얼어붙은 입술을 부여잡고 비틀거렸다.

당연히 관객석에서 웃음소리가 터져 나왔다. 나는 얼굴이 붉어져서 고개를 돌리려 했지만, 어디를 쳐다보든 다 관객들이 있으니 별 의미는 없었다.

그러는 동안에도 관객들의 성원은 그칠 줄을 몰랐다.

특히 라스티아라 일행이 시끄러웠다.

마리아와 스노우의 성원을 보고, 디아의 입술이 뾰로통해졌다.

"어이……. 분명히 말해두는데, 나는 너희들을 용서한 거 아냐. 건방지게 굴지 마."

"그런가요? 하지만 저는 당신의 용서를 받고 싶다는 생각도 별로 없으니까, 별로 상관없습니다."

마리아가 그런 디아의 말을 새침하게 받아넘겼다.

한편, 스노우는 어쩔 줄 모르고 황망해했다.

"히우우. 죄, 죄송합니다, 시스 님……. 흥분이 좀 지나쳤습니다……."

"나를 그 이름으로 부르지 마……. 지금의 나는 디아니까……."

"아, 네! 디아 님!"

디아에게도 아양을 떠는 걸 보아하니, 디아의 보호까지 받을 꿍꿍이가 역력하게 엿보였다.

위기 상황은 이겨냈지만, 스노우의 성격이 좀 악화된 것 같은 느낌이 들었다.

"에, 에헤헤……. 살려주세요, 라스티아라 님……."

곧바로 라스티아라에게 도움을 청하다니, 글러먹어도 한참 글러먹은 것 아닌가.

"우물우물……. 으─음, 맛있어. 이거 뭐야, 세라?"

"엘트라루국의 특산품입니다, 아가씨. 다들 맛있다고 하기에 준비해 왔습니다."

하지만 라스티아라는 세라와 같이 과자를 먹으면서, 스노우를 말끔하게 무시해 버렸다.

"어라? 라스티아라 님, 제 히어로가 돼주신다고 그러지 않았어요?!"

"으─음, 애석하게도 그건 유효기간이 끝났어. 그건 기간 한정이었으니까, 더는 못 해."

"너, 너무해애애애애……!"

"우리는 동료야. 이제 대등한 관계니까, 일방적으로 도와주거나 하는 건 없어. 카나미가 그런 얘기 안 했어? ……아, 그리고, 그보다 존댓말부터 좀 고쳐."

"우, 우우우……. 라스티아라 님은 내 응석을 받아줄 줄 알았는데……."

"아─, 그건 안 돼. 아마 카나미가 못 하게 할 테니까. ……그리고 나도 무지 피곤해서, 좀 쉬고 싶단 말이지. 아주 작정하고 죽이려고 드는 누군가랑 시합을 하는 바람에 아주 녹초가 다 됐지 뭐야. 후훗."

"정말 죄송합니다. ……아, 아아, 다 틀렸어. 카나미, 빨리 돌아와 줘어어."

스노우는 벌써부터 나가떨어질 것 같은 분위기였다.

어제의 맹세가 말짱 도루묵이 됐다.

"그나저나, 내 검…… 왜 가디언 놈이 들고 있는 거야……."

"아─, 저 가디언은 아레이스 가문 출신이라는 모양이야. 저 검은 아레이스 가문이랑 연관이 있는 물건이잖아? 그러

157

니까 좀 관대하게 봐달라고, 디아."

"아레이스 가문 출신……? 그랬었군……. 그렇다면 하는 수 없지."

그녀들 일동이 나란히 앉아서 환담을 나누는 모습을 보니 제법 감동적이었다.

다만, 어쩐지 그 대화 하나하나가 무서워서 견딜 수 없었다. 가능하면 친하게들 지내줬으면 좋겠다. 항상 불붙은 도화선을 지켜보는 것 같은 공포를 벗을 수가 없었다.

"저 검…… 좀 이상하네요. 저 검은 분명히 제가 녹였는데, 언제 저렇게 고친 건지……."

"뭐, 뭐라고?! 마리아, 내 검에 무슨 짓을 한 거야?!"

"어, 저거, 디아 씨 검이었나요? 그거 다행이네요, 카나미 씨 검이 아니라서."

"이걸 그냥……!!"

그래, 빨리 끝나고 돌아가야겠다.

당장이라도 싸움이 벌어질 것 같아서 진짜로 무섭다.

그리고 그녀들의 대화는 로웬의 귀에도 들어간 모양이었다. 입을 틀어막고, 애써 웃음을 참고 있었다. 가까운 사람의 치부가 까발려지는 것 같아서 민망했다.

하지만, 응원 온 가까운 이들은 그녀들뿐만이 아니었다.

『에픽 시커』 사람들도 모두 관전하러 와주었다. 하나같이 길드마스터인 나를 격하게 응원해주고 있었다.

그런데 그중에는 엉뚱한 소리를 하는 사람도 있었다.

"저거 봐, 저거! 저 검! 둘 다 내 검이라고! 캬아, 마스터의 『크레센트 펙트라즐리』도 멋들어지지만, 로웬의 『미스릴』도 근사한데! 끝내주는 그림이야!"

『에픽 시커』의 대장장이 알리버즈 씨였다.

내 무기들을 여러 번 고쳐주었고, 신뢰할 수 있는 검도 만들어주었다.

"저기, 제 마스터에요! 내 마스터! 어때요, 끝내주죠? 『에픽 시커』의 마스터는 최강이라구요!!"

멤버 중 최연소자인 소녀가 외치고 있었다. 아마, 내가 『에픽 시커』에 들어가는 과정에서 가장 먼저 대결했던 아이인 것 같았다.

그 아이 옆에 서 있는 보르자크 씨가 "좀 진정해. 민망하잖아"라며 나무라고 있었다.

물론 그 옆에는 테일리 씨도 있었다. 그녀는 다정한 눈매로 나를──아니, 관객석 한쪽을 쳐다보고 있었다. 있는 그대로의 모습으로 풀이 죽어 있는 스노우를 흐뭇하게 바라보고 있었다.

그 밖에도, 관객석으로는 개성 있는 사람들이 많았다.

이 싸움을 한 번 꼭 보겠다며 모여든 탐색가와 모험가들이었다. 실력에 자신이 있는 자들은 호전적인 태도로 우리들을 노려보고, 검술을 보러 온 자들은 기술을 훔치기 위해 진지한 표정으로 지켜보고 있어다.

그중에는 첫날에 나를 죽일 뻔한 탐색가들도 있었다. 그들은 나를 기억하고 있을까? 리더격인 사내만은, 내 얼굴을 보고 창백하게 질려 있는 것처럼 보였다.

그리고 많은 귀족들이 품평이라도 하는 것 같은 눈빛으로 우리를 쳐다보고 있었다. 순수하게 시합을 즐기는 사람들도 있었지만, 역시 이익을 추구하는 귀족들이 더 많았다.

개중에는 무도회 때 만났던 귀족들도 있었다. 달루아 가문의 코너와 코페르트 가문의 카인이라고 했던가?

낯익은 얼굴은 그들 말고도 더 있었다.

성탄제에 참석하러 대성당에 와 있던 타국의 요인들이 호기심 가득한 표정으로 나를 관찰하고 있었다. 그 호위들은 옛 유괴범의 실력을 놓치지 않겠다는 기세로 지켜보고 있었다.

당연하다는 듯 『셀레스티얼 나이츠(천상의 칠기사七騎士)』도 와 있었다. 가장 먼저, 미안한 표정으로 앉아 있는 프랑류르 씨를 발견했다. 동생인 라이너를 찾아내지 못한 채 앉아 있는 건, 그녀가 원해서 그렇게 된 것은 아닐 것이다.

하지만 그녀가 찾는 당사자인 라이너는 투기장 구석에 있는 기둥 뒤에 숨어 있었다. 이제 살의라고 할 만큼의 적의는 그에게서 찾아볼 수 없었다. 그래도 나와 로웬을 노려보는 얼굴은 제법 살벌했다.

『무투대회』는 연합국을 대표하는 대회인 만큼, 다른 나라 사람들도 많이 와 있었다. 심지어 술집에서 신세를 진 적이 있는 검사 크로우 씨까지 와 있었다. 놀랍게도 술집 점장님과 간판소녀인 린 씨도 같은 자리에 앉아 있었다.

그들은 아무 말도 없이 사라진 나를 웃으며 응원해주고 있었다.

내가 말을 건네봤자 이 굉음 속에서는 들리지도 않으리라. 그래도 나는 점장님에게 말없는 인사로 화답했다.

언젠가 직접 만나서 제대로 사과하고 싶었다.

그 밖에, 『무투대회』 참가자들도 빠짐없이 관객석에서 지켜보고 있었다.

엘미라드는 태연하게 귀족석의 귀족들 사이에 섞여 있었다. 어린아이처럼 초롱초롱 빛나는 눈으로 나와 로웬을 쳐다보고 있었다.

그리고 라스티아라며 로웬과 싸웠던 강자들과, 내 팬이라던 학원생들. 어째선지 지난번에 무투대회 접수를 담당했던 접수처 아가씨도 같이 섞여서, 내 팬클럽을 구성해서 응원하고 있었다. 쑥스럽기 짝이 없었다.

아아……. 정말 다양한 사람들이, 다양한 성원을 보내고 있구나…….

어제까지는 그저 짜증스럽게만 느껴졌던 환호성이, 지금은 어쩐지 기분 좋게 느껴졌다.

귀 따가운 호우와도 같은 소리가, 마치 초원에 몰아치는 바람처럼 상쾌하기만 했다.

심장의 고동이 빨라지고, 가슴이 뜨겁게 달아올랐다.

지금, 이제야 나는 『무투대회』의 하이라이트를 느낄 수 있었다.

축제는 즐겁다.

그것을 많은 사람들과 공유할 수 있다는 건 더더욱 즐겁다.

고막을 찢을 듯 우렁찬 굉음에 휩싸여 있는데도, 내 입매에는 미소가 지어졌다.

그런 나를 보고 로웬도 웃었다.

"훗. 응원에 온도차가 좀 큰데. 나는 칙칙한 병사들의 시선만 받는 신세인데 말이야. 카나미한테는 여자들의 성원이 쏟아지잖아."

"아니, 꼭 그렇진 않아. 정말 그렇지 않아, 로웬."

"음? 무슨 뜻이지?"

투기장으로 오는 길에 들었던 대로, 몬스터인 로웬을 응원하는 목소리는 얼마 없었다.

싸움에 대해 기대하는 목소리는 있을지언정, 로웬 개인을 응원하는 목소리는 거의 없다.

하지만——어디까지나 '거의' 없다는 것이다. 전혀 없는 건 아니었다.

"곧 알게 될 거야."

"곧 알게 될 거란 말이지. 그럼 됐어. 나는 그저, 해답만 얻을 수 있으면 충분하니까."

그것은 말로 가르쳐줄 수 있는 게 아니다.

나는 검을 고쳐 쥐고, 눈빛으로 로웬과 마음을 주고받았다.

그리고 나와 로웬의 거리는 한층 더 좁혀졌다.

서로의 검이 닿을 거리까지 다가섰을 때, 로웬은 고개를 들어 하늘을 쳐다보았다.

"여기에 오기까지…… 짧은 것 같으면서도 기나긴 인생이었어……."

감회에 젖어, 무언가를 떠올리고 있었다.

천 년의 세월을 들여서 이 무대에 다다른 로웬. 영겁의 세월을 내다볼 수 있는 능력이라도 갖고 있지 않은 한, 그 심정을 헤아릴 수조차 없을 것이다.

로웬은 쾌청한 하늘을 눈에 새기며 중얼거렸다.

그것은 결의.

『땅의 이치를 훔치는 자』로서의 선서였다.

"──오늘, 여기서, 나는 사라지겠다."

그 선서와 함께, 로웬은 아무렇게나 검을 쥐었다.

나도 제자로서 같은 자세를 취하고, 마지막 확인을 위해 『주시』한다.

[서티 가디언(삼십수호자, 三十守護者)] 땅의 이치를 훔치는 자

눈앞에 서 있는 자는 로웬 아레이스.

단 한 마디 말로 표현하자면, 최강의 검사.

시합 상대에 대한 확인을 마치고, 드디어 나와 로웬의『무투대회』가──시작되었다.

마주서서 전투 준비에 들어간 우리를 보고, 멀리서 지켜보고 있던 사회자가 외친다.

"그럼!『첫 번째 달 연합국 종합기사단종 무도회』결승전!
……개시!"

그 선언과 동시에, 나와 로웬은 움직였다──.

사회자의 선언과 동시에, 나와 로웬의 검이 번뜩였다.

검섬(劍閃)을 넘어 섬광 그 자체가 된 검이 휘둘러져서, 교
차했다.

『크레센트 펙트라즐리의 직검』의 청색과 『미스릴 소드』의
적색. 두 종류 광석의 섬광이 순간적으로 접촉해서, 소리가
울리기도 전에 떨어졌다.

그리고 검과 검이 떨어진 순간, 또 하나의 광채가 다시 한
번 투기장에 번뜩였다.

두 개의 섬광이 연신 교차했다.

싸우면서, 나는 그 광채를 보며 별빛 가득한 밤하늘을 연
상했다.

시간이 어마어마하게 응축된 세계에서, 오로지 검의 궤적
만을 쫓았다. 그것은 아예 다른 세상에 있는 것과도 같은 감
각이었다. 이세계의 이세계. 마치 새까만 우주공간 속에서,
통상 속도보다 1조 배는 더 빠르게 움직이는 별들을 쳐다보
는 것만 같은 느낌이었다.

단 한 번이라도 실수하면 베어진다. 죽음이 기다리고 있는 것이다.

하지만 도와줄 사람은 아무도 없다. 믿을 수 있는 건 오직 나 자신의 검뿐이다.

그것은 아름답기 그지없는 검의 세계.

나는 마음속으로, 영원토록 그 세계를 쳐다보고 싶다고 생각했다.

하지만 이 세계는 오래 가지 않으리라는 걸 나는 알고 있었다.

나와 로웬의 스킬『검술』에는 압도적인 차이가 있다. 『마법』을 쓰지 않으면, 나는 절대로 감당해낼 수 없다.

그래도 나는 보고 싶었다.

억지로라도 검술만 가지고 도전해서, 그 검을 온몸으로 느끼고 싶었다.

세라 씨와 처음 싸웠을 때의 감동은 결코 잊을 수가 없었다. 숙련된 검술이란 이렇게도 아름다울 수 있구나, 하고 놀랐었다.

로웬과 처음 싸웠을 때의 공포는 더더욱 잊을 수가 없었다. 궁극에 달한 검술은 이렇게도 신성할 수 있구나, 하고 숨이 멎었었다.

그 감동을 **마지막으로** 한 번 더 맛보고 싶었다.

어린 시절에 꿈꿔왔던 세계가 여기에 있었다. 검과 검의 격돌 속에서, 동경심에 가슴이 두근거렸다.

다만, 당연한 일이지만, 내 검은 자연스럽게 점점 밀리기 시작했다.

밀리고, 또 밀리고──결국은 후퇴하지 않을 수 없었다.

나는 짐승처럼 펄쩍 뛰어서, 멀찌감치 거리를 벌렸다.

하지만 로웬은 그런 나를 추격하지 않았다.

그 대신 어리둥절한 얼굴로 내게 물었다.

"왜 그러지? 마법을 써라, 카나미. 검만 갖고 싸워서는 나를 이길 수 없을 텐데?"

그건 나도 안다.

하지만, 오늘 로웬이 사라지면, 내가 이 세계 최고의 검사가 된다.

아니, '된다'라기보다는 '되어야만 한다'라고 표현하는 것이 옳으리라.

이 싸움이 끝나면, 방금 전 같은 광경은 두 번 다시 볼 수 없다.

다시 말해, 이제 동경하는 입장이 될 수 없다는 얘기였다.

준비운동과도 같은 칼부림을 마치고, 나는 가볍게 말을 걸었다.

"전부터 알고는 있었지만, 검술만 가지고는 아예 상대도 안 되네. ……알았어, 스승님. 이제 안 봐주고 싸울게."

"아니, 왜 그쪽이 봐준다는 거냐……. 보통은 이쪽이 봐주면서 하는 거잖아……."

그 농담에 로웬은 황당한 웃음으로 대답했다.

"이렇게 단계를 밟아 가면서 싸워야 더 분위기가 달아오를 거 아냐? 잘못을 따지자면 가진 스킬이 얼마 없는 로웬이 나쁘다고."

"하긴, 나는 마법을 못 쓰긴 하지만……. 그럼 카나미는 이번에도 차원마법을 쓸 건가?"

"아니, 나는——."

나는 돌진했다.

이제부터는 그 아름다운 광경을 외부에서 볼 수 없게 된다. 그 아름다운 세계를 보는 입장이 아니라, 그 세계의 일부가 되는 것이다.

나의 앞머리가 둥실 떠올랐다.

『이치』에 속박되지 않은 감각기관이 하나 늘어난 것을 느꼈다.

스킬『감응』이 발동되었다.

"——아레이스류의 오의, 스킬『감응』을 쓸 거야."

마법이 아닌 피부로 공기를 느꼈다.

이 힘의 요령은, '팔찌'에 지배당해 있을 때의 경험을 통해 이미 이해했다.

심신을 일치시키고, 세계 전체를 인정하는 것이 중요하다. 이곳이 내가 아는 세계가 아닌, 마력이며 몬스터가 존재하고, 다른 법칙에 의해 지배되는 곳이라는 것을 받아들여야만 한다.

나는 이곳이 이세계라는 사실을 이제 더 이상 외면하지

않았다.

그리고 그런 끝에, 나는 이세계에 존재하는『이치』의 편린을 포착했다——.

그것을 본 로웬의 표정이 환해졌다.

"——좋아."

로웬은 어린아이처럼 해맑은 얼굴로 기뻐했다.

"아주 좋은 전개다, 수제자여! 그 경지까지 도달해 주다니 장하구나. 이제 나와 카나미는 동격이다. 동격이 됐어! 그러니까, 이제 검으로 얘기하자! 가감 없이 온 힘을 다해 싸우는 거다! 봐주는 건 없다!! ——그렇게 싸울 때, 검격은, 불타오르는 법!!"

내가 자신과 같은 경지에 다다른 걸, 나 자신보다도 더 기뻐했다.

그것은 마치, 한없이 드넓고 어두운 우주공간 속을 날다가 간신히 고독으로부터 해방된 사람과도 같은 표정이었다.

나의『감응』에 맞추어, 로웬의『감응』이 힘을 더해갔다.

바람도 불지 않건만, 그의 밤색 앞머리가 나부꼈다.

"간다, 나의 스승 로웬!"

"와라, 나의 수제자 카나미!"

다시 한 번, 우리 둘 사이의 거리가 0이 되었다.

어느 쪽이 먼저 움직였는지는 알 수 없었다.

정신을 차리고 보니, 나와 로웬은 어느새 검과 검을 교차시키고 있었다.

조금 전의 광경을 빼다 박은 것처럼, 칼부림이 번뜩였다.

하지만, 일번에는 일방적인 전개로는 흘러가지 않는다.

서로의 검이 상대의 검을 튕겨내고, 깎아내고, 대등하게 힘겨루기를 벌였다. 스킬『감응』을 발동시킨 덕분에, 나는 로웬의 움직임을 따라잡을 수 있게 되었다.

검이 닿는 거리 안에서의 위력만 따지면,『감응』은 틀림없이 〈디멘션〉을 뛰어넘은 게 분명했다. 〈디멘션〉이 공간 내의 움직임을 이해한 뒤에 대처해야 하는 것과는 달리,『감응』은 중간 과정을 건너뛰어 결과만을 얻어낼 수 있다. 그 반응속도의 차이는 압도적이었다. 〈디멘션〉이 마법사를 위한 감지능력이라면,『감응』은 그야말로 검사를 위한 감지능력이라 할 수 있을 것이다.

——검격은 이어졌다.

너무나도 빠른 칼부림의 궤적이, 날카로운 손이 되어 시야 안에 난무했다. 때로는 시야 밖으로 벗어났다가 사각으로부터 덮쳐들기도 했다. 하지만 나는 그 공격마저 눈으로 보지도 않고 검으로 쳐냈다.

로웬도 마찬가지였다.

나와 로웬의 스킬『감응』은 동등했다. 큰 우열은 없었다.

다시 말해, 승부를 판가름하는 것은 또 하나의 요소—— 스킬『검술』이었다.

지금 우리는 검을 걸고 싸우고 있다.

그것이 로웬의 바람이기에, 그 기대에 부응하기 위해, 나는 검에 대한 머릿속의 지식을 모조리 끄집어냈다.

이세계에서 만났던 검사들의 모습을 떠올린다. 그리고 원래 세계에서부터 갖고 있었던 검술 관련 지식도 되새긴다. 내가 갖고 있는 검술 관련 지식을 모조리 뒤섞고, 연산해서, 토해낸다.

스승님에게는 미안하지만, 내가 가진 검술은 아레이스류뿐만이 아니었다.

나에게는 내 나름의 독자적인 검술이 있었다.

"——으음?!"

로웬의 안색이 달라졌다.

지금까지 계속 아레이스류 검술만으로 싸워 왔던 내가, 별안간 다른 검술을 사용하기 시작했기 때문이었다.

해괴한 아류 검술의 칼부림이 로웬에게 덮쳐들었다.

디아의 어설픈 검술, 술집에서 얻은 이세계의 검술 지식, 미궁 탐색가들을 보고 몰래 익힌 기술, 티다의 우격다짐식 강검(剛劍)——나는 미궁에서 얻은 그 모든 경험들을 결합시켜서 승화시킨 『검술』을 펼쳐 보였다——그러나, 로웬은 그 공격을 완벽하게 막아냈다.

세라 씨의 독특한 검술, 라그네의 공격법, 흡스 씨의 방어법, 헤르빌샤인의 전투법, 그리고 페르시오나 씨로 대표되는 기사들의 기술——기사들의 모든 경험들을 결합시켜서 승화시킨 『검술』을 펼쳐 보였다——그러나, 로웬은 그 공격들을 교묘하게 비껴냈다.

보르자크 씨를 비롯한 『에픽 시커』 멤버들에게 배운 전투 이론, 엘미라드를 비롯한 『무투대회』 출전자들이 사용하던 다양한 종류의 검술들, 완력으로 밀어붙이는 스노우의 기술, 라스티아라의 세련되고 아름다운 기술──라우라비아에서 얻은 모든 경험들을 결합시켜서 승화시킨 『검술』도 펼쳐 보였지만──당연히, 로웬은 웃으면서 쳐내 버렸다.

마지막으로, 이세계에서 얻은 그 모든 경험들에, 원래 세계에서부터 갖고 있던 지식까지 더해서, 그 모두를 결합시켜서 승화시킨 『검술』을 선보였다──그런데도, 로웬은 별 대수로울 것도 없다는 듯 받아넘겨 버렸다.

"크윽──!!"

나는 신음했지만, 그 얼굴에는 미소를 머금고 있었다.

내가 가진 것들은 모조리 다 쏟아냈다. 그런데도 내 검끝은 로웬에게 스치지도 못했다. 신기하게도, 어째선지 울분보다는 기쁨이 더 컸다.

하지만 지금은 웃고 있을 때가 아니었다.

무한할 거라 생각했던 내 기술의 서랍이 바닥나고 만 것이다. 의표를 찌르는 공격은 이제 불가능할 것이다. 단순히 검술의 기량으로 상대를 앞서는 수밖에 없다.

그리고 눈앞에 있는 검사는, 검술로 앞서기가 가장 어려운 인물이었다.

팽팽하게 균형을 이루던 싸움이, 서서히 로웬의 우위 쪽으로 기울기 시작했다.

나는 그럼에도 필사적으로 버텼고——검과 검이 맞닿는 거리에서 나와 로웬의 눈이 마주쳤다.

로웬은 히죽 웃었다.

내가 선보인 다양한 검술에 대한 보답으로 상대도 방법을 바꿀 생각이라는 것을, 사제지간이기에 알 수 있었다.

정면으로 맞부딪치던 칼부림이 갑자기 변칙적으로 변한다.

내 허를 찌르려 하고 있다는 걸 『감응』을 통해 알 수 있었다.

예상대로, 정신이 아득해질 만큼 다양한 속임수들이 검술 속에 섞여들었다.

그렇다. 속임수가 있다는 사실 자체는 『감응』을 통해 알 수 있었다. 알 수 있었지만…… 어중간하게 아는 탓에, 오히려 몸이 더 경직되었다.

속임수의 수가 많아도 너무 많은 것이다.

로웬의 시선이 내 목을 향했다. 그 날카로운 안광에서는, 당장이라도 내 목을 찌르려 하는 의지가 느껴졌다. 당연히 이건 속임수다. 애초에 로웬은 시력 없이도 싸울 수 있다. 벨 위치에 초점을 맞출 필요 따위는 없다. 나는 현혹되지 않고, 자세를 무너뜨리지 않았다.

그러자 로웬은 양 손을 약간 왼쪽으로 눕혔다. 정석대로라면 다음 칼부림은 왼쪽에서 오른쪽으로 베는 게 상식일 것이다. 나는 그 공격에 대처하기 위해 약간 자세를 조정했다.

그것을 본 로웬은 중심을 살짝 뒤쪽으로 뺐다. 내 방어에 막힐 것을 알고, 거리를 벌려서 태세를 정비할 생각일지도 모른다. 상대가 공격에 실패하고 물러날 때는 거리를 좁히는 게 상책이겠지만…… 나는 거리를 좁히지 않았다.

일반인들 간의 싸움이었다면, 상대의 미세한 중심 이동까지는 도저히 파악할 수 없다. 그러나 나와 로웬은 그걸 알 수 있었다. 그렇기에, 그것까지도 속임수가 될 수 있기 때문에 공격할 수 없었다.

당연히 로웬은 후방으로 물러서지 않았다. 역시 방금 그 중심 이동은 내가 거리를 좁히도록 만들기 위한 함정이었던 것이다.

내가 움직이지 않는다는 것을 감지한 로웬은 다시 중심을 이동시켰다. 불규칙적으로 좌우로 움직여서, 내 자세를 조금씩 무너뜨려 나갔다.

그러는 동안에도 때로는 아무 생각 없이, 때로는 느닷없이 어마어마한 속도의 칼부림이 날아들곤 했다.

그 모든 공격이, 눈 깜박할 사이도 없을 만큼의 찰나에 응축되어 있으니 그야말로 장난이 아니다.

상황이 속임수 대결로 전개되면서, 검이 교차하는 횟수는 확연히 줄어들었다.

우리는 찰나의 순간에 무수한 눈치 싸움을 벌이고 있지

만, 남들이 보기에는 그냥 놀고 있는 것처럼 보일지도 모른다. 나와 로웬은 투기장 중앙에서 탭댄스를 추듯이 연신 스텝을 밟았다.

난무하는 검의 번뜩이는 빛이 투기장을 물들이고, 이따금씩 흩날리는 불티가 화려한 조명으로 변했다.

검술의 형태는 춤과 통하는 바가 있다는 얘기를 들은 적이 있었다.

지금 우리의 싸움이 바로 그랬다.

세계 최고의 검술에 의한 공방전이, 제3자가 보기에는 숭고한 춤처럼 보이는 것이다.

조금 전까지만 해도 뜨겁게 달아올랐던 관객석의 관객들이 점점 말을 잃어갔다. 모든 사람들이, 별빛 가득한 밤하늘처럼 찬란한 싸움에 감히 발을 들여놓지 못한 채 매료되어, 숨죽인 채 지켜보고만 있을 수밖에 없었다.

아마도, 예전에 내가 품었던 감정을 관객석 안 모든 이들이 느끼고 있는 것 같았다.

그것이 살짝 반가웠다.

역시 축제란 좋은 것이다. 서로의 감정을 공유할 수 있다. 그 사실만으로도 이렇게 가슴이 두근거린다.

이게 바로 나다.

저 사람이 바로 로웬이다.

지금 당장이라도 큰소리로 자랑하고 싶은 심정이었다.

그리고 영원토록 이어질 것만 같던 속임수의 공방전이,

드디어 끝을 맞이한다.

검술은 로웬 쪽이 앞선다. 하지만 속임수와 눈치 싸움에서는 로웬보다 내가 앞섰던 모양이다.

아무리 속임수를 걸어도 내게는 통하지 않았기에, 로웬은 울분에 찬 얼굴로 거리를 벌리고 내게 말을 건넸다.

"──큭, 아무리 해도 다 빠져나가 버리잖아! 수읽기 대결에서는 내가 뒤쳐지는 것 같구나! 하지만 그게 오히려 더 좋다! 역시 대단하구나, 카나미! 그럼, 다음은 이걸 한번 받아내 보도록!"

그 말과 함께, 싸움은 다음 스테이지로 넘어갔다.

로웬의 검끝이──뻗어 나간다.

나는 종이 한 장 차이로 그 검끝을 피했지만, 뺨에서 피가 흐르고 있었다.

스킬 『마력물질화』에 의해, 로웬이 휘두르는 검의 길이가 투기장 끝까지 뻗을 정도로 늘어나 있었다. 하지만, 그 마력의 검은 곧바로 사라졌다.

로웬의 마력은 얼마 되지 않는다. 장기전을 염두에 두고, 순간적으로만 칼날을 늘린 모양이다.

이것으로, 검술에서 상당히 중요한 요소인 거리의 개념이 사라졌다.

투기장 어디에 서 있건, 항상 필살의 거리였다.

이제 거리를 벌리고 한 숨 돌리는 작전도 쓸 수 없게 됐다.

나도 그 대결에 호응하기로 했다.

그렇다. 사제 대결은 아직 끝나지 않은 것이다.

나도 스킬 『마력물질화』를──정확히 표현하자면 『마력 빙결화』를 발동시킨다.

수정처럼 투명한 로웬의 마검과는 달리, 내 얼음 마검은 연한 청색이다.

우리 둘의 마검은 투기장 끝, 결계까지 닿았다.

전진도 후진도 의미를 상실한 필드에서, 우리는 넓이를 최대한 활용한 싸움을 펼치기 시작했다.

먼저 로웬의 마검이 휘둘러졌다. 검이 바닥을 찢어발겨서, 흙먼지가 일어난다. 그 칼끝이 저 멀리 있는 결계를 할퀴었다.

옆으로 펄쩍 뛰어서 그 공격을 회피하면서, 나는 측면으로 검을 휘둘렀다. 흩날리는 흙먼지를 찢어발기고, 나도 저 멀리 있는 결계에 일자형의 흉터를 남겼다.

그리고 그 직후, 로웬의 마검이 수정 티끌을 남긴 채 허공에서 흩어졌다. 내 마검은 얼음 티끌을 남기고 허공에서 흩어졌다.

그리고 그 다음 순간, 둘은 동시에 새로운 마검을 구축해서 휘둘렀다.

하지만, 그것 역시 눈 깜짝할 사이에 흩어졌다.

그런 공방전이 되풀이된 끝에, 결계 안에 수정과 얼음 티끌이 축적되어 갔다.

투기장 안이 점점 일종의 만화경으로 변모해 갔다. 수정과 얼음이 태양광을 난반사시켜서 무지갯빛으로 반짝인다. 결계 안에 기하학적 무늬가 그려지고, 환상적인 색체로 물들어 갔다.

나와 로웬의 마력에 의해서 세계가 이세계로 변해 가고 있었다. 그 안에서 나와 로웬은 단 한 번도 멈추지 않고 온 힘을 다한 칼부림을 거듭해 나갔다.

눈에 보이지도 않는 속도로, 결계에 선이 그어져 갔다.

우리가 싸우고 있다는 증거가, 『라우라비아』에 남겨졌다.

눈 깜짝할 사이에 수십 개의 흔적이 남겨졌다.

숨 한 번 돌리는 사이에 수백 개의 잔광이 번뜩였다.

한 발짝 이동하는 사이에 수천 개의 궤적이 새겨졌다.

그러나 승부는 판가름 나지 않았다.

아마, 시합 전의 나였다면 로웬과 이 정도로 팽팽한 싸움을 펼칠 수는 없었을 것이다.

하지만 로웬이 칼싸움의 분위기를 띄우기 위해서──아니, **나를 위해서**. 이제 조금씩 본격적으로 실력을 드러내 주고 있었던 것이다.

나는 차원마법사라는 특성상 본질적으로 배움을 통해 강해지는 데 특화되어 있기에, 여기에까지 다다를 수 있었다.

자신의 스테이터스를 『표시』하고 있을 여유는 없었다. 하지만 스킬 수치가 어마어마한 속도로 상승하고 있음을 알 수 있었다.

이미 궁극의 경지에 달해 있는 로웬 역시, 나라는 호적수를 만난 덕분에 한층 더 앞으로 나아가고 있을 터였다.

나는 그런 로웬을 따라갔다.

지난 날, 로웬은 오직 혼자서 이 길을 나아갔다. 하지만, 따라오는 사람이 아무도 없었기에 멈춰 서고 말았다.

그러나 지금은 다르다. 천 년이 지난 지금, 운명이 달라졌다. 여기에는 내가 있다.

아무리 강해져도, 더 이상 혼자가 아니다.

로웬은 지금 나에게 검술을 가르치고, 동시에 스스로의 검술을 갈고닦고 있는 것이다. 그런 단순한 일이었건만, 그는 신이 나서 견딜 수 없다는 표정이었다.

그 환희에 찬 감정을 가득 담아서, 로웬은 소리쳤다.

"아아, 전력이다!! 지금, 나는 전력을 다해 싸우고 있어! 카나미가 따라와 준 덕분이야! 다들 똑똑히 봐! 이게 바로 나다! 로웬이다! 이 로웬 아레이스의 싸움을, 제발 잊지 말아줘!!"

본심을 꾸밈없이 있는 그대로 담아서 외치고 있었다.

그렇게 느껴질 만큼 어린아이처럼 순진한 로웬의 말은, 거기서 끝나지 않고 이어졌다.

"내 모든 것을 카나미가 눈으로 보고, 검술로 화답하고, 기억해주고 있어! 그게 그 어떤 것보다도 더 기쁘다! 기쁘단 말이다!!"

그러는 동안에도 칼싸움은 이어져서, 미처 산화하지 못한 수정과 얼음이 허공에 흩날리고, 바닥에 쌓여 갔다.

모래가 깔린 바닥이, 어느 새 엷은 흰색으로 물들어 있었다.

로웬은 그 바닥을 밟아서 멀찌감치 거리를 벌리고, 손길을 멈추었다.

나도 손길을 멈추었다.

분위기로 보아, 할 얘기가 있는 모양이었다.

"……하지만, 이대로 가면 끝이 안 나겠지. 그냥 이대로 아침까지 싸울 수도 있지만, 그건 좀 너무 장황해. 무도회의 라스트 신으로는 영 안 어울리지. 그리고 마력을 이용한 싸움을 계속 이어가면 먼저 숨이 차는 건 나일 테지."

"나는 그걸 노리고 있는데 말이야. 로웬의 마력이 바닥나면, 내가 좀 유리해지니까."

"그렇게는 안 될걸, 카나미. 그 전에 승부를 내야지."

그리고 로웬은 멀리서 검을 고쳐 쥐었다.

지금까지 취해 왔던 자연스러운 자세와는 달랐다. 처음 보는, 형식을 갖춘 자세였다.

오른손에 든 검을 왼쪽 허리 뒤쪽으로 뻗은, 옆으로 휘두르는 데 특화된 자세.

하지만, 그렇다고 해서 검을 칼집에 넣는 것도 아니었고, 딱히 자세를 낮추는 것도 아니었다.

"카나미, 지금부터 어리석은 한 남자가 다다른 경지를 여기에 아로새겨 주마……. 이게 마지막 기술이다."

로웬은 오의인 『감응』과 『마력물질화』를 이미 모두 사용했다. 이제 로웬에게 남은 카드는 없을 터였다.

그러나 그 자세에서 느껴지는 위험신호의 크기는, 내 인생 최대의 수준이었다.

나는『감응』을 최대한으로 발휘하며, 앞으로 일어날 일을 하나도 빠짐없이 파악하기 위해 경계태세를 취했다.

그리고 로웬은 **영창했다**.

"——『나는 세계(그대)를 두고 가노라』——."

그 영창과 함께, 세계가——일그러졌다.

하지만 로웬은 마법사가 아니라 검사다. 영창은 하고 있지만, 그 몸 안의 마력은 조금도 움직이지 않았다.

즉, 지금 공격자세를 취한 로웬 주위의 공기를 일그러뜨리고 있는 것은 마력이 아닌 다른 무엇이라는 뜻이었다.

그 일그러짐은 지금도 계속 퍼져서 투기장 내에 전파되어 나가고 있다. 세계가 불끈불끈 맥동하고, 파문이 퍼져 나가듯 주위의 결계를 밀어내기 시작했다.

세계의 법칙 자체를 뒤바꾸는 것 같은, 무시무시한 죄를 저지르고 있는 것 같은, 금기를 깨는 감각이 전해져 왔다.

『감응』을 사용하고 있는 덕분에, 그 감각의 정체를 엿볼 수 있었다.

이것은 세계의 근원에 침투하는 영창이었다. 마치 세계의 『이치』를 훔치기라도 하듯이, 세계 그 자체에 침투하고 있었다.

그리고 그 영창의 '대가'는——아마도, 로웬의 인생 그 자체——.

"──『먼저 거부한 것은 세계(그대)였다』『그렇기에 나는 검과 함께 살아가겠다』──."

아르티와의 싸움을 거치면서, 나는 영창에 대해 한층 더 깊게 이해할 수 있게 되었다.

그렇기에, 알 수 있었다. 알 수밖에 없었다.

지금부터 펼쳐지길 기술도, 로웬의 인생 그 자체라는 것을──.

아마도, 이것이 아레이스의 진정한 최후. 검사 로웬의 최후이리라.

모든 검사가 염원하고, 최종적으로 달하고자 하는 경지.

한 자루의 검을, 가장 이상적으로 휘두르는 것.

그런 단순한 기술──.

──검이, 내달렸다.

"──**마법** 〈폰 아 레이스(망령의 일섬─閃)〉."

그 말을 들은 순간, 검술은 이미 성립되었다.

마지막으로 내 눈에 들어온 것은, 검을 쥔 로웬의 오른팔이 소실되는 순간이었다. 그야말로 다른 차원으로 파고드는 것처럼, 로웬이 휘두른 검의 궤적이 세계에서 사라졌다.

그것은 다시 말해, 그 일격이 궤적의 잔상조차 볼 수 없을 정도의 속도라는 뜻이었다.

나는 이 현상과 비슷한 것을 알고 있었다.

다른 차원으로 사라진 로웬의 검. 그것은 마치, 내가 '소지품'에 손을 넣었을 때의 양상을 연상케 했다. ──아니, 그건 정확한 표현이 아니다. 『감응』이 정확한 해답을 본능적으로 가르쳐주었다. 한정적으로나마, 로웬은 차원마법을 사용했다.

마력도 쓰지 않았으면서, 그 몸에 깃든 기량만으로 마법의 경지에 다다랐다.

그리고 그 마법을 마주한 내 머릿속에는 주마등이 달렸다.

무슨 일이 일어난 건지 이해조차 할 수 없었다.

단지, 로웬이 몸으로 다다른 마법과 내 차원속성 마력이 공명하는 것 같은 감각은 느낄 수 있었다. 그리고 그것은 결과적으로, 내 안에 있던 '기억에 없는 기억'을 일깨웠다.

그것은──황량한 저택, 그 정원──홀로 끊임없이 검을 휘두르는 밤색 머리칼의 청년──그 고독한 청년에게 말을 걸었다──보고 말았기 때문이다──그 청년이 수련 끝에 어떤 지경에 다다를지를──그랬기에 권유할 수밖에 없었다──청년의 파멸을 초래할 것을 알면서도──밤색 머리칼의 청년을 『땅의 이치를 훔치는 자』로 타락시킬 수밖에 없었다──체념과 비애가 뒤섞인 감정 끝에 있는──희미한, 멀고도 아득한 기억──.

주마등이 뇌리를 스쳤고──하지만, 나는 순식간에 그 모

든 것을 잊어버렸다.

그 기억의 주인은 내가 아니었기 때문이다.

그렇기에, 마치 처음부터 그런 기억 따위는 없었던 것처럼 말끔하게 사라져 버렸다.

다만, 그 순간적인 기억은 내 몸을 최적의 방어 태세로 이행시켰다.

기억에 없는 경험이, 무의식중에 내 몸을 움직였다.

나도 모르는 사이에 몸이 움직였고, 그리고, 나도 모르는 사이에 모든 게 끝나 있었다.

절대로 피할 수 없는 검이 내 검을 쳐냈고, 『크레센트 펙트라즐리의 직검』이 허공에 나동그라졌다.

나에게는 빈틈이 없었다.

1억 분의 1초 단위의 세계까지 모조리 파악할 기세로 온 신경을 집중시켜서 공격에 대비했다.

그러나 로웬의 일격은 그런 내 각오를 비웃듯이, 내 손에서 검을 앗아가 버렸다.

무슨 일이 일어난 건지 인식조차 할 수 없었다.

인식 밖에서 날아든 공격. 그것은 아이카와 카나미라는 검사를 압도하기 위한 최적의 카드였다.

보지 못하면, 배우지도 못하는 법이다.

검은 허공을 날아서, 결정들이 쌓인 땅바닥에 박혔다.

그것은 검사들 간의 싸움——'무기 떨어뜨리기'라는 싸움의 승부가 갈리는 순간이었다.

시간이 멈추어버린 것만 같은 정적 끝에, 내 검이 나동그라진 것을 인식한 관객들이 환호성을 터뜨렸다. 그리고 결계 밖에서 시합을 지켜보고 있던 사회자가 외쳤다.

"——스, 승부가 난 건가요?! 최고의 검술 공방전을 선보여 주는가 싶더니, 어느새 투기장에 전개된 마법보다도 더 환상적인 세계! 그리고 빛과 빛의 교차 끝에, 잠깐의 휴식을 가지는가 싶던 순간, 카나미 선수의 검이 나동그라졌습니다!!"

누구보다 더 놀란 것은 나였다.

로웬은 분명, 방금 그 기술을 마법이라고 했다.

"바, 방금 그건——."

"내 마법이야. ……내가 마법을 쓸 줄 모른다고 한 적은 없잖아. 싫어하는 건 사실이지만."

"방금 그게 마법이라고……? 정말……?"

방금, 마력은 조금도 운용되지 않았다.

그 점은 의심의 여지가 없었다.

그것은 다시 말해, 몸의 운용만 가지고 방금 그 결과를 이끌어냈다는 뜻이었다.

"분류상으로는 마법에 해당된다고 하더군. 나도 이걸 마법이라고 부르는 건 유감스럽게 생각해. 하지만, 마법을 만들어낸 시조가 마법이라고 하니 인정하는 수밖에."

이 세계에서 내가 배워온 마법과는 전혀 달랐다.

이곳은 내 세계의 물리법칙이 무시되는 세계이기는 했지

만, 그래도 일정한 법칙에 따라 마법이 구축되는 건 분명했다. 그 규칙 가운데는, '마법은 마력을 통해 구축된다'라는 전제도 있었다.

그 전제가 뒤집혀버리는 순간이었다.

로웬은 영창으로 '대가'를 치렀다.

혹시, 그 '대가'만 있으면 마력은 없어도 되는 걸까?

아니, 애초에 마력이 '대가'의 대용이었던 건가……?

아직 시합 중이건만, 나는 고민에 잠겼다.

그리고 상대가 시합의 대전 상대인데도 불구하고, 나는 곧이곧대로 기술의 원리를 물었다.

"도대체…… 마력도 없이 무슨 수로……?"

"스킬 『감응』을 통해 얻은 느낌대로, 단련한 몸이 이끄는 대로 검을 휘두르는 게 전부인 기술이야. 이것이 바로, 검사가 다다를 수 있는 최후. 검의 종착점이지."

로웬은 득의양양하게 폼을 잡아 가면서 설명했다.

하지만 그 말 자체는 이해할 수 있어도, 말에 담긴 내용까지는 이해가 가지 않았다.

어쩌면, 로웬 스스로도 방금 그 마법을 정확하게는 이해하지 못하는 건지도 모른다.

말 그대로 '열심히 하다 보니 되더라' 정도로 생각하고 있을 수도 있었다.

나는 더 이상 캐묻는 걸 포기하고, 찌릿 로웬을 노려보았다.

"로웬. 그거, 미궁에서 수련할 때 안 가르쳐줬던 거 맞지?"

일단, 오의 하나를 숨겨두고 있었던 것에 대해 친구로서 다그쳤다.

"아, 아니, 이건 그냥 검을 빠르게 휘두르는 기술일 뿐이 니까, 가르치고 자시고 할 것도 없잖아. 가로 베기의 기본 적인 형태는 가르쳐줬잖아? 마음만 먹으면 누구나 할 수 있 어. 일부러 숨기려고 한 게 아니었다고."

"흐응, 그러셔……. 하지만, 결승에서 깜짝 놀라게 해줄 생각이었던 건 맞지?"

"으…… 그건 부정 못 하겠군……."

로웬은 득의양양하게 폈던 가슴을 움츠리고, 시선을 외면 했다.

그 쓸데없이 고지식하고 어린애 같은 면모는 여전했다.

애초에, 비장의 카드를 숨겨 두는 건 딱히 특별한 일도 아 니다. 유파의 오의라면 자기 자식에게만 전수하겠다는 식 으로 기개를 부려도 좋으련만, 이렇게 허둥대는 로웬이 재 미있었다.

"농담이야. 어쨌거나, 검술 대결은 내 패배로 끝난 것 같 네. 진짜 굉장한 검술이었어……. 이건 로웬의 승리야."

나는 패배를 인정하고, 애석한 표정을 지어 보이며 칭호 를 포기할 뜻을 표했다.

"어쩔 수 없지.『검성』은 로웬의 칭호로 해두는 수밖에."

"하핫, 딱히 그런 칭호를 탐내지도 않았으면서, 잘도 그런 소리를 다 하네.”

그런 내 태도에 로웬은 웃으며 대꾸했다.

그리고 결승전 첫 번째 대결을 마친 서로를 칭찬했다.

일단 이제 시합 전의 친선경기는 끝난 셈이다.

나는 투기장 전체에 다 들리도록, 허파 속 공기를 모조리 토해내듯 외쳤다.

“──일단 승부는 판가름 났다! 나는 ’무기 떨어뜨리기‘에서의 패배를 인정하겠다! 검술 시합에 있어서, 아이카와 카나미는 로웬 아레이스를 당해낼 수 없었다! 여기에 있는 로웬이 바로 대륙 전체, 역사상 최강의『검성』이라는 건 의심의 여지가 없다!”

그 말을 들은 관객들이 술렁거렸다.

대부분의 관객들은, 나라는『영웅』이 로웬을 넘어서『검성』『최강』이 되는 순간을 보러 온 것이다. 그랬건만 내가 이렇게 간단히 칭호를 포기해버린 것이 불만인 것이리라.

하지만 당사자인 내가 인정했으니, 거기에 딴죽을 걸 사람은 아무도 없었다.

내 선언은 서서히 관객들 사이에 받아들여져서, 조금씩 로웬을『검성』으로 인정하는 목소리들이 들려오기 시작했다.

비록 그의 정체가 몬스터라는 소문이 있긴 하지만, 검술 실력 하나만은 인정받고 있다는 걸 알 수 있었다.

검술에 소양이 있는 자들은, 로웬을 한 사람의 검사로서 극찬하고 있었다. 미궁 탐색을 생업으로 삼는 자들은 로웬을 파티에 받아들이고 싶다면서 술렁거렸다. 권력자들도 로웬이 최강의 검사라는 사실을 인정할 수밖에 없다면서 수군거렸다.

조금씩…… 정말 조금씩이지만, 환호성 속에 '로웬'이라는 말이 늘어나고 있었다.

그리고 이내 어디선가 로웬을 연호하는 목소리까지 터져 나오기에 이르렀다. 그것은 전염되더니 관객석 전체로 퍼져 나가고, 이윽고 투기장 전체가 하나가 되어『검성 로웬』에게 찬사를 보냈다.

쏟아지는 환호성.

그 모든 환호성들이 빛과도 같이 로웬을 비추었다.

『무투대회』결승전──최고의 도전자를 물리친『검성』에게, 우레와도 같은 박수가 날아들었다.

그 광경은, 그야말로 '영광'이라는 표현이 딱 들어맞는 것이었다.

바로 지금, 로웬이 입버릇처럼 얘기하던 소망이 이루어졌다.

그러나 그 '영광'을 한 몸에 차지하고도, 그는 평소와 다를 바가 없었다. 도리어 약간 쓸쓸해 보이기까지 했다.

로웬은 온화하게 웃고, 뒤이어 울분에 젖은 웃음을 짓고, 마지막으로는 쓴웃음을 흘렸다.

"──역시, 이게 아니었나 보군."

"그래, 아니었어, 로웬."

이미 알고 있었다.

시합 전에 로웬 스스로가 거의 깨달았던 사실이었다.

그것을 내가 지적했고, 로웬은 인정했다. 그것뿐이다.

더 이성 변명의 여지도 없다.

로웬은 '영광' 같은 걸 바란 게 아니었다.

그것을 원했던 건 로웬이 아닌 다른 누군가였을 것이다. 결코 로웬 자신의 바람이 아니었다.

"그럼 '내 진정한 소망'은 뭐지? 가르쳐줘, 카나미."

로웬은 진지한 얼굴로 내게 물었다.

그 물음이 바로, 이번 싸움의 본질.

나도 로웬과 같은 표정으로 대답했다.

"──계속하자. 이 너머에 해답이 있어."

아직도 말로는 전할 수 없는 것들이 수두룩하게 남았다.

그렇기에, 나는 전투의 속행을 재촉했다.

"이 너머라……. 알았다, 카나미. 그럼 계속하자. 이번이 진정한 '데스매치(진검승부)'다."

나와 로웬은 평화롭던 분위기를 거두고, 일촉즉발의 긴장감 속에서 서로를 노려보았다.

"내가 아직 검술 대결에서는 로웬에게 못 미치는 건 사실이야……. 하지만, 시합은 아직 끝난 게 아냐. 나는 아직 진게 아냐……."

"그래, 네 말이 맞다, 카나미. 봐주면서 싸울 생각은 마라. 모든 걸 다 걸고 싸워줘. 그래야 시합이 불타오르지 않겠어?"

"전력을 다해서 싸우지. 검사도 영웅도 아닌 미궁 탐색가 아이카와 카나미로서, 내 진정한 실력을 보여줄게."

"그럼 나도 화답해주마. 검사 로웬으로서, 온 힘을 다하겠다."

로웬은 검을 고쳐 쥐고, 온몸을 날카로운 기운으로 채웠다.

나는 나동그라진 검에는 눈길도 주지 않은 채, 내 몸 속의 마력에 온 신경을 집중시켰다.

그 모습을 본 사회자가 관객들에게 선언했다.

"아, 아무래도 시합을 속행할 모양입니다! 그러고 보니 규칙은 '데스매치'로 결정했으니, 아무런 문제도 없습니다! 카나미 선수는 검술 사제 대결의 패배는 인정했지만, 시합의 패배를 인정한 건 아니었습니다! 소문에 따르면, 카나미 선수가 『에픽 시커』의 길드마스터로 유명세를 탄 건 검술 때문이 아니라, 그 빙결마법과 감지마법의 힘 덕분이라고 합니다! 다시 말해, 카나미 선수는 아직 진짜 힘을 발휘하지 않았다는 것! 자, 과연 『영웅』 카나미는 『검성』 로웬을 넘어설 수 있을 것인가?!"

사회자의 선언에 의해, 장내의 분위기가 한층 더 달아올랐다.

우리 '영웅'의 진짜 싸움은 이제부터 시작이라는 듯, 로웬을 연호하던 목소리가 카나미를 연호하는 목소리로 변해 갔다.

나는 그런 관객들의 지조 없는 태도를 비웃었다.

나도 '영광' 같은 건 바라지 않는다. 그들의 '영웅'이 될 생각 따위는 추호도 없다.

그렇기에 나는 기사도 검사도 아닌──'영웅'과는 더더욱 거리가 먼 사악한 얼굴로 비웃었다.

"간다, 로웬. 이번에는 내 차례야. 내 주력 분야다──."

나는 맨손으로 마법을 구축했다.

관객들의 목소리 따위는 이미 안중에도 없었다.

눈앞에 있는 로웬을 어떻게 물리칠 것인가. 오직 그 점만 생각했다.

"──마법 〈프리즈〉."

우선, 내 몸의 마력을 냉기로 변환했다.

흘러나온 냉기는 하얗게 물든 바닥을 기어 다니며, 투기장의 기온을 저하시켜 나갔다.

눈에 보일 만큼 짙은 마력이 내 주위에서 소용돌이쳤다.

입에서 나오는 숨결이 하얗게 변하고, 세상이 서서히 겨울로 변화해 갔다.

나는 '소지품'에서 검이 아닌 커다란 외투를 꺼냈다.

그리고 그 헐렁하고 허름한 천으로 몸을 감쌌다. 이쯤 되면, 누가 봐도 검사와는 거리가 먼 모습이었다.

자신의 스테이터스를 『표시』해서 최종 확인을 취했다.

[스테이터스]

이름 : 아이카와 카나미　HP293/293　MP 632/751−100　클래스 : 탐색가

레벨17

근력 9.72　체력 10.91　기량 13.09　속도 16.72　지능 14.45　마력 38.17　기량 7.00

상태 : 혼란 7.22

[스킬]

선천스킬 : 검술 3.12　빙결마법 2.56+1.10

후천스킬 : 체술 1.55　차원마법 5.23+0.10　감응 1.82　병렬사고 1.45　뜨개질 1.07

??? : ???

??? : ???

애초에, 이런 스테이터스를 보유한 인간이 정석적인 방법으로 싸운다는 것 자체가 비정상적이다.

수단 방법을 가리지 않고 몬스터를 사냥하는 것이 본연의 전투법.

마법을 사용한 꼼수야말로 나의 진면목.

그것이야말로 미궁의 최심부를 향하는 자.

탐색가, 아이카와 카나미.

"──『겨울의 세계는, 방랑자의 모든 것을 앗아간다』──."

그리고 나는 영창했다.

그 영창과 동시에, 세계가──얼어붙는다.

"이건, 냉기──? 마력으로 공기를 식힌 건가?"

로웬은 경계 상태로 검을 쥔 채, 내 마법을 확인하고 있었다.

그는 마법에 대해서는 문외한이다. 그래도 스킬『감응』을 통해서 마법의 정채를 간파한 것이리라. 〈프리즈〉가 온도 저하 마법이라는 것을 단번에 이해했다.

차분하게 상황을 지켜보고 있는 로웬을 상대로, 나는 마법을 연신 발동시켰다.

MP가 눈에 띄게 감소해갔다.

그 MP 소비량은, 사람 한 명을 상대로 사용하기에는 과도한 마력이었다.

하지만 상대가 로웬이라면 과도하다고 할 수 없었다. 그 것을 알고 있기에, 나는 일반인에게는 치사량에 해당할 만큼의 마력을 방출해 나갔다.

로웬을 죽일 각오로 마법을 사용한다.

그렇다, 죽일 각오──이 각오가 없으면, 나는 힘을 최대한으로 발휘할 수 없다.

안전지역에서 대량의 마력을 소비해서, 접근하기 전에 승부를 결정지어야 한다. 정보를 수집해서 선수를 치고, 상대가 아무것도 못 하는 상황에서 오버킬(과잉살해). 마법사의 기본 중의 기본이다.

"냉기 마법……. 잘은 모르겠지만, 그냥 방치해두면 곤란

할 것 같군……!"

끝도 없이 하락하는 온도를 감지하고, 로웬은 더 이상의 방관을 중단했다.

『마력물질화』로 검을 뻗어서, 마법을 구축하는 나에게 일격을 날렸다.

나는 몸을 틀어서 그 공격을 피하면서 후퇴한다.

다만, 『마력물질화』가 있기에 후퇴는 별 의미가 없었다. 그래도 검이 뻗어 나오는 데에는 약간이나마 시간이 들게 마련이다. 그 약간의 시간을 위해서, 나는 로웬으로부터 멀찌감치 물러섰다.

반격하지 않는 나를 향해, 로웬은 연속으로 칼부림을 날렸다.

그에 맞서서, 나는 검사로서의 『감응』뿐만이 아니라, 마법사로서 가진 〈디멘션〉까지 전개해서 대응했다.

"──마법 〈디멘션 · 글래디에이트(결전연산, 決戰演算)〉! 마법 〈디 윈터〉!!"

차원마법으로 검의 궤도를 파악해서, 미래를 읽기라도 한 것처럼 회피해 나갔다. 그리고 '소지품' 속에서 보따리며 통을 꺼내서, 검이 통과해 할 것으로 예측되는 궤도에 놓았다.

로웬의 검이 보따리와 통을 베고, 그 내용물이 땅바닥에 흩뿌려졌다.

그 안에 든 것은 물이었다.

23층 부근의 더위에 대한 대책 삼아서 소지하고 있던 대량의 물을, 연신 '소지품' 속에서 꺼내어 투기장을 적셔 나갔다.

"물······? 그래, 무슨 생각인지 알겠군."

로웬은 잠깐 생각에 잠겼다고, 곧바로 내 목적을 이해했다. 라이너와 싸웠을 때 〈디 윈터 · 프로스트〉로 분수를 얼리는 것을 한 번 본 적이 있었기 때문이리라.

바닥에 다수의 물웅덩이를 만들어 내면서, 나는 로웬으로부터 거리를 벌렸다. 철저하게 후퇴로만 일관했다.

필승을 확신할 수 있을 때까지는 공격하지 않을 생각이었다. 우선은 수분을 충분히 증가시키는 게 선결과제였다.

나는 '소지품' 속에서 물이 든 나무통을 꺼내어 깨부쉈다.

"여기는 다른 곳도 아닌 결승전 투기장이니까! 투기장 전체를 다 쓸 거다, 로웬!!"

뒤이어서, 마력으로 물에 간섭을 시작했다.

"좋아! 마음 내키는 대로 해봐!!"

그런 내 도발을 로웬은 기꺼이 받아들였다.

나는 로웬의 말마따나, 마음 내키는 대로 새로운 빙결마법을 구축했다.

처음 쓰는 마법이다. 하지만, 성공하리라는 확신이 있었다.

발상의 기반이 된 것은 리퍼와 아르티가 사용하던, 영역을 지배하는 마법.

자신을 보조하는 마법이 아니라, 적을 방해하는 마법을 연상하며 '영역'을 구축——.

"──마법 〈윈터리 디멘션(겨울의 이세계)〉!"

쪼개진 나무통에서 흘러나온 물이 얼음기둥을 이루어 솟구쳤다.

얼음기둥은 무수히 많은 가지를 뻗으며, 공간에 얼음 알갱이를 살포했다.

얼음 나무 한 그루가 완성되자, 투기장 안의 기온이 쑥 급강하했다.

"필드를 자기편으로 만든 모양이군……. 하지만, 그 정도만 가지고는 나를 넘어설 수 없을 텐데……!"

로웬은 공중의 얼음 알갱이를 검으로 떨쳐내고 발밑의 물웅덩이를 피하면서 거리를 좁히려 들었다.

"──넘어설 수 있어. 로웬이 검으로 싸우는 이상, 벨 수 없는 것들이 수없이 많으니까. 나는 그걸 무기로 삼아서 싸우면 돼."

아무리 로웬이라 해도, 냉기를 베어서 없앨 수는 없다.

지금만 해도, 로웬은 기온의 저하를 막지 못하고, 대량의 얼음 알갱이들이 몸에 달라붙어 있다. 게임의 정석대로, 검사인 그는 마법에 대한 방비가 허술하다.

하지만 그만큼 신체능력이 뛰어나다. 냉기와 물을 흩뿌리면서 도망치는 나를 추격하며 검을 휘둘러댄다.

나는 '소지품' 속에서 예비용 검과 새로 준비한 긴 채찍을 꺼내서, 즉석으로 마법을 구축했다.

"──마법 〈아이스 플랑베르주(빙결검, 氷結劍)・윕(편타, 鞭打)〉."

왼손에 든 검으로 로웬의 일격을 비껴내면서, 오른손으로 채찍을 휘둘렀다.

로웬은 놀라면서도 채찍을 피해냈다.

"얼음 채찍?!"

나는 난잡하게 채찍을 휘둘러서 무차별적인 공격을 퍼부었다.

『감응』을 가진 로웬을 상대로 싸울 때, 특정한 곳을 노려서 공격하면 오히려 회피당할 가능성이 높다. 그러니까 차라리 이렇게 나 자신도 어디로 갈지 모르는 공격을 선택하는 게 낫다. 채찍이 로웬의 맨살에 스치기라도 하면 횡재한 셈이다. 얼려서 피부를 벗겨낼 수 있다.

"검술로는 진다는 걸 뻔히 아는데, 내가 검만 가지고 싸울 리가 없잖아, 로웬! 나는 '영웅'도 아니고, 정통 검사도 아닌, 교활한 탐색가니까!"

"하핫, 스승 노릇 한 보람도 없게 만드는 녀석이군!"

로웬은 웃으면서, 불규칙하게 움직이는 채찍 공격을 모조리 눈으로 보고 회피했다.

그리고 몇 초 후에는, 채찍에 대처할 수 있는 새로운 아레이스류 검술을 그 자리에서 만들어냈다. 궤도가 간파 당하자, 채찍은 로웬의 검에 의해 맥없이 절단되었다.

그러나 문제 될 건 없다.

예비용 채찍은 아직도 얼마든지 남아있다. 검도, 창도, 도끼도, 망치도, 투척용 나이프도, 활과 화살도, 소모한다고 해서 두려워할 필요 없다. 그것이 탐색가 아이카와 카나미의 강점이다.

나는 갖가지 다양한 무기들을 적절히 사용해서 시간을 벌고, '소지품' 속에서 물이 든 것들을 모조리 끄집어냈다. 미궁에서 며칠 동안 생활할 것을 전제로 해서 준비한 물의 양은, 연못 하나쯤은 넉넉히 채우고도 남을 정도였다.

하지만, 그래도 여전히 부족했다.

"얼마 안 남았어——!"

나는『감응』이 아닌 차원마법〈디멘션〉을 이용해서, 공간 안에 있는 온갖 숫자들을 쉴 새 없이 추적했다.

이건 본능이 아닌, 수학과 과학 지식을 활용해서 헤아려야만 했다.

"뭐가 얼마 안 남았다는 거냐, 카나미!"

"로웬을 외통수에 내몰 순간이!"

나는 솔직하게 대답했다.

그 말을 들은 로웬은 해맑게 웃었다.

"그건 곤란하지! 그럼, 그럴 시간을 주면 안 되겠군!"

"큭! ——마법〈디 오버 윈터〉! 마법〈아이스 플랑베르주〉!!"

로웬은 그런 내 말을 곧이곧대로 믿고 의기양양하게 육박해 들어왔다.

공중에 난무하는 얼음 알갱이 따위에 아랑곳하지 않고, 로웬은 거리를 좁혀서 내게 검을 뻗었다.

나는 손에 익지 않은 채찍을 버리고, 검과 최고의 마법으로 그 공격을 맞받아쳤다.

지난번에 라그네의 검을 얼렸던 때와 같은 요령이었다. 검과 검이 교차된 순간, 냉기를 전달시켜서 로웬의 마력 검을 얼리는 것이다.

『마력물질화』를 이용한 검의 신축이 갑자기 불가능해지자, 로웬은 신이 난 얼굴로 놀랐다.

"아아, 그렇게 되는 거구나!"

"그래, 이렇게 되는 거야!"

그러나 로웬은 바로 원리를 이해하고, 얼어붙은 검의 칼 끝을 부러뜨려서 대처했다.

놀라기도 전에 몸이 먼저 대처한 것이다.

채찍 때도 그랬지만, 로웬의 대응력은 초인적이었다.

하지만, 이제는 나도 그 이유를 알 수 있었다.

모든 것이 다 스킬『감응』덕분이다. 그것이 로웬의 대응력──나아가 성장속도의 가속시키고 있는 것이다.

"그럼, 검의 접촉은 최대한 피해야겠군!"

"그렇게 해주면 고맙지!"

빙결을 경계한 로웬의 기세가 조금──정말로 조금 누그러졌다.

검과 검의 접촉을 피하면서 싸우는 건, 그에게 있어서는 딱히 큰 핸디캡이 되지 않는다. 조금만 더 있으면 〈아이스 플랑베르주〉 대처에 최적화된 아레이스류 검술을 이 자리에서 만들어낼 것이다.

하지만 그 조금의 시간이면 충분했다. 나에게는 조금의 시간이 더 필요했던 것이다.

이제 습도와 온도 모두 충분했다.

연합국 최강의 결계에 의해 밀봉된 투기장 안이, 내가 원하는 세계에 가까워졌음을 알 수 있었다.

기온이 내려가고, 습도가 올라가고——오늘, 이 자리, 이 순간에만 성공시킬 수 있는, 나만의 세계를 구축하기 위한 조건들이 충족되어 갔다.

검의 세계인 로웬의 세계와는 다른 세계.

하지만 나는 이 세계 역시 로웬의 세계에 필적하리라 믿는다.

맹공을 버텨내면서, 나는 마법 구축 마무리 작업에 들어갔다.

빙결마법으로 상공의 공기에 간섭해서 기온을 농락해 나간다. 서서히 공기 중의 수분이 얼기 시작했다.

할 수 있다. 기껏해야 직경 수백 미터밖에 안 되는 필드 안이라면 충분히 성공할 수 있을 것이다.

순간적으로 과도한 냉기를 발생시키는 〈디 오버 윈터〉와는 다르다.

보편적인 겨울 세계를 구축하는 것. 〈디 윈터〉의 다음 단계 마법——그것이 바로 〈윈터리 디멘션〉.

이윽고 상공의 수분이 얼어붙어서 바닥에 떨어지기 시작했다.

투기장에 눈이 내린다.

서서히 시야가 하얗게 물들어 간다.

이렇게 해서, 비록 오늘의 일시적인 환상일지언정——분명히, 세상은 겨울이 되었다.

"티, 티아레이(마력 가루)——?"

로웬은 눈처럼 내리는 하얀 결정을 보며 놀라더니, 그것을 손에 쥐고 어리둥절한 목소리로 뇌까렸다.

"눈이야. 로웬은 혹시 처음 보는 거야?"

"본 적이야 있는데……. 하지만 믿기지가 않는걸. 이런 곳에서 보게 될 줄이야……. 원래 눈은 대륙 북쪽 끝에서만 볼 수 있는 거니까……."

"다행이다. 이 세계에도 눈이 있구나. 다들 이걸 보면 『티아레이』『티아레이』 타령만 하기에, 이 세계에는 눈이 없는 줄 알았어."

"아아, 예전에 눈을 본 적이 있었지……. 그립군……. 정말 그리워……."

로웬은 흩날리는 가루눈을 애정 가득한 눈길로 바라보았다.

그리고 팔에 두르고 있던 머플러를 벗어서 목에 두르고, 칼끝을 이쪽으로 겨누었다.

"이게 카나미가 가진 최고의 마법인가?"

"응. 이제 로웬은 패배했어."

"재미있군. 그럼, 그 자신감을 정면으로 찢어발겨 주지.

우리 아레이스의 검은, 모든 마(魔)를 베는 검이니까."

로웬은 신이 나 보였다.

끝도 없이 새로운 카드를 꺼내 드는 나에게 다시 정면으로 맞서 싸우려 하고 있었다.

그 정직한 성품이 난 정말 좋았다.

인간으로서의 긍지를 잃지 않고, 인간으로서 맞부딪쳐 드는 그가 눈부시고도 사랑스럽게만 보였다.

"필드는 이제 내 편이야. 이 상황이라면, 로웬과 검술로 붙어도 이길 수 있어."

나는 아까 떨어뜨렸던 『크레센트 펙트라즐리의 직검』을 주워 들고, 『마력빙결화』로 그 길이를 늘였다.

예비용 검을 '소지품' 속에 집어넣고, 나는 승리의 확신을 품은 채 로웬과의 거리를 좁혀 갔다.

대화는 끝나고, 전투가 재개되었다.

로웬과 나는 검술 대결을 벌이기 위해 동시에 손에 든 검의 칼날을 연장시키려 했다.

하지만, 로웬의 검은 중간에서 성장을 정장을 멈추었다.

마력의 칼날이 빠득빠득 소리를 내며 굳어져 갔다. 검과 검이 접촉하지 않았음에도 불구하고, 로웬의 검이 얼어붙은 것이다.

이것이 〈윈터리 디멘션〉의 힘.

이 〈윈터리 디멘션〉이 전개된 공간 안에서는, 언제나 어디서나 빙결마법을 걸 수 있다.

그 결과, 내 검만이 뻗어 나가서, 일방적인 칼부림으로 로웬을 몰아붙일 수 있었다.

검이 뻗지 않는 로웬은 방어 일변도로 내몰릴 수밖에 없었다. 그러면서 잠시 어리둥절해 했지만, 곧 이 상황을 웃어넘겼다.

『마력물질화』 없이 나를 물리치겠다고 다짐한 표정이었다.

독특한 보법을 구사해서, 내 검을 쳐내면서 앞으로 치고나왔다.

하지만, 나는 그것을 용납하지 않았다.

이미 꼼꼼하게 함정을 쳐 둔 상태인 것이다.

"——『겨울의 세계는 가속해 간다』——."

마음 가는 대로 영창했다.

세계의 온도가 한층 더 내려가고, 부드러운 바람과 함께 눈보라가 흩날렸다.

한층 더 거세어진 하얀 눈이 나와 로웬 사이에 끼어들어서 시야를 앗아갔다.

그럼에도 로웬은 『감응』을 통해 내 위치를 파악하고 앞으로 돌진해 왔다.

하지만, 나는 바로 그걸 노리고 있었다.

지금 로웬의 몸은 빙점하의 공기에 노출되어 있고, 대량의 얼음 결정이 피부에 부착되어 있다.

"——『방랑자의 모든 것을 앗아간다』——."

냉기를 이동시켜서, 로웬의 발에서 단숨에 체온을 앗아 갔다.

〈디 오버 윈터〉의 진동 조작에 의한 동작방해가 아니라, 단순히 얼리는 게 전부였다.

하지만 효과는 동일했다. 냉기가 극에 달하면, 어떤 생물이든 움직임이 둔해지게 마련이다.

로웬은 발에 뭔가 이상을 느끼고 멈춰 섰다.

"어, 이건——!"

『감응』을 통해서, 내 노림수와 그 효과를 이해한 모양이었다.

"이제 끝이야. 이제부터는 알고도 못 막게 될 테니까."

"하지만, 이 정도라면 아직은——!"

로웬은 떨리는 다리에 힘을 주어서 눈 속을 내달렸다.

그러나 오히려 역효과만 가져올 뿐이었다.

이 눈 속에서는, 달리면 달릴수록 내 눈이 부착되기 마련이었다.

그것은 지난번 티다와의 전투——싸우면 싸울수록 액체가 몸에 달라붙는 상황과 똑같았다.

"우선 발부터 빼앗을게."

나는 마력을 담아서 로웬에게 부착되어 있던 눈을 조종, 냉기를 강화시켜 나갔다.

로웬의 몸은 점점 더 식어 갔다.

생물학적으로 인간의 움직임이 불가능해지는 한계치를

한참 넘긴 냉기였다.

그럼에도 로웬은 여전히 인간으로서 싸우고 있었다.

"카나미이이——!!"

나는 여전히 최대한 신중을 기해, '소지품' 속에서 채찍을 꺼내서, 검의 사정거리 밖에서만 공격했다.

로웬은 사각에서 덮쳐드는 채찍을 회피했다.

그러나 무작위로 꿈틀거리는 채찍은 연신 로웬에게 덮쳐들었고——그런 맹공 끝에, 결국 로웬은 검의 볼록한 부분으로 채찍을 막아낼 수 없게 되었다.

만약 로웬의 몸이 얼어붙은 상태가 아니었다면 아레이스류의 검술로 대처할 수 있었으리라. 만약 시야가 조금만 더 트여 있었더라면 다른 방어책을 강구할 수 있었으리라. 만약 체온이 정상적이었더라면 또렷한 의식으로 대처할 수 있었으리라.

하지만 〈윈터리 디멘션〉이 그것을 불가능하게 만들었다.

넘실거리는 채찍 공격을 검으로 온전히 막아내기는 힘들었다. 결과적으로, 채찍 끝이 로웬의 몸을 일시적으로 옭아맸다.

그리 큰 타격을 준 건 아니었다. 하지만 채찍이 떨어졌을 때, 로웬의 피부에는 얼음 채찍에 의해 떨어져 나간 상처가 생겨나 있었다.

"크으윽——!"

로웬이 움찔하는 틈을 노려, 이번에는 검을 휘둘렀다.

로웬의 검은 이제 늘어나지 않지만, 내 검은 지금도 자유자재로 늘어날 수 있다.

게다가 세계의 기온 저하 덕분에 날카로움은 더해진 상태였다. 그 공격을『감응』으로 감지한 로웬은, 후퇴해서 종이 한 장 차이로 회피했다.

그 타이밍에 얼음 채찍으로 추가 공격을 날렸다. 검과 마찬가지로, 채찍의 길이도『마력빙결화』를 통해서 길이를 늘일 수 있었다.

로웬은 검에 대해서는 철벽이었지만, 채찍의 무작위 공격은 미처 피하지 못해서, 몇 번인가 스치는 피해를 입고 말았다.

아직 피부가 떨어져 나가는 정도의 대미지일 뿐이다. 결정타가 되지는 못했지만, 나는 그 공격을 연신 시도했다.

계속 거리를 유지한 채, 로웬의 발을 얼리고, 채찍으로 조금씩 체력을 갉아먹어 나갔다.

그 전법에, 로웬의 얼굴에도 초조한 기색이 엿보이기 시작했다.

"추운걸……. 체력이 깎여나가고 있어……. 게다가 이렇게 출혈까지……."

무한에 가깝던 로웬의 체력에 그늘이 드리워지기 시작했다.

출혈에 의해 체온이 내려가고, 몸도 부쩍 수척해져 보였다.

초반의 고속 전투 같은 것은 찾아볼 수도 없었다.

숨결조차 얼어붙을 것만 같은 겨울의 세계에서, 검사 로웬은 철저하게 봉쇄되었다.

채찍에 피부가 떨어져 나가서, 점점 더 많은 곳에서 출혈이 발생했다. 몸 상태가 약화되다 보니, 검에 의한 상처도 점점 더 늘어났다.

하지만, 그럼에도 로웬은 여전히 날카로운 눈매로 승리의 기회를 엿보고 있었다. 만신창이가 된 몸을 쉴 새 없이 움직여서, 결정타는 결코 용납하지 않았다.

나는 꿀꺽 마른침을 삼켰다.

상식적으로 생각하면, 이 정도면 역전이 불가능한 상황이다. 하지만 로웬이라면 그 불가능한 일도 얼마든지 해낼 수 있다. 그런 묘한 확신이 있었다.

그렇기에 끝까지 방심하지 않고 거리를 유지했다.

서로의 빈틈을 엿보는 공방전이 거듭되었고, 이윽고——.

"——『——는, ——를 두고——』——."

로웬이 조그만 목소리로 뇌까리는 것을 〈디멘션〉으로 포착한다.

아마, 아까 그 불가사의한 일격을 날리려는 것이리라.

그렇지만 이 상황에서는 그 마법까지도 막아낼 수 있다는 자신이 있었다.

나는 절대 피할 수 없는 칼부림을 피하기 위해, 새로운 마법을 구축했다.

로웬은 휘청거리면서도 영창을 이어갔다.

아마도 이번 일격이 마지막이리라.

이것만 견뎌내면 나의 승리다.

그리고 로웬의 영창이 끝나고, 그 검이 번뜩이려 한 순간——.

"——음?! 큭!"

로웬은 별안간 괴로워하며 검을 바닥에 짚었다.

체온 저하 때문에 의식이 몽롱해진 것과는 달랐다. 물론, 대미지 때문에 무릎을 꿇은 것도 아니다. 전혀 다른 종류의 고통이 로웬에게 엄습하고 있었다.

나는 〈디멘션〉을 통해서 그 고통의 정체를 파악한다.

로웬의 피부가 조금씩 딱딱하게 굳어 가고 있었다. 떨어져 나간 살가죽 속이며, 검에 의해 난 상처 속에서 수정이 생겨나기 시작했다.

머리카락이 감색에서 흰색으로. 그리고 그 변화는 다리에까지 이어지고, 눈동자의 형태까지 일그러졌다.

나는 그것이 예전에 로웬이 언급했던 '몬스터화'라는 것을 직감할 수 있었다.

——조금씩 인간미가 흐려지고, 몬스터에 가까워져 간다.

로웬은 그 '몬스터화'에 필사적으로 저항하고 있었다.

그리고 그 변화를 보고 있는 건 나뿐만이 아니었다.

당연하게도, 관객석에서도 커다란 동요가 생겨났다.

조금 전까지만 해도 로웬을 『검성』이라 칭송하던 그들이었지만, 그래도 실제로 몬스터로 변해가는 모습을 눈앞에서 보게 된다면 얘기가 달라질 수밖에 없었다. 본능적인 공포가 앞서는 건 어쩔 수 없었다.

환호성이 조금씩 잦아들고, 불안에 찬 수군거림이 번져 나갔다.

로웬의 '몬스터화'를 보고 살짝 비명을 지르는 사람들도 있었다. 점점 비난의 목소리가 커져 가고, 나아가 몬스터인 로웬에게 신랄한 목소리들이 쏟아졌다.

그 중에는 "실격 처리해"며 "죽여버려"라는 목소리까지 섞여 있었다.

나는 사회자와 대회 운영진 쪽으로 눈길을 돌렸다.

그들도 당혹스러워하는 기색이라, 지금 당장 움직일 것 같지는 않았다.

나는 〈윈터리 디멘션〉의 효과를 약화시키고, 로웬과의 거리를 좁혔다.

시합이 중단되는 상황은 어떻게든 막아야 했다.

"이쪽이야, 로웬!!"

"카, 카나미——!!"

접근하는 내 목소리를 들은 로웬은, 괴이하게 일그러진 눈동자로 나를 노려보며, 갈구하듯 이름을 불렀다.

클라이맥스를 연출해서, 시합을 중단시킬 타이밍을 없애는 수밖에 없었다.

나는 일부러 안전거리인 원거리에서 벗어나서 칼싸움을 재개시켰다.

로웬은 반사적으로 검을 휘둘렀고, 나는 그 검을 막아냈다.

수정과 얼음으로 이루어진 은백색 스테이지에서, 무채색의 새하얀 불꽃이 번쩍였다.

나의 『크레센트 펙트라즐리의 직검』은 파랗게 번뜩이고, 로웬의 『미스릴 소드』은 빨갛게 번뜩이고──환상적인 궤도를 그리며 연거푸 충돌했다.

하지만 조금 전의 검술 대결과는 달리, 밀리는 건 내 쪽이 아니었다. 수많은 핸디캡을 떠안고 싸우는 로웬 쪽이 밀리고 있었다.

그런 전개에 맞추어, 투기장 안의 분위기도 바뀌어 가다.

내가 승기를 잡았다는 것을 이해하게 되자, 야유는 순식간에 잦아들었다. 그리고 승부가 판가름 나는 순간을 절대로 놓치지 않겠다는 듯, 열광적인 환호성이 터져 나왔다.

모든 이들이 내가 몬스터인 로웬을 처치해 주기를 바라며, 투기장 안을 내 이름으로 가득 채워 나갔다.

사회지가 기다렸다는 듯 외쳤다.

"──카나미 선수가 얼음 마법을 전개해서, 로웬 선수의 주특기인 접근전으로 밀어붙이고 있습니다! 이것이 바로 『영웅』 아이카와 카나미의 실력! 그가 바로 스노우 님의 기사! 환상적인 얼음 세계를 지배하는 그 모습은, 그야말로 『눈의 기사』!!"

어떻게든 나와 여자를 얽고 싶어서 환장을 한 사회자가

엉뚱한 소리를 지껄였다.

하지만 그 부채질의 효과는 절대적이었다.

관객들은 입을 모아 내 이름, 『영웅』 카나미를 외쳤다.

"몬스터를 죽여라! 라우라비아의 『영웅』 카나미!"

"『눈의 기사』가 저 강력한 미궁의 가디언을 처치하고 있어!"

"조금만 더! 조금만 더 있으면 역사적 순간을 볼 수 있겠어!"

"역시 용 토벌자 『영웅』은 뭐가 달라도 다르다니까!!"

온갖 헛소리들이 난무해 댔다.

불쾌했지만, **반가운 상황이기도 했다.**

그 기세를 타고, 나는 로웬을 점점 더 몰아붙였다.

제아무리 로웬이라도, '몬스터'를 참으면서 검을 휘두르는 건 여간 어려운 일이 아닌 모양이었다. 휘두르는 검에 날카로운 맛이 없었다.

나와 로웬은 얼굴이 달라붙기 직전까지 접근해서 검과 검을 교차시켰다.

그리고 나는 전했다.

무대는 갖춰졌다.

지금이라면 목소리가 로웬에게 전해질 것이다.

내 목소리도.

그리고, 다른 모두의 목소리도──!

"로웬, 귀를 기울여봐!"

"크, 으으윽! 이, 이제 와서 무슨 소리야?!"

투기장 안은 하나의 색으로 물들어 있었다.

모든 이들이 『영웅』 카나미의 승리에 대한 기대에 부풀어서 내 이름을 연호하고 있었다.

그렇기에 들리는 것이다.

이렇게 한쪽으로 치우친 흐름 속에서도, 그 한 가지 색에 물들지 않은 목소리가 있었다.

관객석 한쪽에서 들려오는, 『영웅』 카나미의 색에 물들지 않고, 변함없이 친구를 응원하는 목소리. ──진정한 성원이었다.

"──스승님!"

귀에 익은 앳된 목소리.

"스승님, 힘내!!"

"지지 마! 로웬!"

"난 믿어! 스승님이라면 꼭 이길 수 있을 거라고!"

로웬이 검술을 가르쳐주었던 고아원 아이들의 목소리였다. 그들은 고아원 보호자들과 함께 관객석 한쪽에 모여 앉아 있었다.

예전에 인연을 가진 아이들의 목소리만, 『영웅』 카나미에 대한 응원이 노도와도 같이 쏟아지는 가운데서 유난히 더 튀었다.

이런 상황에서 몬스터인 로웬을 응원한다는 건 상당한 용기가 필요한 일이다.

로웬은 그가 몬스터라는 이유만으로도 수많은 사람들의 원한을 사고 있기 때문이다. 그래도 아이들은 필사적으로 소리쳤다. 주위 목소리에 지지 않도록, 목청이 터져라 외치고 있었다. 거기에는 타산도 오해도 없었다.

아이들은, 가디언도 몬스터도 아닌,『검성』도『최강』도 아닌, 로웬 아레이스 그 자체를 진심으로 응원하고 있었다.

"로웬 씨, 죽으면 안 돼요!"

"오의를 쓰는 거야, 스승님! 전에 썼던 그걸 써!"

"로웬은 세상에서 제일 강한 검사라고 그랬잖아! 그래 놓고 지면 가만 안 둘 줄 알아!"

로웬은 진심으로 놀라고, 뒤이어 힘을 쥐어짜서 내 검을 쳐내고 후퇴했다.

나는 손을 펼쳐서 내 뜻을 전했다.

"지금이라면 똑똑히 잘 들릴 거 아냐?!"

한 가지 색깔로 물든 환호성 속에서, 아이들의 목소리를 못 들을 리는 없었다.

"아, 아아……. 그래!"

로웬은 고개를 끄덕였다.

동시에, 그 몸에 감도는 힘의 맥동이 누그러져 갔다.

몬스터에 가깝던 흉악한 살기가, 조금씩 뒤집혀 갔다.

로웬은 더없이 부드러운 얼굴로 아이들을 쳐다보았다.

이번에는 반드시 보게 만들 것이다.

용 토벌에 나섰던 밤.『무투대회』에서의 싸움.『영웅』취급을 받는 동안, 로웬은 그 아이들을 보지 못했었다. 로웬에게 있어서 가장 소중한 것을『영광』이 앗아가 버렸다.

하지만 지금, '몬스터화'하는 바람에『영웅』으로서의 권리를 상실한 덕분에, 로웬은 이제야 되찾을 수 있게 되었다.

그가 진정으로 필요로 했던 것.『진정한 염원』을.

"아이들이 이렇게 나를 응원해주고 있어……. 이런 내 몰골을 보고도, 계속 나를……."

로웬은 내 쪽에서 시선을 옮겨서, 자신을 응원해주는 어린 제자들을 응시했다.

그러는 동안에도 로웬의 몸은 '몬스터화'해 가고 있었다.

패배의 위기에 내몰린 가디언 로웬을 질타하듯이, 상처에서 수정들이 쏟아져 나오고 있었다.

나는 그 모습을 지켜본다.

이제 로웬이 어떻게 받아들이느냐 하는 문제만 남았다.

──그러나, 확신이 있었다.

로웬의 힘이 약해져 갈 때, 나는 그 모습을 곁에서 지켜보아 왔다.

그 때의 조건도 똑똑히 기억하고 있다.

로웬이 가디언으로서 약해졌던 순간──그건 바로, 나나 아이들에게 검술을 가르칠 때였다.

나 혼자만 할 수 있는 일이 아니었다.

저 아이들도 역시 로웬의『미련』을 없앨 수 있었다.

로웬은 처절하게 나만을 갈구했었지만, 그건 잘못된 생각이었다.

로웬 아레이스를 있는 그대로 받아들이고 진심으로 응원해 줄 사람이 한 명이라도 있으면, 그것만으로도 그는『미련』으로부터 해방될 수 있는 것이다.

로웬 아레이스는, 정말 단지 그것만으로도 만족할 수 있었다.

하지만 스스로의 힘이 워낙 강한 탓에, 로웬은 너무나도 머나먼 길을 돌아 와야 했다.

"아아, 그래……. 역시 이거면 충분했던 거야……."

로웬은, 그렇게 머나먼 길을 돌아온 자신의 인생을 인정했다.

『영광』을 얻고 나서, 로웬은 알았다.

과도한 빛은 소중한 것을 빼앗아갈 뿐이라는 것을 알았다.

아이들의 목소리를 듣고, 로웬은 깨달았다.

자신의『진정한 염원』은 이미 충족되어 있었다는 것을 깨달았다.

로웬은 아이들이 있는 방향을 미소 띤 얼굴로 쳐다본 후, 다시 나를 돌아보았다.

이어서 검을 고쳐 쥐고, 외쳤다.

온몸에 힘을 주고, 검을 한 번 번뜩이고, **뿌리쳤다.**

"——나는 나다! 로웬 아레이스다!!"

그 외침에 쫓겨나듯이, 로웬의 몸에서 흘러나온 수정들이 모조리 티아레이로 변해서 산산이 흩어졌다.

하얗게 물들었던 머리칼은 타오르듯 색깔을 되찾아서, 다시 밤색으로 돌아왔다.

눈동자도 원래 색깔로 돌아와서, 몬스터에서 검사 로웬 아레이스로 돌아왔다. ──아니, 돌아온다는 표현은 적절치 않았다. 척 보기에도 예전보다 힘이 넘쳐 보였다.

『감응』이나 〈디멘션〉에 의지하지 않고도 단번에 알 수 있었다.

나와 마찬가지로──로웬도 지금, **심신이 일치된 것이다.**

다시는 염원을 오인하지 않는다. 다른 사람의 꼭두각시가 되지 않는다.

지금 로웬은 상처투성이에, 몸의 피도 체온도 부족한 상태였다.

'미련'이 사라진 탓에, 가디언으로서의 힘은 사라져 가고 있다.

검의 『마력물질화』는 봉쇄되고, 『감응』을 사용하는 데 필요한 오감도 마비된 상태다.

몸은 비틀거리고, 냉기 때문에 몸이 뜻대로 움직여 주지 않는다.

하지만, 그럼에도 틀림없이──.

지금 이 순간, 이 상태가 바로, 로웬에게 있어서는 진정한 『최강』이리라.

사상 『최강』의 『검성』──그 인생 최고의 컨디션.

그렇게 생각할 수밖에 없을 만큼, 로웬의 표정은 밝았다.

오랜 시간 쌓여 온 고민이 해소된 듯, 만족스럽게 얘기했다.

"그래…… 내게 필요했던 건 우레와 같은 갈채가 아니었어……."

로웬은 주위를 둘러보고, 자신이 서 있는 위치를 재확인했다.

"나는 그저, 이 작은 성원 하나만 있으면 충분했던 거야……."

로웬은 아이들의 목소리 하나하나를 곱씹었다.

후련한 얼굴로 독백을 이어갔다.

나는 그 '해답'을 알려주고 싶었다. 나는 이런 로웬이 보고 싶었다.

그런 그의 모습에는 주저도 초조함도 없었다.

그 검사의 모습은 누구보다도 아름다웠다. 나는 그런 내 기분을 있는 그대로 얘기했다.

"로웬을 응원하는 사람은 여기에도 있어……. 왜냐하면 나도 로웬의 팬이니까……."

또 하나의 작은 성원을 듣고, 로웬은 더없이 해맑게——마치 어린아이처럼 웃고, 인사를 건넸다.

"고맙다."

그 감사는 수많은 의미를 담고 있었다.

로웬은 오늘까지 있었던 많은 일들에 감사하고, 천천히

앞으로 나섰다.

그 몸의 윤곽이 일렁일렁 흔들렸다.

『미련』을 상실하는 바람에, 가디언으로서의 힘이 옅어졌기 때문이리라. 희미하게나마 존재하던 마력까지도 반딧불처럼 사라져 가고 있었다.

"——아아, '해답'을 얻어서 '미련'이 사라져 가는군——."

하지만, 그러면서도 로웬은 멈추지 않았다.

얌전히 사라질 생각 따위는 티끌만큼도 없을 것이다.

천진난만한 성원에 등을 떠밀려서, 그 기대에 부응하려 하고 있었다.

"드디어…… 드디어! 드디어, 이제! 나는 죽을 수 있어……!!"

로웬은 반쯤 사라지고, 힘도 속도도 사라져 있었다.

하지만 그렇다고 방심하지는 않았다. 어떻게 방심할 수가 있겠는가.

의심의 여지 없이, 그는 지금 과거 그 어느 때보다도 강한 것이다.

그리고 로웬은 서로의 검이 맞닿을 거리까지 접근해서, 마지막 불꽃을 태워서 검을 휘둘렀다. 나는 그 검을 정면으로 받아냈다.

"아아, 몸이 차가워! 의식이 아득해져 가는군! 이것이 죽음인가! 이것이 '사명(使命)', 목숨을 사용한다는 거구나!!"

바닥을 딛을 때마다, 투명한 결정이 흩날렸다.

"이렇게 후련할 수가!! 내가 나 자신을 위해 갈망했던 소원을, 이제 나는 완수했어! 나를 응원해 주는 아이들을 위해서라면, 내 목숨을 쓰는 것도 주저하지 않겠다! 죽는다는 게 이렇게 후련하다니, 첫 번째 죽음 때는 전혀 몰랐어! 불충분했어! 두 번째 죽음인 이번에야, '사명'의 진정한 의미를 이해했어!!"

연신 검을 부딪쳐 가면서, 나는 로웬의 모든 것을 느꼈다. 얘기를 들어주었다.

"내가 원했던 것은『영웅』이니『최강』이니 하는 칭호도, 아레이스 가문의 번영도 아니었어! 나에게『영광』같은 건 필요 없었어! 훨씬 더『작은 빛』이면 충분했던 거야!!"

온 힘을 다해서 서로에게 검을 휘둘렀다.

그렇게 동등한 위력의 칼부림이 같은 각도에서 충돌하는 바람에 우리는 튕겨져 나가듯 거리를 벌렸고, 로웬은 얘기를 매듭지었다.

"고맙다, 카나미.『해답』은 얻었다. 내가 진정으로 원했던 건, 분명히 얻었어⋯⋯."

로웬의 형체, 그 윤곽이 일렁거렸다.

실체를 잃어 가면서, 쉴 새 없이 넘실넘실 흔들렸다.

이제 남은 시간이 얼마 없었다. 싸움이 끝날 때가 됐음을 감지한 로웬은, 마지막으로 영창했다.

"――『나는 세계(그대)를 두고 가노라』――."

자신의 모든 것을 새겨 두겠다는 듯, 로웬은 자신의 인생 전부를 영창에 담았다.

자신이 가진 최고의 기술로 최후를 장식하려는 것이다.

"이게 마지막이다, 카나미. 스승 된 자로서, 마지막에 질 수는 없는 법! 아이들의 기대, 그리고 카나미의 기대에 부응하기 위해서라도, 나는 내가 가진 전부를 다 쏟아내겠다!!"

"당연하지, 로웬. 여기는『무투대회』결승전……! 봐주는 건 없다! 그래야 시합이 달아오르지 않겠어?!"

나는 로웬의 모든 것을 받아내겠노라고 로웬에게 맹세한다.

"──『먼저 거부한 것은 세계(그대)였다』『그렇기에 나는 검과 함께 살아가겠다』──!"

"──『겨울의 세계는 가속해 간다』『방랑자의 모든 것을 앗아간다』──!"

두 사람의 영창이 겹쳐져서 세상을 일그러뜨리기 시작했다.

세계의『이치』를 넘어서는 힘이 로웬의 검에 깃들었다.

로웬은 모든 것을 다 쏟아 부어서 생애 최고의 일격을 선보일 것이다. 그것을 막아내기 위해, 나도 내가 가진 모든 것을 쏟아 부어서 생애 최고의 마법을 구축할 것이다.

내 생애 최고의 마법──그것은 〈아이스〉, 〈프리즈〉, 〈디멘션〉, 〈폼〉, 〈커넥션〉, 『검술』, 『체술』, 『차원마법』, 『빙결마법』, 『마력빙결화』, 『병렬사고』, 『감응』──그 모두를 발동시켜서 혼합시키는 것.

우선 차원마법 〈폼〉의 거품을 무수히 생성시키고, 그 속에 〈디멘션〉〈커넥션〉『마력빙결화』를 담았다.

눈보라 속에, 다양한 마법이 담긴 〈디 스노우(차원설, 次元雪)〉이 섞여들었다. 물론, 미끼인 〈폼〉도 대량으로 섞어 두었다.

세계가 〈디 스노우〉로 가득 차서, 새하얗게 물들어 갔다.

대량의 눈이 벽을 이루어서 로웬의 시야를 가로막았다.

하지만, 그럼에도 로웬은 거침없이 검을 휘둘렀다.

"──**마법** 〈폰 아 레이스(망령의 일섬)〉!"

"──전 마법 해방! 마법 〈디 윈터 · 니블헤임(왜빙세계, 歪氷世界)〉!!"

각자의 마법이 완성되었다.

동시에 로웬의 회피 불가능한 일격이 시작되고──끝났다.

인식조차 하지 못한 사이에, '벤다'라는 현상이 완결되었다. 그러나 그 일격이 벤 것은 내 몸이 아니었다.

〈디 윈터〉 하나가 베어진 것뿐이었다.

무수히 많은 〈폼〉의 거품이 범람한 탓에, 눈보라의 세계는 일그러질 대로 일그러져 있었다. 아무리 『감응』으로 세계를 이용한다 해도, 이제는 내 위치를 파악할 수 없다.

로웬의 『감응』이 나를 놓쳤다. 하지만, 그럼에도──.

"아직 안 끝났다! 안 끝났어, 카나미이!!"

로웬은 포효했다.

그리고 자신이 가진 최고의 기술 〈폰 아 레이스〉를 연속으로 휘둘렀다.

인식할 수 없는 칼부림이, 절단 불가능할 터인 공간을 절단했다.

다음으로 절단된 것은 얼음 거울. 『마력빙결화』와 〈폼〉에 의해 만들어진, 허상을 비추는 거울이 나 대신 절단되었다.

회피 불가능한 칼부림이 두 번이나 빗나갔다.

하지만 로웬은 개의치 않고 잇따라 검을 휘둘렀다.

나를 상대로 싸울 때면 그 정도는 당연한 일이라는 듯이, 〈폰 아 레이스〉를 연신 발동시켰다.

눈과 거울이 소리 없이 터져 나갔다.

연신 거울이 깨져 나가고, 얼음 파편이 흩날렸다. 내가 준비한 인간형 설상은 말끔히 두 동강이 나 쪼개지고, 난무하던 거품이 순식간에 모조리 터져 버렸다.

헤아릴 수도 없이 많은 칼부림에 의해, 인식 불가능한 검이 거울 세계를 찢어발겼다.

냉기가 몸을 침식해서, 로웬의 팔다리는 이미 감각이 없을 터였다. 의식도 몽롱할 것이다.

그런데도 그는 검으로 나를 맞히기 위해 미친 듯이, 그러면서도 애정을 가득 담아서, 쉬 새 없이 검을 휘둘렀다.

즐거워 보였다.

지금 그는 인생에서 가장 충실한 시간을 보내고 있다. 그것을 한 눈에 알 수 있을 만큼 신이 나 있었다.

하지만, 아무리 행복한 시간이라도 끝은 오기 마련이다.

세상 모든 것에는 반드시 끝이 있다.

승부가 판가름 났다.

공각왜곡의 정점인 마법 〈커넥션〉이 담긴 〈폼〉 하나가 로웬의 등에 툭 떨어져서, 순식간에 마법의 문이 형성되었다.

그 순간에 맞추어, 나는 미리 근처에 준비해 둔 〈커넥션〉을 통해──완벽하게 로웬의 배후를 차지했다.

눈보라 속, 게다가 나를 시야에서 놓친 상태였던 로웬은 그 움직임에 대처할 수 없었다.

그 결과, 『크레센트 펙트라즐리의 직검』이 뒤에서 정확하게 그의 심장에 박혔다.

그리고 마치 시간이 멎은 것처럼, 투기장 안의 모든 것이 정지했다.

로웬은 놀랐다가──이해했다.

자신의 검은 나에게 닿지 못하고, 내 검이 그에게 닿았다는 사실을 이해했다.

움직임을 멈추고, 공격태세를 풀고, 인정했다.

"──하핫. 내가 진 것 같군."

동시에 겨울의 세계가 걷혔다.

수없이 많던 눈과 〈디 스노우〉가 걷히고, 그 광경이 백일하에 드러났다.

최근 닷새 동안 들린 것 가운데 최고의 환호성이 터져 나왔다.

그것은 관객들이 바라 마지않던 광경. 『영웅』이 『몬스터』

를 물리치고 우승하는 순간이었다.

그 순간을 맞이해서, 모든 것을 다 쏟아내는 듯 우렁찬 함성이 투기장에 울려 퍼졌다.

그런 가운데, 로웬은 아주 조그만 목소리로 뇌까렸다.

"생각해보니, 처음 겪는 패배군······."

로웬은 고개를 돌려 나를 쳐다보았다.

"조금 더 일찍 질 수 있었다면, 내 인생도 조금은 달라졌을 텐데······. 단련이 좀 지나쳤던 모양이야······. 언제부턴가, 아무도 나를 이해할 수 없을 정도의 영역까지 오고 말았어. 아무도 나를 따라잡을 수 없을 만큼······."

무적이었던 인생을 반성하고, 스스로의 어리석음을 이해하고, "나는 바보였어"라며 웃었다.

"그런데 마지막 순간에 카나미가 와줬어. 나를 찾아내줬지. 그리고 아이들은 그런 나를 지켜봐 줬고······. 난 정말 행복한 놈이야······."

로웬의 생명은 바람 앞의 등불이었다.

나는 전에도 그 모습을 본 적이 있었다. 아르티가 사라질 때와 비슷했다.

"로웬······."

하지만, 비슷하기는 할지언정 똑같지는 않았다.

사라지기 직전이기는 했지만, 아르티의 최후에 비하면 **그나마 짙었다.**

그 와중에도 로웬은 자신은 만족했다는 독백을 되뇌었다.

친구이기에 알 수 있다. 지금, 로웬은 억지로 납득하려 하고 있다는 것을.

이제 하나의 『미련』이 사라지고, 『해답』도 얻었기에, 확연히 드러나는 것이 있었다.

그것은 바로, 로웬이 가진 『미련』이 하나뿐이 아니었다는 점. 『미련』이 하나 더 남아있다는 점.

그럼에도 로웬은 사라지려 하고 있었다.

나는 입을 열어서 그를 말리려 했다.

하지만 내가 미처 말을 하기도 전에, 〈디멘션〉이 흉기의 번뜩임을 감지했다.

빨강도 파랑도 아닌, 제3의 번뜩임.

검은 칼날.

나는 그 칼날의 움직임을 보고도 아무런 대처도 하지 않았다.

로웬의 가슴에서, 낫의 칼날이 튀어나와 있었다.

심장에 구멍이 나고, 그의 입에서 대량의 피가 터져 나왔다.

그리고 로웬의 등 뒤에서 어둠이 번져 나왔다. 뒤이어 어둠 속에서 눈물을 흘리는 흑발 소녀, 리퍼가 모습을 드러냈다.

그녀만은 이 승부를 인정하지 않았다.

당연한 일이다. 리퍼 역시 『스스로의 염원을 오인하지 않으니까』.

즉, 싸움은 아직 끝나지 않았다.

리퍼도, 로웬도, 나도.

아직 전해야 할 것이 남아있었기에——.

4. 붕우(朋友)는 30층까지 와 주었습니다.
그래서 검은 당신을 주인으로 선택한 것입니다

로웬의 입에서 검붉은 피가 터져 나오고, 관객석에서 비명이 울려 퍼졌다.

그와 동시에 리퍼가 절규했다.

"시, 싫어! 역시 난 싫어! 로웬, 가지 마! 나를 혼자 두지 마!!"

사람들이 리퍼를 인식함과 동시에, 그녀는 실체를 상실했다.

동시에 검은 낫도 실체를 상실했고, 로웬의 심장에 뚫린 퀭한 구멍에서 피가 쏟아져 나왔다.

"불안한걸! 로웬이 없으면, 천 년 전을 아는 건 나밖에 안 남잖아! 나 혼자만 남잖아!!"

리퍼는 울부짖으면서, 피를 흘리는 로웬을 말렸다.

마치 어린아이처럼——아니, 갓난아기처럼 떼를 썼다.

그 모습에, 노련한 마녀와도 같던 어제의 위엄은 티끌만큼도 찾아볼 수 없었다.

"커, 헉——! **역시** 이렇게, 되는구나……."

로웬은 피를 토하며, 고통에 비틀거렸다.

하지만 그 발걸음만은 힘찼다.

당장이라도 사라질 것 같았던 힘이 뿜어져 나오고, 몸의 윤곽이 또렷해졌다. 심장에 구멍이 난 상황이건만, 오히려 구멍이 나기 전보다도 더 생기가 넘치는 것 같아 보였다.

"다행이야……! 로웬, 이러면……! 이러면, 그 사람이 얘기했던 『하프 몬스터(반사체. 半死體)』가 될 수 있는 거지?!"

"『하프 몬스터』는 무슨! 자칫 잘못하면 즉사라고, 바보야! 큭, 으윽……!"

심장에서 흘러나온 피가, 공기와 접촉하는 동시에 수정으로 변해 갔다.

중단됐던 '몬스터화'가 재발되어, 로웬의 몸이 기묘한 소리와 함께 변질되기 시작했다.

마치, 인간으로서 죽어가는 로웬을 용납할 수 없다는 것 같은——그런 세계의 의지가 느껴질 정도였다.

"괜찮아! 아직 안 끝났어! 이 결승전을 없었던 걸로 만들면 돼! 몬스터가 돼서 도망치면, 『영광』도 다 사라지고, 로웬한테 『미련』이 남게 돼!!"

"——**틀렸어**, 리퍼. 그런 건 상관없어. 나는 그저 다른 누군가가 나를 기억해주기를 바랐던 거야——. 아니, 그보다도 훨씬 더 보잘것없는 소원……. 이를테면, 애들 앞에서 폼을 잡고 싶었던 것. 그것뿐이었어. 그건 이미 다 이루어졌어. 다 이루어졌단 말이다!"

"그, 그렇지만, 로웬의 몸에 힘이 돌아왔잖아! 내가 끼어드니까, 사라지려던 게 멈췄어!!"

리퍼의 말마따나, 그녀에게 심장을 찔린 로웬은 힘을 되찾았고, 사라지려던 것도 멈추었다. 하지만 그 이유는 리퍼가 생각하는 것과는 달랐다.

"그야 당연하지. 이런 어리석은 짓을 하는 너를 보고도 그냥 사라질 수는 없으니까. 인정하기는 싫지만, 『미련』이 아직 하나 남아있었어……! 하나 남아있었던 거야……!!"

"응……? 『미련』이 하나 더……?"

처음부터 알고 있었다.

『미련』이 하나뿐이었다면, 로웬은 나나 아이들에게 검술을 가르쳐줬을 때 이미 사라져버렸어야 정상이었다. 그럼에도 사라지지 않고 연명할 수 있었던 것은, 그 마지막 『미련』이 있었던 덕분이었다.

로웬은 아마 처음부터 알고 있었을 것이다.

알고 있으면서도 인정하지 않았던 것뿐.

하지만, 이제 로웬은 오인하지 않는다.

잃어버리지 않는다.

"──내 마지막 『미련』은 **바로 너다**, 리퍼."

로웬은 리퍼를 돌아보고, 그 뺨을 다정하게 쓰다듬으려다가──멈추었다.

고통스러운 듯 일그러진 얼굴로, 로웬은 손을 꽉 움켜쥐었다.

"어, 어……?"

리퍼의 몸이 굳어졌다.

"네가 나를 지키고 싶어 하는 것 이상으로, 나도 너를 지키고 싶다……. 내 최고의 '친구' 리퍼를……."

"'친구'……?!"

"하지만, 내 힘으로는 도저히 안 돼. 도저히 안 된단 말이다……. 내가 곁에 있기만 해도, 리퍼는 '살인충동' 때문에 고통받게 돼. 그리고 나 자신도…… 언제 폭주해서 모두를 다치게 만들지 알 수 없는 위험한 존재야."

로웬은 리퍼의 '살인충동'에 대해 알고 있었다.

그렇기에, 수많은 감정을 숨긴 채, 어떻게든 리퍼 앞에서 사라지려 하고 있었던 것이다.

하지만 이제 로웬은 감정을 감추는 것이 오히려 역효과만 가져온다는 것을 깨닫고, 이제야 리퍼에게 진심을 전하려 하고 있었다.

그것은 처음 있는 일이었다. 리퍼 앞에서는 감정에 솔직해지지 못해서, 항상 얄미운 소리만 해대던 로웬이었다. 리퍼를 아끼는 모습을 보여준 건, 오직 나와 함께 있을 때뿐이었다.

"이, 이제 와서 '친구'라고 부르면 어쩌자는 거야, 로웬……! 지금까지 그런 소리는 한 번도 안 해줬으면서……!"

"그래서 나는 사라지기로 마음먹었다……! 죽은 자는 죽은 자답게, 남에게 폐 끼치지 말고 사라지는 게 옳다고 생각했다……!"

"대체 왜? 이해가 안 가. 왜 로웬이 사라져야 하는 건데……? 왜 나는 홀로 남겨져야 하는 건데……? 모르겠어, 대체 왜?!"

"나는 이미 죽었지만, 너는 살아 있어. 바로 그 차이야, 리퍼. 너는 마법으로 이루어진 몸이지만, 분명히 살아 있어! 그리고 내가 죽고 나서야, 리퍼는 그 '속박'에서 벗어날 수 있어! 그제야 진정한 의미의 『그림 림 리퍼』로서 살아갈 수 있게 돼……!!"

로웬의 진심이 담긴 목소리.

그것은 리퍼에 대한 사랑으로 가득했다.

나는 그 감정을 충분히 이해할 수 있었다. 로웬이 느끼고 있는 감정은, 내가 여동생에 대해 품고 있는 감정과 쏙 빼닮았다.

"그러니까……. 제발 웃으면서 나를 배웅해줘. '친구'로서 하는 부탁이다……."

그리고 리퍼를 '친구'라 부르며, 다정하게 부탁했다.

그 부탁을 들은 리퍼의 몸이 바들바들 떨렸다.

"'친구'라니……! 비겁해……! 변명이 너무 비겁하잖아……! 로웬도, 오빠도, 다 비겁해……!!"

받아들이기 힘든 그 부탁에, 리퍼는 눈물을 흘렸다.

단순한 비애의 눈물은 아니었다. 그것은 로웬이 '친구'라 불러준 것에 대한 환희의 눈물이기도 했다.

리퍼는 늘 친구를 원했었다. 그리고 드디어 가장 소중한 사람이 자신을 '친구'라고 불러주었다. 그러나 그 '친구'의 부탁은, 어린 리퍼에게 있어서는 괴롭고도 버거운 것이었다.

'친구'로서 부탁을 들어주고 싶을 것이다. 하지만, 부탁을 들어주면 '친구'는 사라진다.

그 딜레마 사이에서, 리퍼는 움쭉달싹할 수 없었다.

죽음까지 각오하고 로웬의 심장을 찔렀건만, 그럼에도 운명은 달라지지 않았다는 사실에 탄식했다.

로웬은 그런 리퍼의 몸을 품에 안았다. 리퍼의 몸을 뚫고 지나가기 직전에서 팔을 멈추고, 품에 안는 시늉을 하며 리퍼를 달랬다.

그리고 그 몸을 수정화시키면서 이쪽을 쳐다보았다.

"……미안하다, 카나미. 얘기는 다 들었겠지? 이런 부탁까지 하긴 미안하지만, 더 폐를 끼쳐야 할 것 같아."

"괜찮아. 나는 그럴 각오로 여기에 온 거니까. 여력도 충분히 있고."

나는 걱정 말라는 듯 로웬에게 대답했다.

이 결승전은 나와 로웬만의 싸움이 아니었다.

어제 리퍼 설득에 실패했을 때부터, 이 상황은 각오하고 있었다.

어린 리퍼는 끝까지 떼를 쓸 것이다. 그리고 나와 로웬은 '친구'로서 그 응석을 받아주게 될 것이다.

그렇게 각오하고 있었다.

그렇기에 '소지품'을 중심으로 한 싸움으로 마력을 절약해 왔다.

로웬의 〈폰 아 레이스〉 때문에 예상이 약간 틀어지긴 했지만, 싸울 수 있는 힘은 아직 충분히 남아 있다.

"몬스터로 변하고 나면, 나는 이성을 잃고 이 몸이 사라질 때까지 모든 것을 다 파괴하려고 들 거다……. 이 바보 때문에, 정말 미안하다……."

"아니, 어차피 이건 피할 수 없는 일이었어……. 아마 이건 로웬과 리퍼가 처음 만난 그 순간부터 이미 정해져 있던 일이었을 거야……. 그런 느낌이 들어……."

어떤 길을 걷든지, 결국 로웬 아레이스는 그림 림 리퍼의 손에 죽게 되어 있었다. 30층에 나타났을 때부터, 두 사람에게는 그만큼의 감정이 쌓여 온 것이다.

"그래, 그럴지도 모르지만……."

로웬은, 실제로는 만질 수 없는 리퍼의 머리를 부드럽게 쓰다듬었다.

그리고 온화하던 표정에 다시 힘을 주고, 다정하게 리퍼를 안고 있던 손을 놓았다.

리퍼를 천천히 떼어놓았다.

충분히 거리를 벌리고, 나에게 애원했다.

"부탁이다, 카나미. 이제 곧 자아를 상실하게 될 나로부터──아니, 이 세계의 모든 악의로부터 리퍼를 지켜다오. 그렇게 해주면, 나는 '미련'으로부터 완전히 해방돼서, 사라질 수 있을 거다……."

리퍼는 휘청거리면서도, 떨리는 손을 로웬 쪽으로 내뻗

었다.

그러나 로웬은 고개를 가로젓고, 계속 거리를 유지했다.

나는 천천히 걸어가서, 로웬 대신 리퍼 곁에 자리 잡고 고개를 끄덕였다.

"고맙다……. 나는 리퍼가 걱정돼서 견딜 수가 없어. 이 녀석은 내가 사귄 첫 번째 친구야. 아니, 친구 정도가 아니라, 딸이나 여동생 같은 존재라고 생각하고 있을 정도야. ……하지만, 그 '출신'이 '출신'인 만큼, 이 녀석 앞에는 수많은 불행과 시련이 기다리고 있을 거야. 그런데 이 녀석은 이렇게 순진하고 멍청해서, 남에게 쉽게 속아 넘어가. 내가 사라지면, 리퍼를 지켜줄 녀석은 더 이상 아무도 없어. 이 점이 불안해서 견딜 수가 없었어……."

"걱정할 것 없어, 로웬. 리퍼는 내가 지켜줄게. 누구에게도 넘겨주지 않을 거야."

"홋, 정말이냐? 만약에 국가 전체를 적대하는 한이 있더라도 지킬 수 있겠나? 카나미한테 그만큼의 힘이 있는 건가?"

전에도 들어 본 적 있는 질문이었다.

하지만, 그건 이미 익숙했다. 나는 즉시 대답했다.

"그래, 걱정 마. ──그리고, 그렇게 빙빙 돌려서 얘기하지 좀 마. 리퍼가 진짜로 받아들이잖아."

정적에 잠긴 투기장 안에서, 우리의 목소리는 또렷하게 울려 퍼졌다.

이런 절체절명의 상황에서도, 로웬은 여전히 사람들의 이목을 의식하고 있었다.

지금 그는, 이 거대 극장선 정상에서 악역을 연기하고 있는 것이다.

내가 그 사실을 간파하자, 로웬은 웃었다.

"재미없는 친구군. 마지막 순간 정도는 좀 더 놀아줘도 되잖아. 지금 내가 하는 말은 유언이나 마찬가지라고."

"수다 떨다가 시간이 다 돼버리면 어쩌려고? 그러면 엄청 꼴사나운 유언이 될 텐데?"

나와 로웬은 초연하게 웃으면서 얘기를 나누었다.

시합 전에 규칙을 정할 때와 똑같았다.

웃으며 작별하기 위해, 서로에게 부탁하고 있다.

"할 수 없지. 그럼 솔직하게 말하마."

로웬은 조금 더 거리를 벌리면서, 하늘을 향해 말하듯이 얘기한다.

그러는 동안에도 심장에서는 피가 쏟아져 나와서 하얀 바닥을 새빨갛게 물들여 갔다. 하지만 그 새빨간 피는 곧바로 응고되고, 변색되어, 수정 기둥으로 변했다.

몸 여기저기에서 수정 기둥이 돋아나고 있었다.

이제 남은 시간이 얼마 없다.

"리퍼를 맡겨도 될지 어떨지 시험해 봐야겠다, 카나미. 그게 내가 주는 『제30층의 시련』이다. 『검성』 칭호를 물려받은 입장에서 미안하지만…… 이제부터——."

아르티와 마찬가지로 시련을 선언했다.

로웬의『미스릴 소드』에 수정이 달라붙었다. 몸에서 돋아난 수정 기둥이 제3의 팔을 형성해서, 허리에 차고 있던『개악된 아레이스 가문의 보검』을 뽑았다.

그리고 로웬은, 두 자루의 검을 내게 들이대며 말했다.

"『검성』을 넘어서라.『최강』을 넘어서라.『영웅』을 넘어서라.『감응』을 넘어서라──! 여기 있는『나』를 넘어서라──!!"

모든 것을 넘어서라는 대담한 부탁이었다.

"주, 주문이 좀 지나치게 많은 것 같은데……?"

"아아, 그리고 리퍼뿐만이 아니라, 투기장에 있는 모든 사람을 나에게서 지켜내줘. 뭐, 카나미라면 할 수 있겠지. 나는 그렇게 믿어."

"모두 다 지키라니……. 친구의 신뢰가 너무 두터워서 놀라 자빠지겠는데……."

"그래, 신뢰하고 있고말고. 그러니까 웃으면서 말할 수 있는 거다. ──카나미, 네 힘을 보여 다오. 그러면 안심하고 리퍼를 맡길 수 있을 거다. 걱정 없이, 모든 것을, 끝낼 수 있다!"

로웬은 나를 똑바로 응시하며, 나에 대한 신뢰의 뜻을 외쳤다.

로웬이 그렇게 거침없는 신뢰를 보여준 이상, 나도 부응하지 않을 수 없었다.

"알았어. 『제30층의 시련』을 받아들일게."

"고맙, 다…… 카나미……."

로웬은 입가에서 피를 흘리면서도, 말을 그치지 않았다.

몬스터화가 진행됨에 따라, 로웬의 마력이 증가해갔다. 인간 로웬으로서의 마력이 아닌, 몬스터 『땅의 이치를 훔치는 자』의 마력이었다.

그 마력의 파동은, 로웬의 몸뿐만이 아닌 투기장 전체에까지 영향을 미쳤다.

티 없이 새하얀 바닥 아래서 수없이 많은 수정들이 돋아나서, 갖가지 광석의 꽃을 피웠다.

"하하핫──! 좋아, 이건 한 번뿐인 유언이니까! 조금 더 멋을 부려볼까!"

로웬의 몸에서 돋아난 수정 기둥이 모조리 팔의 형태로 바뀌어, 총 8개의 팔이 만들어졌다. 머리카락도 밤색에서 흰색으로 변하고, 눈동자도 수정처럼 투명해져 갔다.

그 변화에 따라, 투기장 안의 모습도 변해 갔다.

바닥에는 일곱 빛깔 수정 꽃이 흐드러져 핀 환상적인 꽃밭이 펼쳐졌다.

"모두들, 미안하지만 '개막전'은 이제 끝이다! 지금부터 나와 카나미──30층의 가디언과, 30층에 다다른 도전자의 싸움이 시작된다! 앞으로의 싸움에서는 안전을 보장할 수 없으니 주의하는 게 좋을 거다! 그리고 목숨을 걸고 관전하고 싶다면 눈 하나 깜박이지 말도록! 드디어, 지금부터! 진정한 『첫 번째 달 연합국 종합기사단종 무도회』 결승전이, 시작된다!!"

로웬은 모든 관객들의 귀에 들리도록 우렁차게 외쳤다.

투기장이, 예전에 본 30층의 모습이 가까워져 갔다. 나의 겨울 세계를, 로웬의 수정 세계가 덮어 나갔다.

투기장을 둘러싼 결계가 삐걱거린다. 로웬의 마력 탁류만으로도, 거대 극장선 『브아르홀라』가 뒤흔들리고 있었다.

그 지진 같은 진동 때문에, 관객들의 비명이 한층 더 커졌다.

로웬의 선언에 동요하고, 심상치 않은 변화를 감지한 관객들이 허둥대기 시작했다.

이 싸움은 이미 『무투대회』의 틀을 벗어나 있었다. 하지만 로웬은 이제부터 시작될 싸움을 진정한 결승전이라 불렀다. 최후의 순간에는, 시합 중에 친구의 손에 쓰러지고 싶은 것이리라.

"여기가, 이 대극장선 『브아르홀라』가 바로 30층! 『땅의 이치를 훔치는 자』 로웬의 층이다! 무단으로 빌린 급조한 곳이라 미안하지만, 지금부터는 이 배가 30층이라고 생각해 줘! 자, 『제30층의 시련』을 시작하지! 결승전은, 이제부터 시작이다──!!"

인간의 형태를 상실하기 시작하고, 인간으로서의 말을 상실하기 시작한 로웬.

거미를 연상케 하는 외모에, 어쩐지 탁하게 들리는 나지막한 목소리. 로웬은 완전히 몬스터『땅의 이치를 훔치는 자』로 변화했다.

그리고 그 선언과 함께, 로웬이 움직였다.

나도 리퍼를 등 뒤에 감춰 보호하면서 걸음을 내디뎠다.

더 거리가 좁혀지기 전에, 로웬의 인간적인 마음이 모조리 사라지기 전에, 나는 외쳤다.

"지금 간다, 내 친구 로웬!!"

"그래, 나는 여기에 있다! 나의 친구 카나미!!"

로웬의 얼굴은 광석으로 뒤덮여서, 예전의 티다처럼 무표정한 가면을 뒤집어쓴 것 같았다. 그럼에도 돌이 깨지는 것 같은 소리와 함께 수정으로 된 입을 움직여서, 나에게 대답해 주었다.

로웬의 수정 팔 여덟 개가 나에게로 덮쳐들었다.

나는 온 힘을 다해 그 공격을 맞받아쳤다.

이렇게 해서 나는 진정한 의미의 30층에 다다랐고──『제30층의 시련』이 시작되었다.

◆◆◆◆◆

우리는 수정의 꽃을 짓밟으며 내달렸다.

몬스터화한 로웬을 압도하기 위해, 나는 검을 휘둘렀다.

로웬의 원래 모습은 이제 찾아볼 수 없었다.

가까스로 인간의 형태는 유지하고 있다. 그러나 여덟 개의 팔이 달린 그 모습은, 마치 거미와도 같았다. 온몸에서 수정 기둥이 돋아나고, 피부는 특수한 광석으로 뒤덮여 있다. 두 다리를 덮은 광석은 유난히 더 두꺼워서, 그야말로 갑옷 그 자체였다.

검과 검이 교차했다.

하지만 검만 사용한 공격은 몬스터가 된 로웬에게는 통하지 않았다.

검을 갖지 않은 나머지 여섯 자루 검을 나에게로 뻗었다.

나를 짓이기려는 듯 난폭하게 팔을 휘둘러댔다.

단순하게 따지면 팔의 수는 4배.

그러나 나는 그 모든 공격을 여유롭게 회피했다.

그 팔의 움직임에는 기술 같은 건 전혀 없다고 해도 과언이 아니었다. 그저 눈앞에 있는 외적을 쳐부수려 휘두르고 있을 뿐이었다.

조금 전까지 로웬이 휘두르던 검과 비교하면 하늘과 땅 차이라 해도 좋을 기술적 차이였다.

나는 여덟 개의 팔을 모조리 피해서 로웬의 몸통을 검으로 후려쳤다.

광석과 광석이 충돌하는 독특한 소리가 울려 퍼졌다.

그리고 나의 『크레센트 펙트라즐리의 직검』이 튕겨 나왔다. 로웬의 옷은 베었지만, 그 속에 있는 수정에는 흠집 하나도 내지 못했다.

『크레센트 펙트리즐리의 직검』은 미궁의 크리스털을 베어 냈었다. 그러나 『땅의 이치를 훔치는 자』의 몸은 그보다 몇 단계는 더 단단하다는 걸 알 수 있었다.

나는 튕겨 나온 기세 그대로 후퇴했다.

내가 후퇴하는 것을 본 로웬이 취한 행동은, 검을 휘두르는 것도, 전진하는 것도 아닌, 마법이었다. 팔 하나를 들어서, 바닥에 대가 땅 속성 마법을 발동시켰다.

눈 속에 로웬의 마력이 침투하고, 처음 보는 마법이 구축되었다.

〈디 윈터〉로 간섭하는 건 불가능했다.

아르티 때와 마찬가지였다. 가디언의 마법에는 빈틈이 없다.

"——키, 억, 마법——워츠, ——포니아〉아아아!!"

로웬의 목에서, 타악기 소리를 뒤섞은 것 같은 목소리가 터져 나왔다. 아예 인간의 귀로는 알아듣기도 힘들 정도의 음역이었다. 목이 딱딱하게 변하는 과정에서 성대의 기능이 상실되어 가고 있는 것이다.

그리고 발밑에서 갖가지 광물들이 검의 산처럼 솟아 나왔다.

자수정, 사파이어, 진주, 토파즈, 에메랄드——다양한 색체로 반작이는, 일그러진 형태의 보석 검 무리가 내 몸을 꿰어 버릴 기세로 덤벼들었다.

옆으로 몸을 날려 회피했다. 처음 보는 마법에 의한 공격이었지만, 그 구축 속도가 느렸다. 발동되는 걸 확인하고 움직여도 넉넉히 피할 수 있었다.

아까 그 로웬의 섬광과도 같은 검술에 비하면 우스울 정도로——무뎠다.

다만 문제가 있다면, 그 마법 앞에 노출된 게 나뿐만이 아니라는 점이었다.

"끄, 으윽……! 로웬이…… 나까지 공격하고 있어……!"

근처에 있던 리퍼가 슬픈 얼굴로 신음하며, 나와 마찬가지로 펄쩍 뛰어서 도망쳐 다니고 있었다.

리퍼는 차원마법 〈디멘션〉을 쓸 수 있는 만큼, 회피능력도 뛰어나다. 하지만 그녀는 로웬의 마법이 자신을 겨냥하고 날아든다는 것에 대한 충격을 감추지 못하고 있었다.

나에게는 리퍼를 보호해야 할 의무가 있다.

만약 그녀가 로웬의 마법 공격에 견디기 힘들어진다면, 내가 지켜줘야만 한다.

"나는, 나는……."

리퍼는 자신이 해야 할 일을 알 수 없어서, 내몰리듯이 마법이 닿지 않는 곳까지 도망쳤다.

나는 리퍼가 안전한 곳으로 도망치는 것을 보고 한결 안심했다. 그리고 그녀에게 걸어두었던 빙결마법을 모조리 해제했다.

로웬의 말 때문에 그녀가 전의를 완전히 상실했기 때문이었다. 그리고 이제는 불필요한 곳에 마력을 소모할 여유도 없었다.

로웬이 만들어낸 보석검 무리는 점점 더 늘어나서, 하늘 높이 뻗어 나갔다.

그 가운데 몇 자루가 하늘의 결계를 뚫고 금이 가게 만들었다.

로웬은 거기서 그치지 않고 대마법을 발동하기 위한 영창을 시작했다.

전법이 완전히 달라져 있었다. 아까부터 한 발짝도 움직이지 않고 있는 것이다. 이건 마치 검사가 아닌 마법사의 전법 같았다.

나는 단번에 로웬과의 승부를 판가름 짓기 위해 내달리려 했다.

하지만 옆에서 끼어든 목소리가 그런 나를 말렸다.

"──카, 카나미 선수! 잠시 기다려주십시오! 대회 운영진 측에서는, 로웬 선수의 이성이 모조리 사라지고, 완전히 '몬스터화'되었다고 판단했습니다! 더 이상 이건 시합이 아닙니다! 당신 혼자서 싸울 필요는 없습니다! 이제부터는 연합국이 전력을 총동원해서 대처하겠습니다!!"

결계 밖으로 피난했던 사회자가, 마이크를 통해 나에게 전투 중단을 요구했다.

나는 그 목소리의 크기에 지지 않도록 목청껏 외쳤다.

사회자뿐만이 아닌, 이 자리에 있는 모든 이들을 향해서.

"아직 안 끝났어요! 우리의 결승전은 아직 끝난 게 아니에요! 들어오지 마세요!!"

자세히 보니, 결계 밖에 많은 경비병들과 기사들이 늘어서 있었다.

지시가 떨어지기만 하면, 당장이라도 결계 안으로 돌입해 올 것 같은 기세였다.

"이제 더 이상 로웬 선수를 대회 참가자로 취급할 수는 없습니다! 그 모습은 레반교가 정한 『인간형』의 기준을 한참 벗어나 있어요! 이제 로웬 선수를 몬스터로 판정하고, 이 연합국에서 제거하기로 결정했습니다!!"

"그깟 모습 좀 달라졌다고 해서 시끄럽게 지껄여 대지 좀 마세요! 당신들은 그냥 관객 보호에만 전념하면 된다고요!!"

나는 거친 말로 제3자의 개입을 거부했다.

"그래도 그럴 수는 없어요! 벌써 사람이——!"

입장문 한 곳에서 몇 명의 병사들이 들어오려 하고 있었다.

직업상의 이유인지, 아니면 명성을 날리려는 의욕이 넘쳤던 건지, 그렇게 앞장서서 들어오려 하는 이유는 알 수 없었다. 하지만 그들이 로웬을 처치하려는 전의에 불타고 있다는 것만은 멀리서 봐도 알 수 있었다.

나는 혀를 차는 동시에 그들 곁으로 달려갔다.

달려가는 동안, 등 뒤에서 날카로운 살기가 느껴졌다.

『감응』이 아닌 〈디멘션〉을 통해서 정확하게 파악해냈다.

로웬은 여덟 자루의 팔 모두에 마법의 수정검을 쥐고 있었다. 로웬은 대마법을 영창하면서, 들고 있던 수정검 중 몇 자루를 난폭하게 내던졌다.

그 표적은 내가 아니라, 결계 안으로 들어온 새로운 적──병사들이었다.

"──마법 〈디 윈터 · 프로스트〉!!"

다행히, 바닥에는 물웅덩이가 많이 있었다.

물에 마력을 흘려보내서 얼음벽을 생성시켰다. 그 벽의 표면은 약간 불룩하게 만들어져 있어서, 날아드는 수정검을 교묘하게 비껴나게 만들었다.

그러나 로웬은 또 다시 수정검을 생성해서 잇따라 투척해 댔다.

얼음벽만으로 그 모든 검들을 비껴내는 건 불가능했다.

전속력으로 사선상에 뛰어들어서, 날아드는 수정검을 검으로 모조리 쳐내고──마지막 한 자루는 맨손으로 붙잡아서 막아냈다.

뒤에 있는 병사들의 얼굴이 새파랗게 질렸다. 결계 안으로 들어오자마자 수많은 칼날들이 눈에 보이지도 않는 속도로 날아들었으니, 그럴 만도 했다.

단, 얼굴에서 핏기가 가시기는 했지만 다친 사람은 아무도 없었다.

나는 안도의 한숨을 내쉬었다.

누구 하나라도 다치면, 로웬과 한 약속을 어기는 꼴이

된다.

그러면 『제30층의 시련』을 넘어서지 못하게 되는 것이다.

"함부로 들어오지 마세요! 죽고 싶어요?!"

맨손으로 붙잡은 수정검을 버리고, 피가 흐르는 손을 휘저어서 침입자들을 위압했다. 〈디 윈터〉의 냉기가 몰아치자, 그들은 뻣뻣하게 경직되었다.

"잠깐 실례!"

그 틈을 타서, 나는 난폭하게 그들의 몸을 붙잡아서, 그들이 들어온 입장문 너머로 내던졌다.

내 어마어마한 위력에 의해 쫓겨난 침입자들은 회랑에 나동그라졌다. 찰과상 정도는 입은 것 같지만, 로웬이 아닌 나 때문에 다친 것이니 괜찮다고 치자.

그리고 성가신 일이 또 생겨나는 것을 막기 위해, 나는 다시 소리쳤다.

"이건 우리의 싸움이에요! 지금, 여기서 『무투대회』 결승전을 벌이고 있단 말이에요! 그런 싸움에 난입하다니, 매너가 없어도 너무 없는 거 아니에요?! 잔말 말고 제3자들은 그냥 구경이나 하세요!! 사회자님, 내 말이 뭐 틀렸나요?!"

"아뇨, 틀린 건 없습니다만, 카나미 씨——!!"

여기서 더 침입자가 늘어나면, 나 혼자 힘으로는 감당할 수 없다.

가디언은 그 정도로 강한 것이다.

그렇기에, 여기 있는 모든 이들에게 협조를 요청했다.

"우리는 이 투기장에서──아니, 이 극장에서, 아직 싸우고 있어! 그리고『브아르홀라』는 그 싸움을 지켜보는 곳이잖아! 당신들은 이 결승전을 보러 온 거 아니었어?!『브아르홀라』는 범죄자든 누구든 참가를 환영하는 곳 아니었냐고?! 그런데 당사자들의 허가도 없이 싸움을 끝내려고 들다니, 이게 말이 되는 일인가?! 귀중한 결승전 분위기에 찬물 좀 끼얹지 마! 승부는 당사자들이 가르게 해줘! 아니, 당연히 그래야 되는 거야! 어때, 다들 그렇게 생각하지 않아?!"

동요하는 관객들에게 호소했다.

내 주장을 들은 사람들이 술렁거렸다.

이대로 더 몰아붙여서 쐐기를 박으려 했을 때, 투기장 가득 울려 퍼지는 사회자의 목소리──가 아니라, 귀에 익은 한 남자의 연극적인 목소리가 울려 퍼졌다.

그 목소리는 내 외침에 동조했다.

"──그래, **그 말이 맞다**! 싸움의 주인은 싸우는 당사자들이다! 무엇보다, 이 싸움을 중간에 끝내는 건 너무 아까워! 나를 이긴 카나미가,『검성』도『최강』도『영웅』도 넘어서겠다고 선언했단 말이다! 그 장면을 못 보는 건, 난 죽어도 싫다고! 상대인 로웬 선수가 몬스터가 됐다 한들 문제 될 건 없어! 분명 카나미가 이야기 속『영웅』처럼, 아니, 그 이상의 힘으로 때려눕혀 줄 게 틀림없으니까!"

"에, 엘미라드 싯다르크 님……?!"

엘미라드가 사회자의 마이크를 빼앗아서 관객 전원을 향

해 외치고 있었다.

그 내용은, 지금 내가 가장 바라던 것이었다. 그는 그 누구보다도 빨리 내 심정을 파악하고, 결승전 속행을 위해 움직여 준 모양이었다.

그리고 엘미라드는 이번에는 조금 전의 거친 표현이 아닌, 예의 바른 말투로 다독였다.

"관객 여러분…… 걱정할 것 없습니다. 그 어떤 싸움의 여파가 관객석에 닥치더라도, 우리 길드 『슈프림』이 책임지고 여러분을 지켜 드리겠습니다. 흠집 하나 나는 것도 용납하지 않겠다고, 제가 이 자리에서 맹세하겠습니다. 그러니, 결승전은 아직 끝나지 않습니다. 제가 속행시키겠습니다. 반드시."

대귀족의 적자이자, 연합국 전체에서도 높은 인지도를 가진 엘미라드의 발언 덕분에, 투기장의 분위기도 달라졌다.

예전부터 생각했던 거지만, 엘미라드는 전투보다는 이렇게 사람들을 고무시키는 데에 더 큰 소질을 갖고 있는 것 같았다.

지위에 못지않은 긍지와 의지──그리고 그 근사한 외모와 시원시원한 목소리가 사람들의 마음을 흔들었다.

투기장의 술렁거림에 열기가 감돌기 시작했다.

이 시합을 놓칠 수는 없다는 엘미라드의 말에 동조하는 분위기가 번져 가고 있었다. 그때, 마이크의 소리에 뒤쳐지지 않을 만큼 우렁찬 또 하나의 목소리가 더해졌다.

"──여, 여러분! 카나미와 로웬 아레이스가 끝까지 싸울 수 있도록 해주세요……! 우리 길드『에픽 시커』도 길드『슈프림』과 같은 생각이에요! ……그, 그렇죠?!"

스노우의 진동마법이었다.

그녀는 엘미라드에 지지 않겠다는 듯 외쳤다.

"스노우! 그야 당연하지!"

가장 먼저, 투기장에 있던 테일리 씨가 화답했다. 뒤이어 다른『에픽 시커』멤버들도 일어서서 협조 의사를 표현했다.

"그래, 우리 길드를 잊으면 안 되지. 지금 분투를 벌이고 있는 건 바로 우리 마스터라고. 그런 마당에 길드『에픽 시커』가 돕지 않는다는 게 말이 돼?"

관객들에게 잘 들리도록, 저마다 듬직하게 한 마디씩 말을 보탰다.『에픽 시커』멤버들에게 있어서──이 자리, 이 순간, 이 싸움은 그야말로 그들이 염원해 마지않던 것이었다. 왜냐하면, 그들은 지금의 나 같은『영웅』역을 줄곧 찾고 있었기 때문이다.

그렇기에 그 누구보다도 더 뜨거운 마음을 목소리에 담아서, 결승전은 아직 끝난 게 아니라며 관객들에게 호소했다. 각자의 무기를 손에 쥐고, 관객들을 지켜주겠다고 외쳤다.

그 열기가 불티가 되어, 투기장에 불이 붙기 시작했다.

나는 그 열풍을 타고 사회자에게──아니, 그 뒤에 있는, 대회 속행 여부를 판단하는 사람들에게 말했다.

"길드 분들이 안전하게 지켜주겠다고 하잖아요! 그러니

까 조금만 더 저에게 시간을 주세요! 부탁이에요!!"

"하, 하지만, 카나미 씨! 결계가 더 이상은 못 버팁니다! 이대로 가다가는——"

사회자는 굽히지 않고 대회 운영진의 의견을 대변했다.

그 때, 중앙에서 대마법을 구축하고 있던 로웬의 영창이 끝났다.

"——마법——아몬드, ——포니아〉!!"

로웬이 금속음 같은 목소리로 마법을 영창하자, 그의 마력이 결계 안에서 부풀어 올랐다.

조금 전과 마찬가지로 바닥에서 보석검이 돋아났다. 하지만, 그 수가 지난번과는 비교도 할 수 없을 만큼 많았다. 무수한 보석검이 하늘을 찌르고, 나는 그 틈새를 누비며 쉴 새 없이 회피했다.

게다가 이번에는 보석검 측면에서 또 다른 보석검이 뻗어나와 덮쳐들었다.

사방팔방에서 날아드는 그 검들을 종이 한 장 차이로 피해 다녔다.

하지만, 나는 피할 수 있을지언정, 투기장을 둘러싸고 있는 결계는 그 공격을 피할 수 없었다.

대마법에 정통으로 얻어맞은 결계가 유리처럼 깨져 나갔다. 사회자가 염려하던 일이 현실이 되어 버린 것이다.

물질화되어 있던 결계의 마력이 파편으로 변해 허공에 흩날리고, 관객들에게 쏟아졌다.

하지만 나는 조금의 불안감도 없이 그 모습을 지켜보았다.

별안간 관객석 상공에 화염 폭풍이 발생했다.

그리고 공중의 파편들을 모조리 집어삼키고, 연소시켜 버렸다.

마리아의 마법이었다. 지금껏 줄곧 잠자코 있던 마리아는, 이 사태를 미리 예상하고 화염마법을 구축해 두었던 것이다. 덕분에 대부분의 파편은 공중에서 사라졌다.

불타지 않고 남은 파편들도 약간 있기는 했다. 그러나 결승 속행을 바라는 용사들이 미리 기다리고 있다가 그 파편들도 모조리 쳐냈다. 그중에는 『셀레스티얼 나이츠』들도 있었다.

덕분에 관객석이 입은 피해는 전무했지만, 결계는 완전히 사라져 버렸다. 하지만 결계는 파괴된 적도 없었다는 듯, 곧바로 새로운 결계가 펼쳐졌다.

"——신성마법 〈인비러블 필드〉!"

"——신성마법 〈인비러블 필드〉!"

디아와 라스티아라가 가장 앞줄에서 하얀 마력의 빛을 내쏘았다.

두꺼운 결계가 펼쳐져서, 솟구치는 보석검을 모조리 위에서 찍어 눌렀다.

대회 운영진이 마련해 둔 결계보다도 더 강력한 마법을 단 둘이서 전개한 것이다.

그리고 그 옆에서, 마리아가 우리에게만 들리는 작은 목소리로 중얼거렸다.

"만에 하나 파편이 관객석으로 날아온다고 해도, 제가 전부 다 태워버릴게요. 그러니까 카나미 씨는 마음껏 싸우셔도 돼요."

『무투대회』 상위권 출전자들의 조력에 의해, 투기장의 안전성이 증명되어 갔다.

연신 발동되는 대마법들을 보고, 관객석이 들썩거렸다.

결승의 속행을 바라는 목소리가 연쇄적으로 증가해 나갔다.

그것을 확인한 엘미라드는 웃으면서 물었다.

"오오! 아무래도 이 싸움을 계속 보고 싶어 하는 건 우리 길드 『슈프림』뿐이 아닌 것 같군!『무투대회』 상위권까지 진출한 최정예들, 그리고 후즈야즈의 공주와 사도, 기사들까지 결승전 속행에 협조해줄 생각인 모양이야! 이런 정예 멤버들이 모였는데도 아직도 불안하다고 한다면, 그건 우리에 대한 모욕으로 받아들일 수밖에 없는데…… 자, 『무투대회』를 운영하시는 높으신 분들의 대답을 들어보실까?"

치사하지만 가장 효과적인 말이었다.

안쪽에서 상황을 지켜보고 있던 대회 운영자들은, 고심끝에 그것을 받아들였다. 사회자가 그 결정을 전달받고, 모두에게 들리도록 우렁차게 선언했다.

"소, 속행할게요! 속행하면 될 것 아닙니까?! 이렇게 된마당에 속행하지 않을 수가 없잖아요! 저도 결승전을 계속

했으면 좋겠습니다! 보고 싶습니다! 카나미 씨, 이제 방해할 사람은 아무도 없습니다! 마음껏 싸우세요!『무투대회』 결승전은 아직 끝나지 않았습니다!!"

사회자는 오늘 들은 것 중에 가장 심하게 친한 척을 하며 나를 격려했다.

하지만, 지금은 그 친한 척이 편안하게 느껴졌다.

엘미라드도 사회자에 못지않은 목소리로 소리쳤다.

"좋아, 정식으로 결승전 속행 권리를 얻었다! 그러니까 카나미! 이제 네가 영웅답게, 영웅보다도 용감하게, 영웅을 뛰어넘어서 승리하기만 하면 된다! 싸우라! 싸워서, 나에게 『진정한 영웅』을 보여다오!"

"엘미라드, 그 시끄러운『영웅』타령 좀 작작 해! 말 안 해도! 싸울 거라고!"

다시 열기를 띤 관객석이 열광에 휩싸이기 시작했다.

이 초현실적인 사태에 흥분을 느끼기 시작한 것처럼 보이기도 했다.

그 목소리에 등을 떠밀리듯, 나는 내달렸다.

중앙에서 또 다시 마력을 구축하려 하던 로웬에게 검을 휘두르며 덤벼들었다.

"──시, ──리스털〉."

로웬은 마법을 완전히 구축하는 건 포기하고, 미완성 마법을 폭발시켰다.

그 몸에서 반짝반짝 빛나는 수정 씨앗이 확산되어, 바닥과 기둥에 부착되었다.

씨앗은 그 즉시 발아해서, 수정 식물이 생물처럼 꿈틀거리며 뻗었다. 그것들이 기둥과 기둥 사이에 얽혀서, 투기장 안은 거미집이 가득 쳐진 것 같은 광경으로 변했다.

나는 덮쳐드는 수정 덩굴을 피하면서 로웬에게 육박했다.

표적은, 아직 수정화하지 않은 피부였다.

나는 로웬의 몸을 갈가리 찢어 버릴 작정으로 검을 휘둘렀다.

그러나 여덟 개의 수정 팔이 검을 가로막았다. 숫자의 힘으로 몰아붙여서 난폭하게 쳐냈다.

그리고 손에 쥐고 있던 여덟 자루 검을 휘둘러서, 나를 썰어 버릴 기세로 반격해 왔다.

──반격하기는 했지만, 그 반격은 허술하기 짝이 없었다.

아니, 몬스터화한 로웬의 공격은 분명히 흉악하기는 했다. 속도와 강도를 동반한 그 여덟 방향의 공격은 충분히 위협적이었다. 아마, 30층까지 가면서 만났던 그 어떤 보스몬스터라 해도 순식간에 박살났을 것이다.

하지만, 인간이었던 시절의 로웬과 비교하면 아무래도──허술하게 느껴진다. 위협적이기는 하지만, 절대로 대처할 수 없는 영역에서 날아드는 공격이라는 느낌은 들지 않았다.

솔직히 말해서, 검 여덟 자루를 이용한 로웬의 검술은 조잡했다.

예전의 티다와 마찬가지로 속도와 완력에만 의존한 난폭한 공격. 그 공격에서는, 모든 관객들을 매료시켰던 검술은 흔적도 찾아볼 수 없었다.

눈에 띄게 약해져 있었다.

로웬으로서의——아니, 인간으로서의 강점이 사라져 있었다.

'몬스터화'되기 전의 로웬은, 내가 무슨 수를 쓰건 곧바로 대응했었다. 그 자리에서 새로운 검술을 만들어내서 나를 공략하려 들었다.

지금의 로웬에게는 그런 면모가 없다. 그저 일방적으로 내게 공략당할 뿐이다.

아무런 대응책도 없이, 오직 막대한 마력과 완력에만 의지해서 날뛰고 있을 뿐.

피하는 것쯤은 식은 죽 먹기였다.

그리고 나는 로웬의 수정 갑옷 틈새에 검을 찔러 넣었다.

"——아악, 커억, 아아아악!!"

딱딱한 것들을 서로 비벼대는 것 같은 비명이 터져 나왔다. 찔러 넣은 틈새에서 피가 흘러나오고, 그 피가 수정으로 변해 갔다.

그냥 뒀다가는 『크레센트 펙트라즐리의 직검』까지 경질화되어버릴 것 같아서, 황급히 검을 뽑았다. 그러자 수정이 상처를 뒤덮고, 출혈이 멎었다.

하는 수 없이 다른 틈을 찾아서 공격을 되풀이했다.

수정화되지 않은 피부를 연신 검으로 베었다. 그 때마다 상처가 경질화되어서, 수정으로 이루어지지 않은 부분이 사라져 갔다.

내가 로웬을 압도하는 모습을 보고, 관객들은 점점 더 뜨겁게 열광했다.

하지만 싸우는 장본인인 나는, 이것이 '압도'와는 뭔가 다르다는 걸 알 수 있었다.

공격을 거듭하다 보니, 이윽고 로웬의 몸 전체가 수정으로 경질화되어서, 더 이상 검을 찔러 넣을 곳이 없어졌다.

거기에는 기술도 전술도 없었다.

이성을 잃고 날뛰는 몬스터 그 자체였다.

그러나 온몸이 수정으로 덮여 버린 상황에서, 그 막무가내 공격은 충분히 효과적이었다.

여덟 팔의 난잡한 움직임에 맞추어, 나는 있는 힘껏 검으로 수정 몸통을 후려쳤다. 하지만 날카로운 소리가 울려 퍼질 뿐, 로웬에게는 조금의 대미지도 들어가지 않았다.

로웬이 아무리 빈틈 많은 큰 공격을 퍼부어도, 내게는 그 빈틈을 찔러 타격을 입힐 수 있을 만한 유효한 공격 수단이 없었다.

이 절대적 방어력이 『땅의 이치를 훔치는 자』의 진수라는 것을 깨달았다.

아무런 근거도 없는 추측이지만, 『땅의 이치를 훔치는 자』는 [세계의 어떤 광석을 사용해도 흠집을 낼 수 없다]. 그것이 이 세계의 『이치』.

그렇게 느꼈다.

나는 지금까지 내가 본 마법 중에 가장 높은 파괴력을 가진 것을 떠올리고, 구축했다.

"──마법 〈아이스 플랑베르주 · 임펄스〉!!"

내가 미궁에서 『레이크리스털』을 파괴하는 데 실패했을 때, 스노우는 진동마법을 결합시켜서 파괴에 성공했었다. 그 진동마법을 흉내 내 보았다.

검에 냉기를 휘감고, 검이 닿는 순간에만 그 냉기를 반전시켰다.

진동을 억누르는 게 아니라, 해방시키는 이미지.

스노우의 마법처럼, 광석의 내부에 진동을 일으키는 것이다.

그러나──효과는 없었다.

애초에 나는 마법으로 진동을 억누르는 건 능숙했지만, 진동을 일으키는 건 절망적으로 서툴렀다.

로웬은 〈아이스 플랑베르주 · 임펄스〉를 배에 얻어맞으면서도, 칼을 휘둘러 반격했다. 할 수 없이, 나는 단순하게 마력을 증폭시켜서 로웬의 몸을 얼리려 시도했다.

"큭, ──마법 〈아이스 플랑베르주〉!"

하지만 진동의 해방도 진동의 억압도, 광석으로 된 로웬의 몸을 상대로는 아무런 효과도 없었다.

방어 태세를 취하지도 않고, 겁을 먹지도 않고, 온 힘을 다해 덤벼든다.

검의 볼록한 부분으로 수정 팔을 막아내긴 했지만, 그 무지막지한 완력에 나가떨어지고 말았다.

나는 나가떨어지면서 손을 바닥 쪽으로 뻗어 물웅덩이에 간섭했다.

"——마법 〈미드가르즈 프리즈〉!!"

물웅덩이가 뱀 모양의 얼음으로 변화했다.

얼음 뱀의 입이 발밑에서 로웬에게 덮쳐들었다. 얼음 뱀은 로웬의 몸통을 물어뜯어서, 그 몸을 들어 올렸다. 그러나 로웬은 곧바로 그 단단하고 강인한 팔들로 〈미드가르즈 프리즈〉를 짓부수어버렸다.

빙결마법은 전혀 통하지 않았다——그래도 로웬의 몸이 허공에 떴다.

나는 곧바로 자세를 가다듬고 도약했다. 그리고 공중에 돋아 있는 수정 기둥을 발판 삼아서 로웬 바로 위를 차지했다.

그리고 나는 로웬의 무방비한 몸을 향해서 『크레센트 펙트라즐리의 직검』을 있는 힘껏 내리쳤다.

"깨져라아아아아아아——!!"

온 힘을 다해 로웬의 몸을 땅바닥에 내던졌다.

동시에 〈미드가르즈 프리즈〉가 완전히 깨져 나가서, 얼음 파편이 공중에 흩날렸다.

아래쪽에서 로웬이 그 신비로운 다이아몬드 더스트에 휩싸여서 일어서는 모습이 보였다.

상처 하나 입지 않았다.

검에 의한 대미지도 없고, 충격에 의한 대미지도 전혀 찾아볼 수 없었다.

로웬은 만전의 태세를 갖춘 채, 무방비상태로 공중에 뜬 나를 기다리고 있었다.

"──마, 『마력빙결화』!!"

재빨리 검의 길이를 늘려서 바닥을 짚어 착지 지점을 변경했다.

로웬의 여덟 팔에 들려 있는 검에 의해 벌집 신세가 될 위기를 가까스로 회피했다.

일단 한 번 태세를 정비하면서 이를 갈았다.

회심의 일격을 꽂아 넣었다. 마력을 이용해서 공격력을 끌어올리는 방법도, 내가 생각할 수 있는 모든 방법을 다 시험해 보았다. 하지만 로웬에게는 조금의 대미지도 입힐 수 없었다.

게임에서 아무리 적을 때려도 계속 화면에 계속 '0'이라는 숫자만 뜨는 것 같은 기분이었다.

그 무지막지한 방어력이 모든 공격을 무효화시키고 있었다.

그럼 어떻게 해야 하는 거지?

나는 별다른 고민도 없이 바로 해답을 찾아냈다.

아니, 찾아낸 게 아니다. 해답은 이미 내 손에 들어 있던 것이다.

리퍼를 상대로 싸울 때와 똑같았다.

해답은 이미 로웬이 가르쳐주었다.

이제 재현하기만 하면 된다.

아마, 이『제30층의 시련』은 그것을 나에게 가르쳐주기 위한 시련일 것이다.

그것을 배울 때까지『시련』은 끝나지 않는다. 로웬이 안심할 수 없다.

그렇기에, 나는 적의 공격을 피하면서 영창했다.

"——나, 『나는, 그대를 두고 가노라』——!"

떠올려야 한다.

로웬과 처음 만났을 때부터 지금까지 보았던 모든 일을 떠올려야 한다.

그의 말과 표정을, 몸짓과 버릇을, 생각과 소원을——그 모든 것을 이해할 수 있으면, 이 영창은 반드시 성공할 것이다.

로웬은 계속 내 안에서 살아가고, 마법의 '대가'도 치를 수 있다.

"——『먼저 거부한 건 그대였다』『그렇기에 나는 검과 함께 살아가겠다』——, 크윽——!!"

그러나, 마법은 성립되지 않았다.

아르티 때와는 다르다. 이것은 내 영창이 아니다.

그렇기에 완벽하게 재현할 수 없었다. 마법 구축 방법을 전혀 알 수 없었다.

마법 〈폰 아 레이스〉가 의식 밖에서 날리는 일격이라는
건 알고 있다.

하지만 대체할 마법은 〈폼〉과 〈커넥션〉만으로 충분할
까? 차원마법이 필수적이라는 점은 분명했다. 대체마법과
조합의 패턴은 수십 종류라도 떠올릴 수 있었다. 하지만, 잘
될 것 같다는 예감이 조금도 들지 않았다.

애초에 마력을 사용해서 이 마법을 재현할 수 있을 거라
는 확신조차 들지 않았다.

나는 마법 구축에 실패해서, 무의미하게 마력만 소비하고
말았다.

그리고 영창을 완성시키지 못한 나에게 로웬이 덮쳐들었
다.

마법을 영창하면서 돌진해 온 것이었다.

"──쿼츠, ──라랙스〉!"

수정검을 피하는 건 어렵지 않았다.

그런데 내가 회피하는 동시에 여덟 자루의 검 중 절반이
깨져 나갔다.

수정이 깨져서, 산탄이 되어 내 측면으로 덮쳐들었다.

〈디멘션〉 덕분에, 마법의 효과는 미리 예측하고 있었다.
나는 『마력빙결화』로 검의 폭을 넓혀서, 그 검을 방패삼아
산탄을 비껴냈다.

그 얼음 방패는 순식간에 깨져 나갔다. 전부 다 비껴내지
는 못했지만, 피해를 최소화하는 데는 성공했다. 나는 자신

263

의 부상 위치를 확인하면서, 스테이터스도 『표시』시켰다.

[스테이터스]HP 262/293　MP 189/751-100

아직 여유는 충분하다. 마력이 남아있는 이상, 그리 쉽게 대미지를 입는 일은 없을 것이다. 그렇게 호언장담할 수 있을 만큼, 지금의 로웬은 내게 결정타를 먹일 능력을 상실한 상태였다.

하지만 그 대가로 얻은 로웬의 힘은 막강했다.

그 힘은, 천천히 퍼지는 독처럼 나를 천천히 패배로 몰고 갈 것이었다.

빨리 그 영창을 완성시켜야만 한다.

로웬의 검술을 계승해서 리퍼를 지킬 수 있다는 것을 증명해 보여야만 한다.

하지만 조바심을 내면 낼수록 해답은 멀어져 갔다.

로웬은 우격다짐 공격을 되풀이하고, 난잡하게 검을 휘둘러대고, 연거푸 마법을 영창했다.

"──워츠, 글린트〉〈어스웨이──〉〈쿼──, 든〉!"

로웬은 갖가지 땅속성 마법을 내쏘았다.

수정이 빛을 흡수해서, 내부에서 난반사시켰다. 그 빛은 마력에 의해 뒤엉켜서, 한 곳을 통해 방출되었다. 나는 얼음 알갱이로 막을 생성해서 그 마법의 광선을 약화시키고, 몸을 날려서 피했다.

착지한 지점이 대지진이라도 일어난 양 뒤흔들렸다. 결계 내부의 바닥이 땅속성 마력에 의해 움직이고 있었다. 눈 밑에 있는 수정의 모래가, 마치 의지를 갖고 있는 것처럼 꿈틀거렸다.

마법은 거기서 그치지 않았다.

돌 탄환을 내쏘는 마법.

모래를 해일처럼 조종하는 마법.

수정으로 이루어진 몬스터를 만드는 마법.

모래 소용돌이로 상대의 움직임을 속박하는 마법.

상공에 대량의 수정검을 출현시켜 빗발처럼 퍼붓는 마법.

결계 안에 『윈터리 디멘션』을 전개해두지 않았더라면, 나는 한참 전에 당했을 것이다.

마법이 발동하기도 전에 그 효과를 알아채고, 『감응』을 통해 그 표적을 예측하고, 가장 위험성이 낮은 곳으로 도망쳐서 가까스로 피할 수 있었다.

하지만 아무리 잘 피한다 해도, 체력 소모는 어찌 해 볼 도리가 없었다. 내 마력에도 한계가 있다.

반면에, 로웬의 체력과 마력은 줄어드는 기색을 찾아볼 수 없었다. 항상 전력을 다 쏟아 붓고 있다. 마력이 온몸에서 끝도 없이 샘솟는 것 같아 보였다.

보스 캐릭터의 체력이 왕성한 건 정석적인 패턴이지만, 이건 불공평해도 너무 불공평했다.

"하아, 하아, 하아——!!"

나는 거칠게 숨을 몰아쉬면서 로웬의 공격을 버텨냈다.

될 수 있으면 좀 더 거리를 벌려서 싸우고 싶었다. 배를 벗어나 강으로 도망쳐서, 여러 지형지물을 활용해서 싸우고 싶었다.

하지만 지나치게 거리를 벌리면, 로웬의 이목이 나에게서 벗어나게 될 것이다. 그럼 이성을 잃은 로웬은 다른 사람들을 노릴 것이다. 그건 곤란했다.

굵은 땀방울이 흐르고, 내뱉는 숨에서는 피 냄새가 감돌았다.

체력의 한계가 다가오고 있었다.

[스테이터스]HP 260/293 MP 79/751-100

MP가 고갈되면, 생명력을 깎아 가며 마법을 사용해야 한다.

그 지경까지 궁지에 내몰리면, 아마 라스티아라가 관객석에서 가만있지 않을 것이다. 그녀가 아직까지 끈기 있게 지켜보고 있는 건, 스킬을 통해 내 상태를 파악하고 있기 때문이다.

이대로 가면, 나는 『시련』을 이겨낼 수 없다.

아무것도 넘어서지 못하고, 로웬은 몬스터로서 연합국 사람들의 손에 의해 처리될 것이다.

그런 결말이 현실적으로 눈앞에 다가오고 있음을 알 수 있었다.

체념의 감정이 조금씩 내 마음을 갉아먹기 시작했다.

여기서 괜히 내가 무리했다가 다른 사람이 다치기라도 한다면, 그건 오히려 로웬을 더 슬프게 만드는 일이 될 것이다. 그 정도는 나도 알고 있다.

그냥 빨리 다 함께 힘을 모아서 로웬과 싸우는 게 더 안전하리라는 건 의심의 여지가 없다. 최고의 결과는 얻을 수 없지만, 차선의 결과는 얻을 수 있다.

로웬을 넘어서야 한다는 나의 『시련』은, 어디까지나 로웬의 일방적인 기대일 뿐이었다.

확실히 넘을 수 있으리라는 보장은 없다.

만일 내가 『시련』을 넘어서지 못한다고 해도, 로웬은 "하핫. 내가 좀 무리한 부탁을 했나"라면서 웃어넘길 것이다. 그 점 역시 알고 있다.

차분하게 합리적으로 생각해보면…… 이번에는 무리하지 말고 포기하는 게 타당할 것이다.

그렇다.

그것이 타당한 판단……―.

"타당하긴 뭐가 타당하다는 거냐아아아아아아아―! 헛소리 마아아아아아아―!!"

덮쳐드는 여덟 자루의 검.

욕지거리를 내뱉으면서, 그 검들을 쳐냈다.

피로가 쌓여서, 두 팔이 납덩이처럼 무겁게 느껴졌다.

집중력이 저하되어, 점점 로웬의 여덟 팔을 처리해내기가 버거워지기 시작했다.

……타당하다고?

본심은 달랐다.

지고 싶지 않았다.

타협하고 싶지 않았다.

로웬의 기대에 부응하고 싶었다.

『제30층의 시련』을 이겨내고, 로웬의 『미련』을 완전히 없애 주고 싶었다.

조금만 더 하면 된다.

확신이 있었다. 그 마법을 쓰면, 로웬의 몸을 벨 수 있을 것이다.

하지만, 성공을 코앞에 두고, 도무지 그 영창을 재현해낼 수 없었다.

이를 가는 나를 향해, 로웬은 인정사정없이 연거푸 덤벼 들었다.

그리고 기나긴 싸움 끝에, 기어이 시간제한을 넘기고 말 았다.

[스테이터스]HP 260/293 MP 2/751-100

마력이 고갈됐다.

"크, 으윽……!"

체력도 한계에 다다랐다. 다리가 휘청거려서 자세가 무너지고 말았다.

그런 나를 향해 로웬의 수정검이 덮쳐들었다. 차원마법을 제대로 유지하는 데 실패해서, 그 수정검의 궤도를 읽어낼 수 없었다. 『감응』으로도 피해 없이 피하는 건 어려운 지경이었다.

부상을 입으면, 『제30층의 시련』은 끝장이다.

무엇 하나 넘어서지 못한 채 끝난다.

그것이 두려워서 견딜 수가 없었다.

바로 그 순간이었다──.

"──『나는 세계(그대)를 두고 가노라』──."

──어둠이 눈앞을 가로질렀다.

그 어둠의 덩어리에서 검은 칼날이 뻗어 나와서, 수정검을 쳐냈다.

리퍼였다.

이 타이밍에, 결승전의 원래 세 번째 참가자가 난입해 온 것이다.

그리고 그녀가 영창한 것은, 틀림없는 로웬의 영창이었다. 그 영창은 나보다 더 본래 형태에 가까웠다.

리퍼는 온몸에 어둠을 휘감고, 주위의 『인식』 여부를 교묘하게 전환하고, 탄화된 오른팔과 동상 입은 왼팔을 움직여서 큰 낫을 휘두르며 로웬과 싸웠다.

"오빠, 포기하면 절대로 용서 안 할 줄 알아──!!"

그녀는 고개를 돌려, 내게 말했다.

소리치면서 큰 낫을 힘차게 휘둘렀다. 그 기세에 로웬이 나가떨어져서, 거리가 벌어졌다.

그 시간을 활용해서, 로웬은 어둠을 버리고 이쪽으로 돌아섰다.

뺨과 코는 빨갛게 물들고, 눈물범벅이 된 얼굴이었다.

"리, 리퍼?"

눈물범벅이었지만, 그 눈에는 범상치 않은 각오가 깃들어 있었다.

자신의 죽음을 받아들일 각오를 넘어서, 소중한 이의 죽음을 받아들일 각오에까지 다다른 눈이었다. 그런 리퍼가 코를 훌쩍이며 소리쳤다.

"로웬은 내가 제일 잘 알아! 그러니까, 그 영창은 내가 할게! 오빠는 검만 휘둘러! 마지막 순간까지, 로웬과 검으로 싸우는 거야!!"

동시에, 목덜미에 열기가 감돌았다.

──**역류한다.**

리퍼가 내 목덜미에 새겨둔 문양이 빛을 내뿜는다. 『연결 고리』를 통해서 수많은 것들이 흘러 들어왔다.

리퍼에게서 마력을 빼앗기는 게 아니라, 리퍼로부터 나에게 마력이 흘러들고 있었다.

[스테이터스]HP 260/293 MP 582/751−100

몸에 마력이 가득 차올랐다. 내 차가운 마력과는 다른 마력이었다.

리퍼의 뜨거운 마력이, 내 몸속으로 쏟아져 들어왔다.

그 마력 속에는, 당연히 리퍼의 감정과 기억이 섞여 있었다.

"나도 로웬의 '친구'니까! 그러니까, 오빠랑 같이 로웬의 소원을 들어줄 거야! 그게 나의, 『진정한 염원』이야!!"

외침치는 순간, 리퍼의 인생 그 자체가 흘러 들어왔다.

리퍼가 로웬과 함께 보낸 나날.

리퍼가 오늘까지 품어 온 감정.

리퍼가 결의한 새로운 염원.

나는 그녀의 마음을 이해했다.

그 마음은, 비애 때문에 당장이라도 찢어질 것만 같았다. 공감하는 것만으로도 눈물이 날 만큼 애처로웠다. 그럼에도 리퍼는 로웬의 말을 받아들이고, 눈물을 흘리면서도 무기를 들었다.

로웬이나 스노우와 마찬가지로, 리퍼도 오랜 고통 끝에 자기 힘으로 일어선 것이다.

나는 스스로의 착오를 깨닫고 리퍼에게 사과했다.

"리퍼, 미안……. 또 오인할 뻔했어. 항상 리퍼 덕분에 배우기만 하네……."

마음속 한 구석에서, 리퍼의 도움을 포기하고 있었다.

나 혼자서 로웬을 이길 거라면서 우쭐대고 있었다.

──그릇된 생각이었다.

리퍼를 지키는 데 리퍼의 도움을 받아서는 안 된다는 규칙은 없다.

아니, 오히려 서로 협력하지 않으면 리퍼를 지켜줄 수 없다.

"그래, 맞아……. 굳이 나 혼자만 로웬을 이해할 필요는 없어. 이 결승전의 참가는 세 명이었으니까. 그러니까 나와 리퍼, 이렇게 둘이서——!!"

꺼져 가고 있던 감정이, 리퍼의 감정에 자극 받아서 다시 타올랐다.

투지를 불태우며 리퍼 옆에 나란히 서서 검을 고쳐 쥐었다.

"로웬! 나도 오빠의 보호만 받고 있지는 않을 거야! 나도 싸울 수 있어!"

리퍼의 몸에서 마법 〈디 나이트〉의 어둠이 흘러나왔다.

내 겨울 세계와 로웬의 수정 세계, 거기에 리퍼의 어둠 세계가 더해져 갔다.

말하지 않아도, 나는 리퍼의 노림수를 알 수 있었다. 그리고 리퍼도 내가 자신의 뜻을 알 거라 믿고 있었다.

『그림 림 리퍼』의 『연결고리』가 가진 힘이, 우리를 역전의 파트너로 탈바꿈시켰다.

"가자, 리퍼!"

"응, 오빠!"

나는 정면으로 뛰어들었고, 리퍼는 어둠 속으로 사라졌다.

로웬과 나의 검이 맞부딪치는 순간, 로웬의 배후에서 리퍼의 큰 낫이 덮쳐들었다.

로웬은 역방향에서 날아든 기습에 대처하지 못했다. 깡하는 묵직한 소리와 함께, 로웬이 비틀거렸다. 그 틈에 내 칼부림이 번뜩였다.

마력을 듬뿍 담은 〈아이스 플랑베르주〉가 로웬에게 적중했다.

맹공을 받은 로웬은, 포효하면서 새로운 적에게 공격을 퍼부었다. 하지만 나와 리퍼의 이심전심 연계 앞에서, 그 공격은 아무런 소용도 없었다.

리퍼는 항상 사각으로 숨어들어서, 연신 로웬의 빈틈을 찔렀다. 그런 리퍼의 강점을 최대한으로 살리기 위해서, 나는 정면에서 맞부딪쳤다.

내가 위험에 빠지면 리퍼가 지원해주고, 리퍼가 위험에 빠지면 내가 지원했다.

몬스터『땅의 이치를 훔치는 자』는, 로웬의 친구들에게 완벽하게 압도당했다.

"로웬! 이게 바로 나야! 이게 『그림 림 리퍼』! 나도 이제 이렇게 강해졌어! 철없는 소리도 이제 안 해! 그러니까, 이제 내 걱정은 안 해도 돼!"

요 며칠 사이에 리퍼는 정말 강해졌다.

내게서 기술을 훔친 덕에, 전투능력만 따지면 라스티아라에게도 필적할 정도. 물론, 몸만 강해진 건 아니었다. 마음도 강해졌다.

어제까지는 받아들이지 못했던 괴로운 현실을, 리퍼는 이제 받아들일 수 있게 되었다.

『연결고리』를 통해 얻은 얄팍한 성장과는 다르다. 리퍼가 리퍼 스스로 고민한 끝에, 진정한 의미로 성장한 것이다.

로웬은 나와 리퍼의 공격을 온몸으로 받아냈다.

하지만 그것만 가지고는 그를 쓰러뜨릴 수 없었다. 『땅의 이치를 훔치는 자』의 몸은 깨지지 않았다.

리퍼가 배후에서 날린 혼신의 일격에 의해, 로웬은 멀찌감치 나가떨어졌다.

그 틈을 타서 리퍼가 내게 확인을 취했다.

"오빠!"

나는 고개를 끄덕여 대답했다.

굳이 말을 나누지 않아도 알 수 있었다.

그리고 지금이라면 할 수 있다.

혼자서는 불가능하지만, 우리 둘이 함께라면 할 수 있다──!

"그래, 그것밖에 없어……! 하지만, 내가 알고 있는 로웬만 가지고는 부족해! 리퍼가 알고 있는 로웬도 가르쳐줘!!"

"응! ──!!"

리퍼는 고개를 끄덕인다. 그러나 더 이상 말을 잇지는 않았다.

굳이 말로 할 필요가 없었다.

우리에게는 말보다 명료한 것이 있었다. 『연결고리』를 통해서, 리퍼가 알고 있는 로웬이 나에게로 전해져 왔다.

——리퍼의 기억.

과거의 풍경이 뇌리 속을 내달렸다.

적에게도 아군에게도 공포의 대상이었던 검사 로웬. 그는 전쟁 중에 항상 홀로 싸웠다. 혼자서도 일군에 필적할 정도였던 그 힘이, 그의 불행의 시작이었다.

그리고 리퍼가 만들어졌다. 오직 검사 로웬을 속박하기 위한 목적으로, 적은 『사신』의 『저주』를 마련했다. 그 속박은 멋들어지게 성공했다.

누구도 예상하지 못한 형태로 성공했다.

리퍼는 로웬에게 놀자고 매달렸고, 로웬은 처음 만난 아이를 상대하느라 당황해서 어쩔 줄 몰라 했다. 그것이 로웬과 리퍼의 첫 만남.

순진무구한 두 사람의 시작——.

"이게…… 로웬 아레이스……."

리퍼가 알고 있는 로웬은, 더없이 불행했다.

그 출신이, 그 재능이, 그 검이, 로웬을 고독하게 만들었다.

로웬은 처절하게 살았다. 가훈을 지키며, 줄곧 검술을 단련했다. 그렇게만 하면 가족으로 인정받을 거라 믿으며, 행복해질 수 있을 거라 믿으며, 끊임없이 검을 휘둘렀다.

하지만 그 노력 끝에 놓여 있던 길은, 끔찍하도록 비참한 길이었다.

피로 피를 씻는 전쟁 속에 내던져져서, 괴물 취급만 받는 나날.

도구처럼 이용당하기만 한 끝에, 죽어서도 싸워야만 하는 신세가 되었다.

그야말로 세계에게 버림받았다 해도 과언이 아닌 인생. 누구와도 관계를 맺지 못하고, 누구의 인정도 받지 못하고, 누구의 이해도 받지 못한 채, 오직 검에 살고——검에 죽었다.

영창의 진정한 의미. 그 편린을 찾아냈다——.

"오빠가 알고 있는 로웬은 참 즐거워 보이네…… 그랬구나…… 로웬은 자신의 검술을 누군가에게 남겨두고 싶었던 거야……."

동시에, 내가 알고 있는 로웬도 리퍼에게 전해졌다.

나와 어린아이들에게 검술을 가르치며 더없이 흡족해 하던 로웬. 평생 단련해온 검술을 자랑할 수 있다는 것을 정말로 기뻐하는 것 같았다. 자신의 인생이 무의미하지 않았다는 것이 증명되어, 이제야 보람을 얻은 기분이었던 것이다.

나와 리퍼는 로웬의 인생을 이해해 나갔다.

아마 나 혼자였더라도, 리퍼 혼자였더라도, 여기까지 다다를 수 없었을 것이다.

하지만 둘이 함께라면 다다를 수 있다. 둘이 함께라면 닿을 수 있다.

이제, 영창의 조각이 모두 모여서, 언어로 이루어진다——.

"『——나는 세계(그대)를 두고 가노라』——."

"『——나는 세계(그대)를 두고 가노라』——."

둘이서 영창하며, 둘이서 『대가』를 지불했다.

그러나 아직도 부족하다. 둘이 함께여도, 로웬의 영창을 완전히 대처할 수는 없었다. 로웬의 인생에 담긴 비밀이 그만큼 짙었던 것이다.

하지만, 우리는 그래도 상관없다고 생각했다.

완전한 재현 같은 건 할 생각도 없었다. 아니, 하고 싶지 않았다.

나도 리퍼도, 그런 로웬의 인생을 바꾸고 싶다고 생각했기 때문이다.

이제, 나와 리퍼는 한 마음이 되어 새로운 영창을 외칠 것이다——.

"——『세계(그대)가 거부한 검은』『우리가 이어받겠다』——!!"

"——『세계(그대)가 거부한 검은』『우리가 이어받겠다』——!!"

로웬이 어떤 인생을 걷든, 그에게는 친구들이 있다.

온 세계를 향해 그렇게 외치듯이, 우리는 로웬의 인생 그 자체인 영창을 비틀었다.

그리고 오로지 친구만을 생각하며, 그 마음이 전해지기를 원하는 일념으로, 검을 휘둘렀다.

그것이 우리 최후의 검술.

우리에게 있어서 궁극의 일격.

그것은 더 이상 〈폰 아 레이스〉라 부를 수도 없었다.

나와 리퍼의 마음에 의해 구축된 그것은, 로웬의 마법과 비슷하지만 다른 일격.

그렇기에, 마법명이——바뀌었다.

"――**마법** 〈디 아 레이스(친애하는 일섬)〉!!"
"――**마법** 〈디 아 레이스(친애하는 일섬)〉!!"

승화시킨다.

리퍼가 차원마법으로『길』을 열고, 내가 그『길』에 검을 휘두른다.

세상의『이치』를 벗어나서, 거리도 시간도 무시한 채, 검이 번뜩였다.

그리고 샹들리에가 떨어져 깨지는 것 같은 소리가 울려퍼지고, 그 검은『땅의 이치를 훔치는 자』가 가진『이치』를 넘어섰다.

――[『땅의 이치를 훔치는 자』의 몸은 절대 깨지지 않는다]――

그런 가디언의『이치』, **그 자체를 깨부순다.**

인식조차 할 수 없는, 회피 불가능한 일격이 로웬에게 덮쳐들어서, 그 여덟 개의 팔들을 모조리 산산조각으로 깨부수었다.

더불어 몸통을 보호하고 있던 두꺼운 수정 갑옷마저 깨부수고, 어깨를 비스듬하게 찢어발겼다.

『땅의 이치를 훔치는 자』의 정체성이라 할 수 있는 수정이 깨져 나갔다. 얼굴에 달라붙어 있던 가면 같은 수정도 깨져서, 로웬의 맨얼굴이 드러났다.

로웬은 웃고 있었다.

피할 수 없는 일격을 얻어맞았건만, 즐거운 듯 웃고 있

었다.

우리의 마력에 의해 수정이 떨어져 나간 덕분에, 로웬의 이성도 조금이나마 돌아왔다.

그리고 그 조금의 이성 속에서, 로웬은 양팔에 든 검『개악된 레이아스 가문의 보검』과『미스릴 소드』를 보호했다.

로웬은 몸이 찢어져서 대량의 피를 흘리면서도 여전히 버텨 서 있었고, 그러면서『개악된 레이아스 가문의 보검』을 허리춤의 칼집에 집어넣은 다음,『미스릴 소드』를 맨손으로 움켜쥐었다.

여러 자루의 검이 아닌, 한 자루 검만으로 싸우려는 것이다.

로웬의 본래 검술이었다.

자아를 되찾은 로웬은 우리에게 지지 않겠다는 듯 영창을 시작했다

"아, 아아──나,『나는 세계(그대)를 두고 가노라』──!!"

양쪽 모두 인정사정 봐주지 않는다.

그렇기에, 지금의 로웬은 즐거워서 견딜 수 없다는 표정이었다.

"──『먼저 거부한 건 세계(그대)였다』『그렇기에 나는 검과 함께 살아가겠다』──!!"

그의 인생을 대가로 하는, 절대 피할 수 없는 일격이 구축되어 갔다.

나와 리퍼는 그 공격을 맞받아치기 위해, 두 번째 〈디 아

레이스〉를 준비했다.

"――마법 〈폰 아 레이스(망령의 일섬)〉!!"

로웬의 전부가 우리에게로 덮쳐들고,

"――마법 〈디 아 레이스(친애하는 일섬)〉!!"

"――마법 〈디 아 레이스(친애하는 일섬)〉!!"

우리는 그것을 맞받아쳤다.

검과 검이 교차했다.

그곳은 지금껏 그 누구도 도달할 수 없었던 초인적 속도의 검술 세계.

검사의 정점.

로웬 아레이스 혼자만의 것이었던 세계.

그곳에 우리도 발길을 들여놓은 것이다.

『미스릴 소드』의 붉은색에『크레센트 펙트라즐리의 직검』의 파란색이 물고 늘어졌다.

마지막으로 한 번 더, 두 종류의 번뜩이는 빛이 난무했다.

"로웬!!"

"카나미!!"

〈폰 아 레이스〉와 〈디 아 레이스〉는 대등하게 맞섰다.

인식조차 할 수 없는 검이, 찰나의 순간에 수도 없이 충돌했다.

투기장 안, 수정 꽃밭 위,『땅의 이치를 훔치는 자』가 마련한 30층.

거기서 나와 로웬은 아까처럼 검과 검으로 맞부딪쳤다.

『무기 떨어뜨리기』싸움을 통해, 검술로는 로웬에게 당해낼 수 없다는 걸 뼈저리게 느꼈다.

하지만, 나는 검만 가지고 싸웠다.

로웬을 만난 덕분에, 나는 강해졌다. 전보다 훨씬 더 강해졌다.

그 사실을 알려주고 싶었다.

정신이 아득해질 만큼 거듭되는 칼날의 해후.

그 뒤에서 리퍼가 외치고 있었다. 이제 관객들의 목소리는 아득히 멀게만 느껴졌다. 하지만 리퍼의 목소리만은 또렷하게 들을 수 있었다.

"──꼭 이겨, 오빠! 이제 내 걱정은 안 해도 된다는 걸, 로웬한테 가르쳐줘!!"

리퍼의 성원에, 힘이 차올랐다.

검과 검의 싸움에 개입할 수 없는 리퍼는, 『연결고리』를 통해 내게 모든 것을 맡겼다. 마력뿐만이 아니다. 리퍼의 결의와 감정이 나의 힘으로 변해 갔다. 지금 싸우고 있는 건 나 혼자만이 아니다. 리퍼도 함께 싸우고 있는 것이다.

그렇기에, 절대로 질 수 없었다.

리퍼를 위해서도, 로웬을 위해서도, 나 자신을 위해서도──.

"절대로 질 수 없어어어어어어어어어──!!!!"

그리고──지금, 〈디 아 레이스〉가 〈폰 아 레이스〉를 넘어섰다.

『이치』를 넘어선 일격이, 로웬의『미스릴 소드』를 깨부수었다.

검은 역할을 다하고, 마지막으로 빨간빛을 번쩍이며 수정 꽃밭에 떨어졌다.

로웬은 즐거운 얼굴로 그 모습을 지켜보았다.

검을 잃은 로웬이 미소를 지었다.

그가 스스로의 완패를 진심으로 반기고 있다는 걸 알 수 있었다.

그리고 미소 띤 얼굴을 천천히 들어 하늘을 우러러본다. 로웬은 안도한 표정으로, 한숨을 내쉬듯 뇌까렸다.

"안심했어……."

그것은 내가『제30의 시련』을 넘어섰음을 증명하는 말이었다.

또한 그것은, 로웬의 마지막『미련』이 사라졌다는 뜻이기도 했다. 『땅의 이치를 훔치는 자』는『미련』을 잃고, 예전의 아르티가 그랬던 것처럼 흡족한 표정으로 영창했다.

"『죽은 이는 꿈을 잃고』『시체가 되어 세상을 방황했다』……. 하지만, 그것도 이제 끝이군.『사람은 주어진 사명에 따라 사는 것이 아니라, 마음의 빛을 갈망하며 살아가는 것』이니까……. 이『영혼에 비쳐든 한 줄기 빛』이 사라지지 않는 한, 나는 공허하지 않아……."

로웬의 힘은 극한까지 옅어지고, 흘러나온 피가 마력의 입자로 변해 갔다.

동시에, 로웬이 전개한 30층도 붕괴되었다.

수정 꽃들도, 수정 기둥도, 모조리 아련한 빛이 되어 허공에 녹아들었다.

환상적인 광경이었다. 그것은 마치, 영(靈)을 배웅하는 의식처럼 엄숙하고도 아름다웠다.

빛 속에서, 로웬은 웃으며 말했다.

"잘 있어라, 카나미."

"잘 가, 로웬."

하고 싶던 말들은 이미 검으로 다 나누었다.

로웬은 그 한 마디로 나와의 작별인사를 마쳤다.

그리고 이번에는 관객석 쪽으로 몸을 돌렸다.

관객석 한쪽, 아이들을 향해 웃으며 손을 흔들었다. 아이들의 눈에는 하나같이 눈물이 그렁그렁했다. 어린 마음에도, 로웬의 인생이 끝나 가고 있다는 걸 느낀 것이리라. 저마다 "멋있었어!" "엄청 강했어!"라며 소리 높여 로웬을 추켜세웠다.

로웬은 그 목소리에 화답하고, 뒤이어 투기장 전체를 향해 인사했다.

이 『무투대회』에 참가할 수 있게 해준 것. 결승전에서 싸울 수 있게 해준 것. 그리고 그 싸움을 끝까지 지켜봐 준 것에 대해, 최대의 감사를 보냈다.

그 진지한 모습을 보고, 관객들은 넋을 잃었다.

로웬 아레이스가 몬스터라는 건 의심의 여지가 없었다.

하지만 모든 게 다 끝나고 돌이켜보니, 그가 자신들에게 준 것은 최고의 시합이었다.

단 한 명의 사람도 다치지 않았고, 관객석 한쪽에서는 아이들이 로웬 아레이스를 칭송하고 있었다.

그는 목숨을 바쳐서, 『무투대회』 결승전의 분위기를 한껏 끌어올려 주었다.

그 사실만이 남았다.

그 점을 깨달은 관중들이 하나 둘씩 박수를 보내기 시작했다.

아이들의 목소리와 마찬가지로, 로웬을 칭송하는 목소리들이 점점 더 늘어났다. 로웬에 대한 인상이, 조금씩 공포에서 동경으로 바뀌고 있었다.

그리고 몇 초 후에는 우렁찬 환호성으로 바뀌었다.

사상 최고의 결승전이 끝나고, 그 주인공인 로웬 아레이스를 모든 이들이 칭송했다. 환호성이 햇살처럼 쏟아졌다.

"제자들의 목소리보다는 못하지만……. 우레 같은 갈채도 나쁘지는 않군……."

로웬은 손을 펼쳐서, 그 환호성을 온몸으로 쐬었다.

그리고 마지막으로, 로웬은 리퍼를 향해 걸어갔다.

"리퍼……."

"로웬……."

"처음으로 목숨 걸고 싸우던 날, 기억해? 참 기나긴 시간이었지……. 우리의 놀이는 이제 끝났어. 나는 사라지고,

너는 남는 거지. 이제 네가 이긴 거다.”

“그, 그건 놀이가 아냐! 오빠가 가르쳐줬어! 하는 사람 모두가 즐겁지 않으면, 그건 놀이가 아니라고——!”

“아니, 나도 즐거웠어. 리퍼, 너를 만나서 정말 다행이야. 너는 내 가장 소중한 ‘친구’야. 처음 만난 그 날부터, 우리는 계속 같이 놀았던 거야. 그건 더없이 온화하고, 평온하고, 즐거운 나날이었지……. 나 같은 죽은 사람과 같이 놀아줘서 고맙다, 리퍼…….”

“우, 우우……. 로웬……!”

리퍼는 흐르는 눈물을 감추지 못했다.

갖가지 감정들이 뒤얽혀서, 뭐라 대답해야 할지 몰라 말문이 막혀버린 것 같았다.

“그러니까, 진정으로 부탁하마. 웃으며 보내줘, 리퍼.”

울먹이는 리퍼의 모습에 쓴웃음을 지으며, 로웬은 왼손을 내밀었다.

손을 내밀어서——실체가 없는 리퍼의 머리를 **쓰다듬었다.**

리퍼가 움찔 놀라서 로웬의 손을 올려다보았다.

무슨 일이 일어난 건지 이해가 가지 않는 기색이었다.

하지만 그 손길을 한동안 느낀 끝에, 리퍼도 이해할 수 있었다.

상대가 자신을 인식하고 있는데도, 자신이 실체를 잃지 않았다는 것을.

아마, 그것은 생전 처음 겪는 경험이었을 것이다. 다정한 손바닥이, 리퍼를 연신 쓰다듬었다.

나는 도서관에서 얻은 정보와 리퍼와, 지금까지 리퍼에게 들었던 말들을 떠올렸다. 그리고 스킬『감응』과『병렬사고』가 하나의 해답을 도출해냈다.

이제『로웬을 죽인다』라는『저주』가 완수되어, 리퍼는『거기에 존재하지 않는다』라는『저주』로부터 해방된 것이다.

"히, 히힛……."

리퍼는 로웬의 손길을 느끼며, 눈물범벅이 된 얼굴로 웃었다.

억지로 웃는 게 아니었다.

로웬의 온기를 느낄 수 있다는 기쁨. 그것 때문에 웃는 것이었다. 진심에서 우러나온 웃음이었다.

리퍼는 웃으면서, 배웅했다.

"그럼 나중에 또 봐, 내 친구 로웬!"

로웬도 웃으며 대답했다.

"좋아……. 좋은 작별인사다, 내 친구 리퍼……."

로웬의 목소리가 흐려져 갔다.

이제 로웬 아레이스를 이 세계에 묶어둘 요소는 아무것도 남지 않았다.

몸 대부분이 빛의 입자로 변해 있어서, 이제 한계임을 알 수 있었다.

이윽고 로웬은 마지막으로 하늘을 한 번 올려다보았다.

눈부신 듯 푸르른 하늘을 우러러보며, 누구에게랄 것도

없이 중얼거렸다.

"아아, 이제야…… 드디, 어, ──보람을…… 얻었, 어…….."

띄엄띄엄 끊어지는 그 목소리를 끝으로, 로웬은 세상에서 사라졌다.

모든 것이 빛의 입자가 되어, 허공에 녹아들었다.

[칭호 『땅을 방황하는 자』를 획득했습니다]
땅마법에 +0.50의 보정이 붙습니다

『표시』가 나타나는 동시에, 금속음이 울려 퍼졌다.

로웬이 사라진 위치에, 한 자루 검이 박혀 있었다.

그것은 수정 장식이 새겨진, 성스럽도록 아름다운 검이었다.

예전에 내가 로웬에게 맡겼던 『아레이스 가문의 보검』이었다. 지금은 형체가 바뀌어서 날밑에 보석이 박힌 채, 장엄하게 바닥에 박혀 있었다.

나는 『주시』를 통해 그 검의 이름을 확인했다.

[아레이스 가문의 보검 로웬]

검의 이름은 『로웬』.

아레이스 가문에 태어난 한 자루 보검 『로웬』이라는 이름이 붙어 있었다.

로웬은 사라졌다.

하지만 그는 『무투대회』에서 그 힘의 자취를 남겼다 그 성스러운 검의 광채를, 관객들 모두는 평생토록 잊지 못할 것이다.

그리고 조금 어른이 된 소녀 한 명.

무엇보다 나 자신이 바로, 한 자루 검이 되어 대지를 방황해 온 그가 걸어온 삶의 증거였다.

로웬이 사라지고, 사회자는 관객들에게 승부의 향방을 알렸다.

"로, 로웬 선수의 사망을…… 아니, 소실을 확인했습니다! 로웬 선수는 『검성』으로서 최고의 검술을 선보였습니다만, 카나미 선수는 정면승부로 그 검술을 넘어섰습니다! 이제 카나미 씨의 승리에 토를 달 사람은 아무도 없을 것입니다! 이제 됐죠? 그렇죠, 카나미 씨?! 『첫 번째 달 연합국 종합기사단종 무도회』의 우승자는, 아이카와 카나미 선수입니다아아아아아아──!"

로웬을 칭송하는 목소리는 여전한 채로, 이번에는 나에 대한 칭송이 더해졌다.

"그럼, 우승자 카나미 선수와의 인터뷰를 위해 저는 경기장 안으로 돌아가겠습니다! 인터뷰 후에는 시상식이 진행될

예정이오니, 여러분, 잠시만 자리에서 기다려주십시오!"

관객석까지 도망쳐 있던 사회자는, 계단을 내려와서 결계 쪽을 향해 걸어왔다.

그 모습을 지켜보면서, 로웬과 작별한 여운에 젖어 넋을 잃고 서 있는 리퍼에게 말을 걸었다.

"리퍼, 괜찮아……?"

"응, 괜찮아. 그냥 좀 마력이 떨어진 것뿐이야. 오빠 는……?"

"나는 마력보다도 체력이 한계야. 몸에 힘이 잘 안 들어 가."

한계를 넘어서서 검술과 마법을 쥐어짠 탓에, 몸이 욱신 거렸다.

그렇지만 최소한의 〈디멘션〉은 풀지 않는다.

지금까지 승리 후에 방심한 틈을 찔린 게 몇 번이었는지, 헤아리기도 싫을 지경이었다.

나는 〈디멘션〉으로 대회장 내부를 파악해 나갔다. 관객들의 환호성 뒤에서, 다양한 사람들이 다양한 꿍꿍이를 품고 행동을 시작했음을 알 수 있었다.

"징징대고 있을 수도 없겠는데……. 수상쩍은 움직임을 보이는 어른들이 우글대잖아……."

리퍼는 내 걱정을 알아채고, 나와 마찬가지로 〈디멘션〉으로 주위를 탐색했다.

"아아, 빨리 도망치는 게 좋겠어. 우선은 동료들을 여기로 불러서——."

나는 『병렬사고』를 통해 탈출방법을 생각하면서, 적의 숫자를 헤아려 보았다.

우선, 어제 내가 싸움을 걸었던 워커 가문은 틀림없는 적대세력이다.

그리고 후즈야즈의 기사들인 『셀레스티얼 나이츠』도, 라스티아라와 디아가 내 동료인 이상은 적이 될 것이다. 대회장 안에는 은근히 후즈야즈 관계자들이 많았다. 그 시가들과 신관들 중에는, 성탄제를 주관하던 페데르트라는 남자도 있었다. 요주의 인물이다.

더불어, 단순히 현상금이 걸린 라스티아라 일행을 포획하려 벼르고 있는 실력자 모험가들도 골칫거리였다. 발트며 후즈야즈의 명령이 있으면, 몇몇 길드는 적으로 돌아설 거라 생각해두는 편이 좋을지도 모른다.

팰린크론의 지인인 『에픽 시커』 사람들도 경계해두는 것이 좋을 것이다. 팰린크론의 지시에 따라 뒤통수를 때릴 가능성이 있다. 특히 레일 셍크스는 나를 세뇌시키는 자리에 동석했었던 인물이니까——그렇게 관객석을 분석하다 보니, 강력한 마력이 부풀어 오르는 것이 〈디멘션〉에 감지되었다.

"——?!"

대회장이 아니었다. 그래서 감지가 늦어진 것이다.

투기장 주위에 서 있는 탑.

그는 그 탑의 외벽에 매달려 있었다.

외벽에 마방진을 그리고, 그것을 대량의 마력으로 보강하고 있었다.

내가 눈길을 돌린 순간, 그 마석들이 모조리 터져 나갔다. 그와 동시에 응축된 마력이 해방되고, 『라이너 헤르빌샤인』이 몸을 날렸다.

도약력에 바람의 힘이 더해지니, 그 기세는 마치 탄환과도 같았다.

"──〈익스 와인드〉!!"

거기에 그 자신의 마법까지 겹쳐졌다.

공중을 자유자재로 날아다니는 바람마법이, 모조리 추진력으로 변환되어 갔다.

그야말로 살인적인 속도였다. 전투기에 타고 있을 때에 못지않은 고통이 라이너의 몸에 몰아치고 있을 게 틀림없었다. 그러나 그는 표정 하나 변하지 않은 채 이쪽을 노려보고 있었다.

그가 노려보는 대상은──.

"리퍼! 엎드려!"

"어?!"

그가 습격해 온다면 그 대상은 나나 라스티아라 가운데 한 명일 거라고만 생각했었다. 하지만 그의 시선이 향하는 곳은 우리가 아니었다.

표적을 알 수 없었다. 그래서 옆에 있는 리퍼를 보호하기 위해『마력빙결화』를 이용해서 검을 늘였다.

그에 맞서, **라이너도** 검을 늘였다.

스킬『마력물질화』는 아니었다. 굳이 따지자면, 나의『마력빙결화』쪽에 가까웠다.

라이너는 바람마법으로 검을 늘인 것이었다.

이름을 붙이자면, 스킬명은『마력풍인화(魔力風刃化)』라고나 할까.

라이너는 검『루프 브링어』으로 사정없이 결계를 베어 버리고, 결계 안으로 침입해 왔다.

그리고 그는 나와도 리퍼와도 무관한 곳에 착지했다. 동시에 또 하나의 바람마법을 발동시켰다.

"──〈와인드〉!"

고무탄이 튀는 것처럼, 라이너는 착지의 충격을 바람마법으로 상쇄시켰다. 뒤이어 그는 검을 움켜쥐었다.

라이너의 표적은 내가 아니라『아레이스 가문의 보검 로웬』──가디언의 마석이었다.

"자, 잠깐, 라이너! 그 검을 돌려줘! 그건 위험한 물건이야!!"

"로웬 씨는 나에게 검술을 가르쳐주겠다고 약속했어! 검은, 아직 배우지 못한 것들을 대신해서 가져가야겠어!!"

라이너는 바람마법의 기세를 그대로 살려, 들어온 방향의 반대쪽으로 도망쳤다. 그리고 다시 결계를 찢어발기고 관객석 한쪽으로 뛰어들었다.

그 모습을 보고, 관객 한 명이 웃었다.

"후후후, 역시 헤르빌샤인의 기사답습니다……. 오랑캐들에게 두 개를 먼저 빼앗긴 건 굴욕이었습니다만, 일단 하나라도……!"

라이너가 뛰어든 곳에 있던 것은, 후즈야즈의 대성당에서 본 남자, 페데르트였다. 지난번에 라스티아라를 죽이기 위한 계획을 진행했던 이 사내가, 이 상황에서 내게 훼방을 놓고 든 것이다. 그가 라이너를 배후에서 조종하는 흑막일지도 모른다.

"라이너!!"

나는 라이너를 불러 세우면서, 욱신거리는 몸을 채찍질해서 움직이려 했다.

그러나 곧 생각을 고쳐먹었다.

이 상황에서 리퍼를 혼자 둘 수는 없었다.

지금 나와 리퍼는 기진맥진한 상태다. 우리 쪽 전력을 분산시키는 건 옳지 않았다.

무엇보다, 내가 여기서 움직여 버리면, 사전에 라스티아라와 얘기해서 정해두었던 탈출계획을 실행할 수 없게 된다.

그렇게 내가 머뭇거리고 있는 동안에도, 사태는 한층 더 진척되었다.

뜻밖에도, 관객석에 있던 디아가 거침없이 라이너를 쫓아간 것이었다.

"거기 너! 그건 나와 지크 거란 말이다! 멋대로 가져가지

295

마! ──〈플레임 애로우〉!!"

디아가 관객석을 따라 달리면서 마법을 내쏘았다.

예전의 흉악한 광선과는 다른, 주위의 일반인들을 고려하면서 날린 화염마법이었다.

라이너는 펄쩍 뛰어 물러서서 그 마법을 피했다.

그러나 라이너가 물러난 지점에서는 이미 스노우와 라스티아라가 도사리고 있었다.

디아의 움직임에 맞추어 같이 뛰어온 모양이었다.

내 동료들에게 포위된 라이너는 전의를 불태웠다.

"싸우겠다는 거냐? 신의 현신!"

특히 원수에 대한 적의는 유난히 더 강렬했다.

하지만 그 쏘아보는 시선을 받은 라스티아라에게서는 전의를 찾아볼 수 없었다. 그보다는 당혹스러운 표정에 가까웠다.

"아니, 디아랑 스노우가 갑자기 뛰쳐나가는 바람에 나도 어쩔 수 없이 쫓아온 거라서……. 싸울 생각은 별로 없는데 말이지……."

라스티아라는 디아의 폭주를 미처 말리지 못해서 어쩔 수 없이 협조하고 있는 모양이었다.

원래 라스티아라의 계획은, 시합 종료와 동시에 동료들을 데리고 결계 안의 나와 합류하는 것이었다.

"나는…… 저기, 점수 따기……?"

스노우는 점수를 따러 나왔다고 한다. 저 녀석은 또 무슨 뚱딴지같은 소리람.

　그보다 좀 멀리에서 세라 씨와 마리아가 함께 행동하는 모습이 보였다.

　나와 합류해야 한다는 건 알고 있지만, 그렇다고 폭주하는 디아를 방치해둘 수도 없어서 움직이기 시작한 것 같았다.

　──최악의 상황이었다.

　라이너의 습격 때문에 관객석이 혼란에 휩싸여 가고 있었다. 그리고 각 집단들이, 저마다의 꿍꿍이를 품고 비밀리에 움직이기 시작했다.

　누군가가 싸움의 불씨를 당기기만 하면, 순식간에 난투가 벌어질 가능성이 있었다.

　그런 사태는 피하고 싶었다.

　그 때, 나와 마찬가지로 싸움을 피하고자 하는 사람이 소리쳤다.

　"자, 자자자잠깐만요! 관객석에서 전투는 절대 안 됩니다! 『무투대회』는 끝나긴 했지만, 모든 관객들과 출전자들이 후울라 강 밖으로 나갈 때까지 싸움은 금지란 말입니다! 거기 그 소년 기사는 대회 경비병들이 붙잡을 테니, 다른 분들은 그냥 가만히 계세요!!"

　사회자가 법을 어긴 라이너에 대한 처분을 통지했다.

　동시에 관객석에 대기하고 있던 경비병들이 움직였다.

　하지만, 라이너에게 접근하려 하는 경비병들을 후즈야즈의 기사들이 막아섰다.

그 기사들을 지휘하는 페데르트가 외쳤다.

"대회 중의 무례한 행동은 정말 미안하게 생각합니다! 하지만 이것도 레반 교단의 염원이라 어쩔 수 없습니다! 부탁이니, 거기 그 소년 기사 라이너 헤르빌샤인을 보내주십시오! 가디언 로웬 아레이스의 마석 확보는, 후즈야즈 본국의 원로원에서 내려온 지시입니다! 문제가 생기면 그쪽에 문의하면 될 것 아닙니까!!"

"본국의 원로원?! 그래도 안 되는 건 안 되는 겁니다! 그런 억지가 통할 거라고 생각하시는 겁니까? ──아, 안 통하는 거 맞죠?!"

사회자는 갑작스런 개입에 놀라면서도 태도를 유지했다. 하지만 거대한 권력을 앞에 두고, 자신의 상사에게 확인을 취했다.

나는 〈디멘션〉으로 그 판단을 확인했다.

대회 운영진은 당혹스러워하고 있었다.

연합국 간의 분쟁은 그들도 가능한 한 피하고 싶었다. 하지만 이렇게 대놓고 법을 어긴 자들을 그냥 눈감아줬다가는 차후의 『무투대회』에까지 악영향이 미치게 된다.

"──여, 역시, 어떤 기관이건, 『브아르홀라』에서 권력은 통하지 않습니다! 경비병 여러분! 소년 기사를 포박하세요! 그 밖에 날뛸 기미를 보이는 사람들도 포박하세요!"

『무투대회』의 기본 태도를 잃지 않고, 제3자의 개입을 용납하지 않았다. 그 판단에, 나는 일단 한 시름을 덜 수 있었다. 최악의 사태는 모면한 것이다.

하지만 페데르트와 후즈야즈의 기사들은 동요하지 않았다. 처음부터 주최측에서 개입을 허락하지 않는다 해도 명령을 실행할 작정이었으리라.

본토의 원로원들에게 있어, 로웬의 마석은 그만큼 중요한 물건인 모양이었다.

경비병들이 후즈야즈의 기사들에게 슬금슬금 다가갔다. 거기에 맞추어, 라스티아라 일행도 라이너에게 다가가려 했다.

라이너는 태연한 표정으로 대처하며 주위의 주의를 촉구했다.

"나를 노려보는 건 좋지만…… 당신들, 지금 그럴 여유가 있는 거야?"

그리고 검끝으로 라스티아라 근처의 기사를 가리켰다.

거기에는 척 보기에도 다른 기사들보다 훨씬 강해 보이는 기사들이 있었다.

"켁, 『셀레스티얼 나이츠』까지 끼여 있잖아……!"

라스티아라가 신음했다.

페데르트가 움직인 기사들 사이에, 『셀레스티얼 나이츠』 중 세 명이 섞여 있었다.

총장인 페르시오나 씨를 선두로 해서, 지난번 탈환작전 때 본 마법 특화 기사와, 백발이 섞인 장년의 기사, 이 두 사람이 동행하고 있었다.

장년의 기사──홉스 씨가 웃었다.

"하핫, 상황이 워낙 갑작스럽게 전개되는 바람에, 얼떨결에 포위망에 끼었네……. 우리도 후즈야즈의 염원을 빌미로 좀 빠져나갈 수 없을까……? 이봐, 총장. 이 기사들, 다처음 보는 사람들 같은데…… 이 녀석들은 대체 뭐야?"

"본토 족에서 파견돼 온 기사들이겠지.『셀레스티얼 나이츠』와는 아무 관계도 없어. 우리의 최우선 과제는 아가씨와 사도님을 탈환하는 것이다. 지금은, 이 틈에 섞여서 아가씨 일행을 되찾는 것만 생각해."

"알았어. 아가씨와 사도님을 기절시키기만 하면, 우리의 미션은 클리어 되는 셈이군. 군더더기가 없어서 좋네."

『셀레스티얼 나이츠』멤버들은, 자신들이 혼란을 틈타서 라스티아라와 디아를 빼앗으려 하고 있다는 걸 인정했다.

"자, 잠깐만 기다려 봐! 나중에 제대로 상대해줄게! 그러니까 지금은 잠깐 타임!!"

라스티아라는 곤혹스러운 표정으로『셀레스티얼 나이츠』를 제지했다.

하지만 그 말에 홉스는 그저 한층 더 크게 웃기만 할 뿐이었다.

"하하핫. 그게 말이지, 보아하니 여유가 없어 보이는 게, 이 아저씨 생각에는 지금 덮치는 게 잘 풀릴 가능성이 높아 보여서 말이야."

"아─, 환장하겠네, 예나 지금이나, 홉스의 그 짜증나는 성격은 여전하다니까!!"

"그래, 그래. 나처럼 재능 없는 아저씨는 비열하게 싸우는 수밖에 없다니까. 좀 이해해달라고, 아가씨."

『셀레스티얼 나이츠』들이 검을 뽑았다.

그 표적인 라스티아라와 디아가 경계태세를 취했다.

게다가, 성가시게도 관객석의 말썽은 이뿐만이 아니었다. 『셀레스티얼 나이츠』의 표적이 아닌 스노우 역시, 다른 세력의 표적이 되어 있었다.

"어머니…… 오빠……."

"스노우 씨. 지금 당신 곁에는 믿을 만한 기사가 아무도 없는 것 같네요. 후후, 이런 상황을 이용하지 않을 이유가 없지요. 당신은 제 겁니다. 그래요…… 누가 뭐래도, 제 거예요."

그리고 그 뒤에 대기하고 있던 워커 가문 정예 병력들에게 검을 뽑도록 지시했다.

즉, 내 동료들은 라이너를 포위한 게 아니라, 오히려 포위되는 형국이 된 것이다.

그 사실을 확인한 라이너는, 다른 세력에게 이 자리를 맡기고 이탈하려 했다.

"좋아……. 이제 이걸 갖고 도망치기만 하면——."

"멈추세요! 라이너! 당신 지금 대체 무슨 짓을 하는 거예요?!"

하지만, 움직이려 하던 라이너의 발밑에 바람의 칼날이

301

날아들었다.

그 마법을 내쏜 것은 라이너의 누나, 프랑류르 헤르빌샤인이었다.

예상치 못했던 적의 등장에, 라이너는 당황했다.

"이쪽으로 오지 마세요, 누님!『셀레스티얼 나이츠』는 이쪽이 아니라 신의 현신 쪽을 공격해야 하잖아요?! 공과 사는 구분해야 한다고 제가 대체 몇 번을 얘기했어요?! 분위기를 보면 대충 상황 파악도 될 거 아니에요?! 저는 원로원으로부터 별개의 업무를 맡아서 왔다고요!!"

라이너는 이성적으로 누나를 설득했다.

그러나 프랑류르는 흔들리지 않았다. 진지한 얼굴로 라이너의 퇴로를 가로막았다.

"알고 있으니까 이러는 거예요! 알고 있으니까, 저는 지금『셀레스티얼 나이츠』가 아닌 프랑류르 헤르빌샤인으로서 여기에 서 있는 것이에요! 라이너! 제는 당신에게 아무 얘기도 못 들었어요! 그래요, 아무 얘기도! 여기를 뚫고 지나가고 싶으면, 다른 사람 밑에서 일하는 입장이 아니라, 당신 자신의 말로 이 누나를 설득해보세요! 안 그러면, 저는 당신의 불성실한 행동을 용서하지 않겠어요!"

"크윽, 그 고집불통 성격은 어디 안 간다니까——."

싸움을 벌이는 남매 뒤에서, 다른 소녀가 내달렸다.

"——빈틈 발견임다! 가족에게 약한 성격도 어디 안 가네요!"

라그네의 『마력물질화』에 의해 늘어난 검의 칼끝이, 라이너가 들고 있던 검의 칼자루를 교묘하게 후려쳤다. 그 허를 찌르는 공격에, 라이너는 『아레이스 가문의 보검 로웬』을 떨어뜨려서, 라그네에게 빼앗기고 말았다.

"라, 라그네 씨?! 젠장, 또 그런 잔재주로 공격하다니! 당신도 『셀레스티얼 나이츠』의 일원이잖아요!"

"아니, 지난번에 명령을 어기는 바람에, 그쪽의 포박 작전에서 제외돼 버려서 말이다―. 한 마디로, 지금 나는 그저 프랑류르의 친구인 라그네 카이오크라일 뿐이라는 검다. 그러니까, 이 검을 돌려받고 싶으면 누나랑 찬찬히 얘기부터 해보십쇼, 라이너!!"

"지금, 여기서요?!"

라이너의 습격을 계기로, 연기만 모락모락 피워내던 불티들에 잇따라 불이 붙기 시작했다.

싸움이 금지된 관객석 여기저기서 검을 뽑는 모습이 보였다.

경비병들조차 누구를 먼저 제압해야 할지 고민해야 할 만큼 많은 수였다.

그런 가운데, 라그네는 『아레이스 가문의 보검 로웬』의 칼날을 쳐다보았다.

"그나저나, 이게 바로 『땅의 이치를 훔치는 자』의 마검이란 말이죠……. 호오……."

라그네는 지금껏 한 번도 본 적 없는 묘한 표정으로 중얼거렸다.

검의 광채에 매료되어 있다는 걸 한 눈에 알아볼 수 있었다.

마치, 동경하던 사람과 만난 사람 같은 표정으로, 검의 칼 끝을 손가락으로 어루만졌다.

가슴속이 수런거렸다.

나의 스킬 『감응』이 요란한 경보를 울려댔다. "그건 정말 곤란해"라고 절규하고 있었다.

다른 사람에게 넘겨주는 건 괜찮다. 하지만, 무슨 일이 있어도 라그네 카이오크라에게는 마석을 넘겨주지 말아야 한다는 직감이 들었다.

그 오한에 등을 떠밀려, 나는 움직이기로 결의했다.

어찌 됐건, 난장판이 된 이 상황을 그냥 구경만 하고 있을 수는 없었다. 리퍼를 안고서라도 움직이는 수밖에 없다.

"리퍼, 여기서 움직이자! 일단 동료들을 구해야겠어!"

"으, 응!"

나와 리퍼는, 라이너가 드나들면서 뚫은 결계의 구멍으로 향했다.

그러나 차분한 목소리가 그런 우리의 발걸음을 붙들었다.

"아니, 그럴 필요는 없어, 카나미. 지난번에 진 빚을 갚아주지. 이번에는 네가 쉴 차례다."

그 목소리의 주인은, 금빛 머리를 늘어뜨린 미남, 엘미라드 싯다르크였다.

이번에도 엘미라드가 내 생각을 읽고 미리 행동에 나선 것이다.

"——〈워터 와이어〉."

그리고 관객석에서 사정없이 물마법을 내쏘았다.

밧줄 같은 모양의 물이 꿈틀거리면서 라그네에게 덮쳐들었다.

검에 홀려 있던 라그네는 제때 반응하지 못했다. 닥쳐드는 물을 피하기는 했지만, 등 뒤에서 접근해 온 엘미라드를 미처 알아채지 못한 것이었다.

엘미라드는 아까 라그네가 라이너에게 했던 것처럼 허를 찔러서, 멋들어지게 검을 빼앗았다.

그것을 본 라이너가 절규했다.

"아, 아아!! 그거 빼앗기면 어떡해요, 라그네 씨!"

하지만 그는 결사의 각오로 막아서는 누나 때문에 움직일 수 없었다.

"아니, 오해 마십쇼. 방금 그건——."

라그네는 변명하듯이 고개를 휘휘 저었지만, 그 모습을 본 엘미라드는 어깨를 으쓱하며 나무랐다.

"우아하지 못하게 무슨 짓이지, 후즈야즈의 기사? 이건 전대미문의 사태야. 너희들도 시합을 보지 않았나?『영웅』카나미는『검성』로웬과 검을 걸고 싸워서, 승리했어. 다시 말해, 이 검은 카나미 거란 얘기지. 승자의 전리품을 빼앗는 건 좋게 보기 힘들겠는데."

느긋하게 얘기하는 엘미라드의 등 뒤에서, 후즈야즈의 기사들이 덮쳐들었다.

그러나 그는 검과 마법으로 우아하게 그 습격을 떨쳐내고, 춤추듯이 관객석 쪽으로 이동해서 길드『슈프림』일원들과 합류했다.

이렇게 해서, 후즈야즈의 기사들과 라우라비아의 기사들은 서로 눈싸움을 벌이는 고착상태에 빠져들었다.

"흐음, 후즈야즈 분들은 어지간히도 이 검이 탐나는 모양이군……. 본토의 원로원이 움직여 가면서까지 집착심을 보이다니 말이지. 하지만 내 기억이 옳다면, 이건 후즈야즈의 물건이 아냐. 이건 로웰 아레이스가 아이카와 카나미에게 물려준 거야. 그리고 그 둘은 모두 라우라비아의 백성들이었지. ……흐음, 그러니까 이걸 후즈야즈에게 넘겨줄 이유는 없는 셈이군."

엘미라르는 의뭉스러운 말투로 정론을 늘어놓았다.

그리고 후즈야즈의 기사들로부터 거리를 벌려서, 스노우가 있는 쪽으로 향했다.

그 도중에, 워커 가문 문주에게서 비난의 목소리가 날아들었다.

"싯다르크 경, 지금 뭘 하는 거지요……? 당신은 그저 당신의 약혼자를 되찾을 생각만 하면 되지 않습니까."

"아뇨, 잘못 생각하셨습니다, 워커 가문 문주님. 제가 제 약혼자를 되찾을 방법은, 저기 있는『영웅』을 물리치는 것밖에 없었습니다. 하지만 애석하게도, 저는 공공의 결투장에서 그에게 패배하고 말았죠. 적어도 이 『무투대회』가 끝나고 『브아르홀라』를 떠날 때까지는, 『영웅』과 그 약혼자인 스노우에게 손댈 수 없습니다. 그건 너무나도 꼴사나운 짓이니까요."

엘미라드는 워커 가문의 포위를 정면으로 돌파해서, 스노우 옆에 섰다.

스노우는 그의 생각을 이해할 수 없어서 어쩔 줄 몰라 하고 있었다.

당혹감에 빠진 일동을 무시한 채, 엘미라드는 선언했다.

"물론, 이 검은 나에게 역시 과분한 물건이다. 그러니까, 일단 약혼자의 환심을 사용하는 데 사용하는 수밖에."

그렇게 말하고, 그는 스노우에게 검을 넘겨주었다.

멀리서 발이 묶여 있는 라이너와 페데르트가 작은 비명을 내질렀다.

스노우는 검을 받아들고, 조그맣게 감사를 표했다.

"고, 고마워…… 엘……."

"고맙기는 뭘. 나는 신성한 결투를 지키려는 것뿐이야. 자, 스노우의 손으로 그 검을 본래 주인에게 전해주고 와. 이 결투의 마무리는 그게 제일 잘 어울려."

엘미라드의 말에, 스노우는 고개를 끄덕였다.

그리고 검을 치켜들고 외쳤다.

"디아 니임!! 검, 되찾았어요! 되찾은 사람은 바로 저, 스노우에요─!!"

"무슨 헛소리야, 스노우! 자초지종을 여기서 뻔히 다 보고 있었는데! 검을 되찾은 건 거기 그 느끼한 놈이었잖아!!"

"어, 어라?! 그럼, 이번 일은 제 공으로 안 쳐 주시는 거예요?!"

스노우는 내가 아닌 디아에게 보고하고 있었다.

그 모습을 본 엘미라드는 한숨을 지었다.

"그, 그쪽이 아냐, 스노우…… . 하아…… ."

기껏 엘미라드가 밥상을 차려주었건만, 스노우는 그 밥상을 뒤엎어버렸다. 하지만 어찌 됐건, 그 덕분에 디아가 폭주할 요인은 사라졌다. 이제야 도망치는 데에만 집중할 수 있게 된 것이다.

나는 그 감사의 마음을 말로 표현했다.

"고마워, 엘미라드! 최고야, 엘미라드! 이 보답은 언젠가 꼭 할게!!"

내 말을 들은 엘미라드는, 반쯤 몸을 돌려 이쪽을 돌아보며 웃었다.

나는 그와의 기묘한 우정에 감사하면서, 흩어져 있는 동료들에게 곧바로 지시를 내렸다.

"스노우! 그걸 들고 이리로 와! 디아, 라스티아라! 일단 한곳에 뭉치자!"

스노우는 고개를 끄덕이고, 검을 든 채 움직이려 했다.

하지만, 당연하게도 워커 가문 문주가 이끄는 강자들이

막아섰다.

"갈 수 있을 줄 알고요?!"

그 강자들 앞을 엘미라드가 막아섰다.

"훗, 오히려 그 반대입니다, 워커 가문 문주님. 당신들이
야말로 스노우에게 갈 수 있을 줄 아십니까? 길드『슈프림』
은 이 혼란을 틈타서 이성을 잃은 행동을 하려 드는 워커 가
문을 제지하기로 결정했습니다. 같은 대귀족으로서 그냥
눈감아줄 수는 없으니까요."

엘미라드를 대표로 한 여러 길드 정예병들이 끼어들었다.

그것을 본 워커 가문 문주는 욕지거리를 뇌까렸다.

"이름뿐인 대귀족 주제에……. 우리 워커 가문에 맞설 수
있다고 생각하는 건가요……? 글렌 씨…… 뭘 그렇게 넋 놓
고 서 있는 겁니까! 어서 스노우 씨를 붙잡으세요!!"

워커 가문 문주 뒤에는 여러 강자들이 즐비하게 도열해
있었다.

그 강자들 중 대표인 전직『최강』글렌 워커에게 지시가
떨어졌다.

그러나 당사자인 글렌 씨는, 워커 가문 문주에게는 눈길
도 주지 않은 채, 엘미라드에게 고개를 숙였다.

"싯다르크 경, 이것 참 고마운 전개군. 감사를 표하지."

뒤이어, 옆에 서 있던 초로의 사내에게 말을 건넸다.

그 남자의 이름은 펜릴 아레이스. 로웬이 없었더라면 지
금도『검성』이라 불렸을 사람이었다.

"스노우 씨는 괜찮은 것 같습니다. 그러니까, 계획대로 펜릴 씨는 사도님을 맡아 주십시오."

"그래, 다녀오지."

"저는 라스티아라를 구하기로 하죠."

짤막한 대화 후에, 글렌 씨와 펜릴 아레이스가 그 자리를 벗어났다.

"글렌 씨?! 역시 당신은——!!"

워커 가문 문주의 제지를 뿌리치고, 글렌 씨는 라스티아라가 있는 방향으로 내달렸다. 동시에 펜릴 아레이스는 디아 쪽으로 향했다.

펜릴 아레이스는 디아 곁에 서서, 친근하게 말을 건넸다.

"여, 시스. 멍청한 행동거지는 여전하군."

"아레이스 영감님……. 또 내 일에 훼방을 놓으려는 거야……?"

"아니, 이번에는 아니야. 대성당 때는 사정을 잘 몰라서 너를 방해하게 됐지만……. 이번에는 상황을 아주 잘 알고 있으니까. 해야 할 일을 놓치는 일은 없을 거다."

그는 디아를 보호하려는 듯 검을 뽑았다.

그리고 디아를 붙잡으려 드는 적들을 향해 그 검을 겨누었다. 그 위압감은 보통이 아니었다. 이제 검을 힘들기도 버거울 법한 나이이건만, 그 기세는 로웬에게도 밀리지 않을 정도였다.

주위의 기사들은 겁에 질려서, 단 한 명의 노인 때문에 포위망이 헐거워졌다.

"검성 공…… 아니, 아레이스 경……. 설마 후즈야즈를 방해할 작정인가요?"

"시합 후에, 조상님께 부탁을 받아서 말이지……. 게다가 개인적으로 아끼는 아이도 있어. 나는 온 힘을 다해서 아이카와 카나미와 그 동료들을 지원할 걸세……."

기사들 중 몇 명이 펜릴 아레이스의 사정거리 안으로 들어왔다.

그리고 본인의 말마따나, 펜릴 아레이스는 온 힘을 다해 그들을 요격했다.

나나 로웬이 아니면 막아내지도 못할 고속 일격에 의해, 기사들이 들고 있던 검들이 두 동강으로 쪼개져 버렸다.

펜릴 아레이스는 검을 정면으로 들어 칼끝으로 적들을 삿대질하며 선언했다.

"내 이름은 펜릴 아레이스. 아레이스 가문의 현직 문주이자, 마(魔)를 베는 검이다. 『검성』로웬의 후예라는 긍지를 품고, 그대들 앞에 서겠다. 내 검을 넘어서고자 하는 용사가 있다면 덤벼 보도록. 만 명의 용사가 덤벼든다 해도, 이 너머로는 지나갈 수 없다."

로웬과는 다른, 위엄 있는 선서였다.

그 근엄한 선서 앞에, 여러 기사들이 뒷걸음질 쳤다.

그리고 마침 순간, 바로 근처──라스티아라 곁에 글렌 씨가 도착했다.

"그래서, 글렌 씨는 어쩔 거지?"

라스티아라는 곁에 다가온 글렌 씨에게 단도직입적으로 물었다.

"『최강』의 칭호는 무사히 카나미 군이 물려받은 것 같고, 스노우 씨도 이제 걱정할 것 없어 보이고 하니, 이제 할 일도 없을 것 같지만……. 이번에는 라스티아라 편을 들기로 할게."

"좋았어! 그럼 거기 있는 『셀레스티얼 나이츠』와 후즈야즈의 추격자들을 다 상대해줘!"

"하핫, 라스티아라도 참 여전하다니까……. 하지만, 어쨌거나 부탁은 잘 들었어. 내가 책임지고 전부 다 제압해 주지."

글렌은 쓴웃음을 지으며, 품속에서 자신의 주 무기를 꺼냈다.

글렌은 연합국에서는 보기 드문 단도 사용자였다. 끈이 달린 단도 몇 자루를 꺼내 들고, 독특한 자세를 취했다.

"이래봬도, 한때는 『최강』 칭호를 갖고 있었으니까. 이 정도쯤은 해낼 수 있어."

그리고 이 자리에 있는 후즈야즈 기사 전원을 두고 '이 정도쯤'이라 표현했다.

그는 주위에 있는 기사들 전원을 노려보며, 라스티아라에게 마지막 한 마디를 건넸다.

"──그 대신, 앞으로 스노우 씨를 부탁해도 될까?"

"응, 알았어."

라스티아라는 그 자리를 글렌 씨에게 맡겨 두고 이탈하려 했다.

물론『셀레스티얼 나이츠』가 그런 그녀를 막기 위해 움직였다. 그러나 글렌 씨가 던진 단검이 그들을 가로막았다.

교전이 시작된 것을 확인하고 나서, 라스티아라는 드높이 뛰어 올랐다.

도약해서 관객석 안을 이동하며, 동료들에게 소리쳤다.

"디아, 스노우! 나를 꽉 붙잡아! 내달리자!!"

우선 펜릴 아레이스의 보호를 받고 있던 디아를 오른쪽 옆구리에 끼고, 뒤이어 엘미라드의 보호를 받고 있는 스노우의 손목을 움켜쥐었다.

곧이어, 수많은 사람들의 머리를 뛰어넘어 내달렸다.

나는 그 셋이 이탈하는 것을 확인하고, 멀리서 기회를 엿보고 있던 세라 씨와 마리아를 향해 소리쳤다.

"세라 씨도 마리아를 데리고 이쪽으로!!"

"그래, 그러지!!"

세라 씨는 대답과 함께 늑대 모습으로『짐승화』해서, 마리아를 태우고 관객석을 내달렸다.

동료 전원이 투기장 안으로 들어왔다.

라스티아라와 세라 씨가 많은 병사들을 따돌리며 달려오는 광경은, 대성당에서 라스티아라를 납치할 때의 내 모습을 연상케 했다.

그 때의 나에게는 동료가 얼마 없었다. 팰린크론에게 의지해야만 했을 만큼 절박한 상황이었다. 『최강』 글렌 씨도, 『검성』 펜릴 아레이스도 적이었다.

하지만 지금은 다르다. 내 주위에는 아군들이 가득하다.

그리고 스노우와 디아를 안은 라스티아라가 내 곁에 내려섰다.

마리아를 태운 세라 씨도 도착했다.

물론 그런 그녀들을 따라 여러 기사들과 병사들도 투기장 안으로 들어오려 했다.

하지만 내 동료들──『에픽 시커』 멤버들이 벽을 이루어서 그들의 침입을 저지해주었다.

『에픽 시커』 길드 멤버들의 움직임을 지휘하는 것은 서브마스터인 레일 셍크스였다. 레일 씨는 길드 멤버들에게 꼼꼼히 지시를 내린 후, 이쪽을 돌아보고 나를 향해 말했다.

"소년, 『시련』을 돌파한 것 같구나…… 『땅의 이치를 훔치는 자』와 『어둠의 이치를 훔치는 자』, 두 사람의 『시련』을……."

"네."

나는 짤막하게 대답했다.

지난번, 팰린크론이 나에게 마법을 걸었을 때, 그도 같은 자리에 있었다. 아마 이 자리에 있는 이들 중에 팰린크론과 가장 깊은 인연이 있는 게 아마 그일 것이다.

그런데 그런 그의 눈매는, 이 자리에 있는 이들 중에 가장 다정했다.

그런 눈매로 나와 마리아를 쳐다보면서, 레일 씨는 속내를 털어놓았다.

"……솔직히, 너희들 힘으로는 돌파 못 할 거라고 생각했어. 재능은 있지만, 마음은 나약하다고 생각했거든. 자신에게 편한 세상이 눈앞에 있으면, 그 안식에 젖어서 세월을 보낼 거라고…… 그렇게 생각했지. 아니, 어쩌면 내가 그렇게 바랐던 것뿐인지도 모르지만."

"아뇨, 제 마음은 지금도 나약해요. 아마 혼자 힘으로는 벗어날 수 없었겠죠. 여기까지 다다를 수 있었던 건, 레일 씨 덕분이기도 해요."

나는 적인 레일 씨에게 고개를 숙여 인사했다.

"……나에게 원한은 없나?"

레일 씨는 놀란 기색이었다.

어쩌면 그는 지금 이 자리에서 내 손에 죽어도 할 말이 없을 거라는 각오까지 품고 이렇게 모습을 드러낸 건지도 모른다.

"원한이 없다면 거짓말이겠죠. 하지만, 당신은 레일 씨는 팰린크론과는 달라요. 레일 씨는 저를 결박하고 있을 때도 제 몸을 걱정해줬어요. 제가 기억을 잃었을 때도, 저를 위해서 최선을 다해줬어요. 똑똑히 기억하고 있어요. 레일 씨가 저와 마리아의 행복을 진심으로 바랐다는 걸요."

"하, 하핫……. 그것도 다 연기였을 지도 모르잖아……?"

315

"상관없어요. 무엇보다, 당신은 『에픽 시커』에 필요한 사람이에요. 여기서 당신을 처치해버리면, 기껏 이렇게 유명세를 쌓은 『에픽 시커』가 붕괴돼버리잖아요."

그 점만은 의심의 여지가 없었다.

미숙한 내가 길드마스터로 앉아 있었던 데다, 의욕 없는 스노우와 팰린크론이 서브마스터를 맡고 있던 길드 『에픽 시커』. 그 길드가 무사히 돌아간 건, 마지막 서브마스터인 레일 씨 덕분이었다.

나는 진심으로 레일 씨를 존경하고, 칭송했다.

그 말을 들은 레일 씨는, 가만히 "못 당하겠군"이라고 뇌까렸다.

그리고 진지한 표정으로, 지난번에 한 약속을 완수하려 했다.

"……너는 분명히 『땅의 이치를 훔치는 자』를 물리쳤다. 그 증거인 마석도 거기에 있고. 약속했던 대로, 내가 알고 있는 것들을 다 가르쳐주마."

레일 씨의 말에 거짓은 없어 보였다. 레일 씨도 멜린크론도, 이런 거래를 하면서 거짓말은 하지 않는다. 그렇기에, 나도 진지한 표정으로 고개를 끄덕였다.

"만약 그 녀석을 뒤쫓고 싶으면, 서쪽 대륙……『본토』쪽으로 가면 될 거다. ……팰린크론은 너를 『싸움의 불씨』로 키우려고 획책했어. 그 녀석은 워낙 비밀주의자라서 나도 자세한 것까지는 모르지만, 일이 커지면 커질수록 녀석이

기뻐할 거라는 건 틀림없을 거다. 그 녀석을 뒤쫓으려면, 최대한 조심하는 게 좋을 거야."

레일 씨는 팰린크론의 동료일 터였다.

그런데도 마치 팰린크론이 아닌 내 동료인 것처럼, 내 여정의 안전을 기도해 주었다.

"레일 씨는 팰린크론의 동료 맞죠……?"

"그래, 맞아. 그러니까 아직 내 말을 곧이곧대로 믿지는 마. 그냥 마음속 한 구석에 간직해주는 정도면 충분해."

"왜 당신 같은 분이 그런 녀석이랑 같이——."

"워낙 질긴 인연이라서 말이지. 녀석은 성격 더럽고, 거짓말쟁이고, 사악하고, 돼먹지 못한 놈이지만…… 내 친구야……. 그런 놈이라도 말이지……."

나는 모르는, 어린 시절부터 이어진 인연이 있었던 것이리라.

결국 그런 식으로 납득하고 넘어갈 수밖에 없었고, 레일 씨와의 대화는 그것으로 끝났다.

보상은 확실히 받았다. 그러니 이제 남은 일은 라우라비아에서의 생활을 청산하는 것뿐이다.

나는 우리를 지켜주고 있는 모든 길드 멤버들에게 마지막 인사를 건넸다.

"……여러분, 들어주세요! 길드마스터로서『에픽 시커』여러분에게 선언하겠습니다! 지금 이 시간을 기해서, 저와 스노우 워커는 길드에서 탈퇴하겠습니다!"

지나치게 일방적인 행동이었지만, 그래도 나는 선언해야만 했다.

나는 가짜 기억을 가진 채 『에픽 시커』에 있었다. 그것은 그들에게 거짓말을 해온 것과 마찬가지일 것이다. 진정한 나는 길드라는 조직에서 살아갈 수 없는 인간이었다. 그 사실을 모두에게 고백했다.

"뒷일은 레일 씨와 테일리 씨와 보르자크 씨, 이 세 분에게 맡기겠습니다! 이 세 분이야말로 서브마스터로서 가장 이상적인 분들이에요. 그리고 길드마스터는 다시 공석으로 남겨두겠습니다. 아마, 앞으로도 계속 공석일 거예요. 왜냐하면, 길드마스터의 자리에 어울리는 『영웅』은 세상 어디에도 없으니까요. 세상 어디에도……!"

규탄의 목소리와 욕지거리 정도는 각오하고 있었다. 하지만 내 탈퇴 선언을 들은 길드 멤버들의 반응은 평온하기 그지없었다.

먼저 보르자크 씨가 내 선언에 대답했다.

"그렇게 침울한 표정 짓지 마, 마스터. 팰린크론의 사기에 당해서 억지로 길드마스터 자리를 떠맡은 거였잖아? 그 정도는 우리도 이미 다 알고 있다고. 잘못은 거의 다 팰린크론 녀석에게 있으니까, 신경 쓰지 말고 가."

내가 탈퇴할 것을 이미 알고 있었던 모양이었다.

다른 길드 멤버들도, 준결승 때의 내 절규를 들었을 때부터 사정을 이해하고 있었던 듯, 모두들 보르자크 씨와 같은 표정이었다.

그리고 멤버들은 저마다 내게 작별의 말을 남겼다.

마지막 순간까지, 나를 마스터라고 부르면서…….

"잘 가라고, 마스터. 뭐, 어차피 우리 쓰레기 서브마스터가 데려왔던 유망주들은 모조리 다 중도에 탈퇴했으니까. 실은, 언젠가 이렇게 될 거라는 것쯤은 전부터 알고 있었어."

"우리 귀여운 서브마스터를 잘 부탁해, 마스터. 울리면 용서 안 할 줄 알아. ……그리고, 나중에 라우라비아에 돌아오거든『에픽 시커』에 들렀다 가렴. 다음에는 상처 하나 정도는 내주고 말 테니까."

"그렇게 절규를 해 댔으니, 사정을 모르고 싶어도 모를 수가 있어야지. 마스터는『영웅』이 아니다, 그러니까 여기에 있을 수는 없다, 그런 거잖아? 그래도 고맙다. 나쁘지 않은 나날이었어. 마스터가 바로 우리가 갈망하던『영웅』일 거라는 꿈을 꿀 수 있었으니까…….."

작별하는 순간까지, 『에픽 시커』 멤버들은 특이했다.

나라는『영웅』을 동경했던 그들이었건만, 나라는 존재가 계속『에픽 시커』에 있을 리가 없다는 확신을 갖고 있었다고 입을 모아 고백했다.

하나같이 후련한 표정으로 나를 배웅해주었다.

단지 그것뿐이었건만, 어쩐지 눈물이 날 것만 같았다.

나도 길드 멤버들과 같은 표정으로 작별인사를 건넸다.

"그동안 정말 신세 많이 졌습니다……!『에픽 시커』는 앞으로도 여러 사람들을 위해 활동해주세요!!"

작별을 고하는 동시에, 마법을 구축했다.

남은 마력을 모조리 쏟아 부어서, 하늘에서 눈을 뿌렸다.

하얀 눈에 덮여 가는 나를 보고, 사람들의 벽에 막혀 있던 사회자가 소리쳤다.

"어, 어라? 카나미 씨! 혹시 도망치려는 겁니까?! 아직 인터뷰와 시상식이 남아있는데! 수많은 식전과 기념제가 남아 있단 말입니다!!"

"저기…… 죄송합니다. 전부 사양할게요……."

"그럴 수가! 여기서 카나미 씨 일행이 떠나 버리면, 우승자도 준우승자도, 4강 멤버들까지 모조리 사라져버리잖습니까?!"

"그건, 저기, 안타깝게 됐네요……."

"이러시면 안 돼요! 운영진 입장에서 이건 너무 치명적이란 말입니다!"

사회자와 마지막 대화를 나누고 있는 사이에 관객석에서 치고받고 있던 사람들도 투기장 안으로 들어오기 시작했다.

나는 사회자와의 대화를 끝맺고, 이쪽으로 접근해 오는 워커 가문 사람들을 향해 선언했다.

"죄송하지만, 스노우는 제가 데려갈게요! 스노우는 밖으로 나가고 싶다고 했어요! 저는 그 소원을 들어주고 싶어요!!"

뒤이어, 옆에서 스노우가 고개를 숙이며 인사했다.

"다녀올게요……. 여러분, 지금까지 정말 고마웠어요……!"

그 작별인사에 답한 것은, 워커 가문이 아닌『에픽 시커』 멤버들이었다. 그 모두를 대표해서, 테일리 씨가 스노우에게 한 마디 인사를 건넸다.

"잘 다녀오렴, 스노우⋯⋯."

그 너머에서, 보르자크 씨도 이쪽에 등을 돌린 채 말없이 손을 흔들고 있었다.

멤버들의 따뜻한 배웅에, 스노우는 웃음을 가득 머금은 얼굴로 손을 흔들어 화답했다.

뒤이어 나는 후즈야즈 사람들에게 선언했다.

"물론 라스티아라와 디아도 데려가야겠어요! 이 둘은 여러분의 도구가 아니에요! 제 동료란 말입니다!!"

『셀레스티얼 나이츠』 일행은 전직『최강』이었던 글렌 씨에 대해 패배를 인정하고, 완전히 배웅 모드로 들어가 있었다. 라그네는 아예 티 없이 해맑은 얼굴로 이쪽을 향해 양손을 흔들고 있었다.

그녀들은 이제 아예 형식적으로 일하는 시늉만 하고 있었다.

아직도 미련을 버리지 못하고 있는 것은, 원로원의 지시를 받고 온 페데르트 일행뿐이었다.

멀리서 갖가지 악다구니를 쓰고 있는 것 같았지만, 글렌 씨와 펜릴 아레이스 때문에 투기장 안에 들어오지도 못하고 있었다.

그리고 나는 마지막으로, 약간 떨어진 곳에 있는『셀레스티얼 나이츠』 중 한 명을 지명해서 말했다.

"라이너! 우리는 펠린크론을 쫓아갈 거야! 만약 네가 아직도 원수를 갚고 싶다면, 『본토』까지 따라오도록 해! 거기서 승부를 내자!!"

누나의 방해 때문에 끝끝내 움직이지 못하고 있던 라이너는 씁쓸한 표정이었다.

좋아, 이제 할 말은 다 마쳤다.

이제 남은 건 감사인사뿐이었다.

나는 하얀 눈을 흩뿌리며, 눈보라 속에 큼직한 『커넥션』의 문을 생성했다.

그리고 그 문을 열면서, 모든 관객들을 향해 소리쳤다.

마이크에 못지않은 우렁찬 목소리로, 감사의 말을 전했다.

"그럼 여러분!! 안녕히 계세요!! 지금까지 보내주신 많은 성원, 진심으로 감사합니다!!"

그 작별인사에, 관객들은 메아리와도 같이 우렁찬 함성으로 답했다.

관객들은 시합 후에 벌어진 난투까지도 즐기고 있었다. 지금까지 유례가 없었던 『무투대회』의 결말에 만족하고 있는 모양이었다.

오늘 들은 것 가운데 최고의 박수갈채 속에, 우리는 눈 속으로 사라져 갔다.

"언젠가 어디선가 또 만나요——!!!!"

그런 말을 남기고, 우리는 〈커넥션〉 문으로 들어갔다.

대극장선『브아르홀라』에서, 나, 리퍼, 라스티아라, 디아, 마리아, 스노우, 세라 씨, 이 일곱 사람이 사라졌다.

　물론, 그와 동시에 〈커넥션〉의 문도 사라졌기에, 아무도 우리 뒤를 쫓아올 수 없었다. 완벽한 도망에 성공한 것이다.

　——이렇게 해서, 우리의 기나긴『무투대회』가 끝났다.

　나는 미궁의『시련』하나를 더 클리어했다.

　게다가 이번 승리는 단순한 승리가 아니었다. 단 한 명도 빠진 사람 없이…… 무엇보다, 모두 다 웃으면서 극복해냈다.

　이보다 더 큰 승리는 없을 것이다.

　그런 확신이 들 만큼 완벽한 결말을 남긴 채, 우리는『브아르홀라』를 떠났다.

5. 에필로그

연합국 남쪽 끝에 위치한 국가, 글리어드.

글리어드는 연합국 가운데 유일하게 바다에 접해 있고, 많은 항구를 갖고 있었다. 대극장선『브아르홀라』에서 〈커넥션〉을 통해 도망친 우리는, 그 항구들 중 한 곳을 찾았다.

새까만 바다 위에는 수많은 배들이 질서정연하게 줄지어 뜬 채, 잔잔한 파도 소리에 맞추어 출렁이고 있었다.

고요하기 그지없는 밤이었다. 『무투대회』가 끝난 브아르홀라의 강에서는 지금쯤 이 바다와는 딴판으로 시끌벅적한 축제가 벌어지고 있을 거라 생각하니, 한층 더 고요하게 느껴졌다.

그런 정적 속에서, 라스티아라의 목소리가 울려 퍼졌다.

"어때? 이 정도면 저 배를 팔아도 되지 않겠어?"

지금 우리는 항구에서 한 상인에게 말을 걸고 있었다.

캄캄하고 고요한 항구에서 얘기를 하고 있으니, 마치 무슨 밀거래라도 하고 있는 것처럼 보였다. 아니, 실제로도 밀거래를 하고 있지만.

라스티아라 뒤에 서 있던 나는, 더 먼 뒤쪽에 떠 있는 배 한 척 쪽으로 눈길을 돌렸다.

그렇게 큰 배는 아니었다. 마석을 이용한 장식이 과도할 정도로 달려 있어서, 척 보기에도 고급 선박임을 알 수 있었다.

우리의 현재 목적은 이 배를 입수하는 것이었다.

글리어드까지 도망쳐 온 우리는, 처음에는 아무 배편이나 골라 타고 바다로 나서려 했었다. 그런데 라스티아라가 그런 방침에 태클을 걸고는, 우리 배를 하나 갖자면서 흥분한 얼굴로 주장하기 시작했다.

그녀의 주장인즉슨, 누구나 예측할 수 있는 기존 배편으로 도망쳤다가는 추격자에게 덜미를 잡히기 십상이라는 것이었다.

충분히 납득이 가는 주장인 데다, 장래를 고려하면 나쁜 제안은 아니었다.

배 안에 〈커넥션〉을 설치해둘 수 있게 되면, 배로 여행하면서도 쉽게 미궁탐색을 할 수 있게 된다. 그저 라스티아라가 자기 배를 갖고 싶어 하는 것뿐이라는 생각도 들었지만, 결국에는 파티원 전원이 찬성했다.

이렇게 해서, 우리는 한밤중이 될 때까지 글리어드에서 몸을 숨겼다가, 밤중에 비정규적인 방법으로 배를 구입하기로 한 것이었다. 한 번 더 말하지만, 이건 역시 밀거래다.

"이, 이거 놀랍군요……. 도대체 무슨 수로 이 짧은 기간에……."

우리가 눈독들이던 배를 소유한 상인은, 라스티아라가 열어 보인 돈주머니 속을 들여다보고는 마른침을 꿀꺽 삼켰다.

"그동안 찔끔찔끔 돈벌이를 해서 가져온 거야. 현찰을 가져오면 팔 거라고 그랬었지? 시세의 2배에, 이것저것 더 보탠 현금이야. 이 정도면 불만 없겠지?"

라스티아라는 강압적으로 거래를 진행했다.

다소 협박처럼 들리는 말투였지만, 우리도 지금은 여유가 없으니 말릴 수는 없었다.

지금 나는 라스티아라가 언급한 '찔끔찔끔 돈벌이'를 실행하느라 상당히 기진맥진한 상태였다. 설마 로웬과의 시합을 마친 뒤에 카지노로 끌려가서, 스킬 『감응』까지 쓰게 되는 신세가 될 줄은 생각도 못 했었다.

"네, 그건 좋습니다만……. 그래도 고작 일곱 명이서 이 배를 몰겠다는 건 너무 무모해요!"

"고작 일곱 명이니까 이 배를 고른 거야. 이 배는 마력만 있으면 그럭저럭 굴릴 수 있는 녀석이잖아?"

"네, 그건 그렇지만……. 그래도 그건 수백 명의 마법사들이 마력을 쏟아 부어야 한 번 항해할 수 있을 만큼 연비가 형편없는 물건인데요? 그래서 헐값으로 내놓은 물건이고요."

값을 듬뿍 쳐주는 우리를 우량고객이라 판단한 상인은, 배에 하자가 있다는 사실을 곧이곧대로 자백했다.

하지만 라스티아라는 그런 식으로 말하면 말할수록 오히려 더 신이 나서 달려드는 성격인 것이다. 다루기가 너무 까다로워서 아무도 안 살 것 같은 이 물건을, 라스티아라는 아까부터 장난감을 탐내는 어린아이 같은 눈으로 쳐다보고 있었다.

이미 너무 늦었다.

마음 같아서는, 언제 폭발해도 이상할 게 없는 이런 배가 아니라, 풍력을 주 동력으로 사용하는 안전한 배를 구하고 싶었다. 그러나 라스티아라를 말리기에는 이미 너무 늦었다.

〈디멘션〉으로 확인한 결과, 이 배의 구조가 튼튼하다는 건 알 수 있었다.

하지만 일반적인 배보다 폭발 가능성이 높은 불씨가 많다는 것도 사실이었다. 고가의 마석을 다량 사용했다는 게 꼭 편리하기만 한 건 아니다. 편리함과 비례해서 위험성도 내포하고 있는 것이다.

게다가 그 마석제 선박에 디아, 라스티아라, 마리아, 스노우라는 폭탄소녀 넷까지 타게 되는 지경이니——불안감이 더해지지 않을 수가 없었다.

지난번에 불타 버렸던 불쌍한 고급 저택이 떠올랐다.

이 배는 그와 같은 운명을 맞게 하지 않겠다고 결의했다. 같은 실수는 두 번 다시 되풀이하지 않는다. 그 날과는 달리, 지금 내게는 믿음직한 스킬도 있다. 이번에는 분명 괜찮을 것이다.

최상급 스킬『감응』이 "무모한 짓이다"라며 말리는 것 같은 기분도 들었지만…… 그래도 나는 절대로 운명에 지지 않겠다고 마음속으로 거듭 다짐했다.

"——좋아, 그럼 거래는 성립된 거지? 좋아, 디아, 고!"

마력이 필요하다는 얘기를 들은 라스티아라는, 뒤에 서 있던 디아를 배로 보냈다.

디아는 고개를 갸웃거리면서 배 쪽으로 다가갔다.

"으음, 배를 만지고 마력을 흘려보내면 되는 거야?"

"응, 부탁할게. 이 중에서 마력이 제일 높은 건 디아니까."

"알았어. 한번 해볼게——."

디아의 막대한 마력이 배로 흘러들었다.

마력의 여파에 바다가 물결치고, 배가 어렴풋이 빛나기 시작했다.

"이, 이럴 수가?!"

상인은 비명을 내지르다시피 했다.

일반인이라면 그 마력의 파동만 얻어맞아도 엉덩방아를 찧을 만큼 막대한 마력이었다. 하지만 그는 상인의 근성을 발휘해서 가까스로 목소리를 틀어막았다.

"거봐, 괜찮잖아?"

라스티아라는 의기양양하게, 마력이 가득 찬 배를 가리키며 상인에게 말했다.

상인은 말문이 막혔다.

우리가 마련해간 대량의 금화도, 아담한 소녀가 내뿜은 마력도, 모든 것이 비정상이었다. 머리가 상황을 따라가지 못하고 있는 기색이 역력했다.

넋이 나가 있는 상인의 태도를 거래 성립의 표현으로 받아들인 라스티아라는, 계속 얘기를 진행시켜 나갔다.

"카나미, 리퍼, 배 관련 자료는 다 읽었어?"

당장이라도 뛰쳐나갈 것 같은 기세로, 우리에게 최종 확인을 취했다.

"나도 리퍼도 이미 다 읽었어. 배의 구조도 이해했어. 아마, 우리 일곱 명의 힘이면 충분히 운항할 수 있을 거야."

"응, 나도 대충 다 알았어. 이거 진짜 재미있는 배더라니까!"

라스티아라가 상인과 얘기하는 동안, 나는 리퍼와 함께 두툼한 자료를 읽고 있었다.

차원마법사는 〈디멘션〉을 이용한 속독 능력도 있어서, 이런 때 참 편리했다.

"오케이! 〈커넥션〉 설치도 끝났고, 보급도 다 됐어! 준비 완료! 자, 돈 받아, 상인 아저씨! 그럼 모두들, 배에 탑승―!"

라스티아라는 금화가 든 보따리를 상인에게 억지로 떠넘기고, 신이 나서 배로 향했다.

세라 씨와 스노우가, 라스티아라의 그 묘한 흥분에 어울려주듯이 "오, 오―"하고 복창하면서 뒤를 따랐다.

밤중이니까 좀 조용히 했으면 좋으련만.

왜 배 측면으로 올라타는 거냐……. 사다리가 멀쩡히 걸려 있는데…….

나는 마음속으로 동료들에 대해 볼멘소리를 늘어놓으며, 상인을 향해 꾸벅 고개를 숙여 인사하고 배에 올라탔다.

물론, 사다리를 이용했다.

그리고 배 갑판에 전원이 다 모이자, 라스티아라가 잔뜩

신이 난 목소리로 선언했다.

"그럼, 이 배의 이름은『리빙 레전드호』로 하자! 불만 없지?!"

"리빙 레전드(살아있는 전설)……?"

너무 오버하는 이름이 아닌가 싶었다.

앞으로 여러 나라를 돌아다녀야 할 배에 붙이기는 부적합한 이름이다. 내 생각은 그랬다.

하지만 라스티아라의 미소가 워낙 찬란했기에, 나는 반대 의견을 피력할 타이밍을 놓쳤다.

호들갑스럽게 박수치는 스노우 옆에서, 세라 씨가 나를 쏘아보았다.

"이 자식…… 아가씨의 네이밍 센스에 대해 불만이라도 있는 거냐……?"

"아니, 불만이 있는 건 아니고……."

사실 따지고 보면 내가 생각해낸 마법명도 썩 다를 건 없으니, 나도 남의 네이밍 센스를 지적할 처지는 아니다.

흥분해서 뱃전으로 달려가는 라스티아라를 무시한 채, 나는 출항 준비를 시작했다.

"리퍼, 넌 위치 알지? 잠깐 보조동력부에 불 좀 붙이고 와 줘. 나는 닻도 올리고 돛도 펼쳐야 되니까."

"응, 알았어. 다녀올게."

리퍼는 〈디멘션〉을 전개해서, 거침없이 배 안을 돌아다녔다.

대량의 마석으로 만들어진 배『리빙 레전드호』는, 바람이나 파도에 의존하지 않는 동력을 보유하고 있다. 자료를 읽은 리퍼는 그걸 알고 있었다.

　우리는 각자 흩어져서 마스트에 올라가 돛을 펼쳤다.

　이 배는 순수한 범선이 아닌 만큼, 돛의 수는 얼마 되지 않았다. 그래도 문외한인 우리에게는 상당히 고된 작업이었다. 리퍼가 돌아온 뒤로도, 출항 준비는 좀처럼 끝나지 않았다.

　모든 자료를 다 머릿속에 집어넣은 나와 리퍼가 교대로 지시를 내리고, 한참의 시간을 소모한 끝에야 가까스로 준비가 갖춰졌다.

　그리고『리빙 레전드호』가 묵직하게 파도를 가르며 조금씩 바다로 나아가기 시작했다.

　"오, 움직였다, 움직였다! 끝내줘! 이게 바로 배구나! 영웅담의 필수요소인 배!!"

　"우와ㅡ, 굉장해! 바다 위를 나아가고 있어, 라스티아라 언니!"

　가장 흥분하고 있는 건 라스티아라였다. 그 다음은 리퍼였다. 이 두 사람은 바다 자체가 처음인지도 모른다.

　"드디어 움직이는군……. 그나저나 이거, 이대로 나아가도 괜찮은 거야……?"

　"걱정 마, 카나미. 이런 건 대충 하다 보면 다 되는 법이야, 대충 하다 보면!"

라스티아라는 여전히 아무런 계획도 없었다. 아마 자기 센스를 바탕으로 한 자신감이 있는 거겠지만, 그래도 커다란 위험부담이 있다는 건 분명했다.

하는 수 없이, 나는 리퍼를 불러서 갑판에서 지도를 폈다.

"리퍼, 당분간은 〈디멘션〉을 이용해서 항해하자. 교대로 하면 조난당하는 신세는 면할 수 있을 거야."

마법을 동원해서 우격다짐으로 해결하는 수밖에 없었다.

육지를 따라서 움직이면, 우리의 어설픈 항해술로도 그럭저럭 버틸 수 있을 것이다.

리퍼와 의논해가면서, 우리는 배의 방향을 조정해 나갔다.

그런 끝에 가까스로 본토행 항로를 도출해 내고, 운행을 안정시키는 데 성공했다.

일단 한숨을 돌린 우리들은, 갑판 중앙에 있는 커다란 테이블 주위에 앉았다.

라스티아라, 디아, 마리아, 스노우, 리퍼, 세라 씨. 믿음직한 동료들이 주욱 늘어앉았다.

지금까지는 많아봤자 세 명 이하의 파티에만 의존해 왔다.

그런 만큼, 현재의 7인 파티는 그야말로 압권이라 해도 과언이 아니었다. 모두의 얼굴을 둘러보며, 나는 리더로서 발언했다.

"──모두 잘 들어. 우리의 목적지는 『본토』야. 『본토』에 있는 팰린크론을 추적할 생각이야."

간결하게 현재의 목표를 선언했다.

틈틈이 짬을 내서 미궁 탐색도 병행할 생각이지만, 기본적으로는 팰린크론 수색을 중점적으로 수행할 계획이었다.

솔직히, 지금 당장이라도 동생을 위해 최심부로 향하고 싶었다. 하지만 팰린크론이라는 사내는 그런 내 조바심을 능숙하게 활용할 줄 아는 자다. 순서를 틀리는 실수는 두 번 다시 범하지 않을 작정이었다.

팰린크론이라는 이름을 들은 동료들은 제각각 다른 반응을 보였다.

"팰린크론을 그냥 내버려둘 수는 없어. 지금 그 녀석 안에는 가디언 티다의 마석이 있으니까."

가디언의 마석.

후즈야즈의 고위층들은 이것을 손에 넣는 데 혈안이 되어 있었다. 그리고 가디언의 마석에는 그럴 만한 힘이 있었다.

팰린크론과 마리아의 스테이터스 변화만 보아도, 그 점은 의심의 여지가 없었다.

가디언의 힘을 얻은 팰린크론. 내 눈이 닿지 않는 곳에서 그 녀석이 무슨 꿍꿍이를 꾸미고 있을지 모른다는 생각만으로도, 나의 불안은 평생토록 해소되지 못할 것이다.

"……아니, 그건 그냥 구실일 뿐이야. 아마, 나는 그저 팰린크론을 용서할 수 없어서 이러는 거야. 그냥 용서가 안 돼서, 그 녀석과 결판을 지으려는 거야."

성탄제 날, 나는 팰린크론과 싸워서 패배했다.

하지만 이번에는 기필코 그 녀석을 이길 것이다. 그만한 자신이 있었다.

나는 『시련』을 넘어서면서 강해졌다.

『불의 이치를 훔치는 자』와 『땅의 이치를 훔치는 자』로부터 많은 것들을 배웠다. 그 가르침들이, 분명한 힘이 되어 내 몸에 깃들어 있다.

"언젠가 틀림없이 그 녀석과 싸우게 될 거야……. 그 싸움에――."

그리고 동료들이 있다.

혼자서 싸울 필요는 없다. 목숨을 건 싸움 끝에 그 점을 깨달았다.

"너희들도 힘을 빌려줬으면 해."

나는 부탁했다.

같은 실수를 되풀이하지 않기 위해서라도, 진심으로 동료들의 도움을 받고 싶었다.

그런 내 부탁을 들은 동료들은, 한 명씩 천천히 입을 열었다.

"그야 당연한 거 아냐? 오히려, 혼자서 갈 생각이었다면 더 화났을 거야."

먼저 라스티아라가 당연하다는 듯 대답했고,

"나도 그 녀석은 용서 못해. 칼부림에 당한 빚은 꼭 갚아주고 말 거야……!"

디아는 분노에 차서 주먹을 움켜쥐었고,

"같이 갈게요, 카나미 씨. 이제 다시는 떨어지지 않겠다고 약속했으니까."

마리아는 온화한 미소를 띤 채 찬동했고,

"서로가 서로를 지탱해 주는 게 파트너니까. 게다가 팰린크론은 내 적이기도 하고……."

스노우는 어제의 약속을 떠올리며 고개를 끄덕였고,

"그 사람, 엄청 못된 사람인 것 같으니까. 기분 내키면, 나도 도와줄게."

리퍼는 가벼운 말투로 장담했고,

"아가씨를 위한 일이다. 일단은 네 지시에 따르도록 하지."

세라 씨는 근엄하게 고개를 끄덕였다.

그런 모두의 모습을 보고, 나는 실감했다.

이제야 가슴을 펴고 말할 수 있었다.

이 드넓은 이세계에서, 나는 더 이상 혼자가 아니다.

"……고마워."

저절로 그 말이 흘러나왔다.

그 감사의 말에는 갖가지 감정이 담겨 있었다.

동의를 얻은 것에 대한 기쁨뿐만이 아니었다.

훨씬 더 복잡하면서, 훨씬 더 단순한 의미도 담겨 있다.

그리고 그런 내 마음을 형상화하듯이, 밤하늘이 빛이 비추었다.

──새벽이 찾아왔다.

교섭이며 출항 준비 등에 쫓기는 동안, 우리도 모르게 아침이 다가와 있었던 모양이다.

하얀 태양이 수평선 위로 떠오르려 하고 있었다.

황금색 아침노을이 바다를 비추기 시작하고, 바다가 그 빛을 반사해서 반짝였다.

그 새벽을 맞이하며, 나는 출발을 외쳤다.

"──가자, 얘들아! 이대로 『본토』까지 곧바로 나아가는 거야!!"

그리고 배가 출항했다.

새로운 출발을 맞이해, 나는 동료들과 함께 나아갔다.

이 이세계에서 나는 지크프리트 비지터가 아닌 아이카와 카나미로 살아갈 것이다.

그 곁에는 믿음직한 동료들이 있다. 내가 좋아하는 게임에 비유하자면, 이것이야말로 최고의 파티라 할 수 있었다.

황금색으로 반짝이는 바다 위로, 하얀 물결의 꼬리를 단 『리빙 레전드호』가 수평선을 향해 나아갔다.

목적지는 『본토』.

이세계에 표류한 아이카와 카나미의 진정한 모험이──

이제야 정말로 시작된 것 같다는 생각이 들었다.

6. 꿈의 끝

그것은 청년이 친구들 앞에서 끝을 맺는 순간에 꾼 꿈.

싸움이 끝나고, 빛의 입자로 변해 사라져 가는 동안──.

눈부시도록 하얀 빛 속에서, 밤색 머리의 청년 로웬 아레이스는 환상을 보았다.

예전에 꾸었던 꿈의 다음 내용을──.

◆ ◆ ◆ ◆ ◆

──쓸쓸하고 황량한 저택에서, 갈색 머리의 소년은 친구들을 불렀다.

많은 아이들이 찾아와서 저택 안을 뛰어 다녔다.

아이들은 귀족이 아니라, 어디에나 흔히 있는 평민 아이들이었다.

결국, 소년은 귀족 아이들의 틀 속에 들어가지 못했다. 하지만, 그 덕분에 훨씬 더 근사한 친구들을 얻은 것 같았다.

그 틀 안에서, 아이들의 흉내 놀이가 시작되었다.

기사들이 하는 것처럼 나뭇가지로 칼싸움 놀이를 하는 것이다. 저마다 실력을 겨루고, 웃으면서 나뭇가지 검을 휘두르고 있었다.

밤색 머리의 소년은, 그 아이들 중에서 최고의 실력자였다.

사실 그건 당연한 일이었다. 소년은 지금까지 하루가 멀다 하고 검을 휘둘러온 것이다. 여기서 최고가 되지 못하면 너무나도 허무한 일이었다.

 그리고 소년의 그 빼어난 검술 실력을 보고, 아이들은 놀라워하며 칭찬했다.

 단순하기 그지없는, "굉장해" "정말 열심히 연습했구나"라는 칭찬——.

 소년은 그것이 자랑스러웠다.

 매일 거듭한 훈련이 헛수고가 아니었다는 생각에, 얼마나 기뻤는지 모른다.

 그리고 그 칭찬들 중에는, 자랑스러운 친구들의 목소리도 있었다.

 흑발의 친구 두 명. 친구라 부를 수 있는 존재가, 틀림없이 그 자리에 있어 주었다.

 소년에게 있어서는, 그것이 무엇보다 더 기쁜 일이었다.

 기뻐서 견딜 수가 없었다.

 지금까지 계속, 이 순간을 위해 살아왔다.

 그렇다.

 줄곧 검을 휘둘렀던 것은, 이 순간을 위해서였던 것이다——.

 소년은 한참을 놀았다.

 시간 가는 것도 잊고 즐겁게 놀았다.

 하지만, 세상 모든 일에는 끝이 있기 마련이다.

즐거운 시간일수록 짧게 느껴지는 법이다.

세계에 밤이 찾아오고——한 명, 또 한 명, 친구들이 자기 집으로 돌아갔다.

그리고 마지막에는, 흑발의 친구들과도 작별하게 되었다.

하지만, 소년은 아쉽지 않았다.

소원은 이루어졌고, 보람이 있었고, 대만족이었다.

그렇기에, 인생 최고의 미소로 작별할 수 있었다.

이 정도면 최고의 '안녕'이라 생각했다.

흑발의 두 친구와 작별하고, 소년은 다시 황량한 저택에 홀로 남았다.

홀로 남겨지고——, 세계가 종말을 맞이한다——.

소년의 세계는 검게 뒤덮여 가고, 숲과 하늘이 사라져 간다.

황량한 저택이 사라져 간다.

삐걱거리는 소리를 내던 복도도, 거미줄이 쳐져 있는 저택도 사라져 간다.

장식품도, 가문(家紋)도, 검도, 모든 것들이, 전부 다—— 사라져 간다.

세계의 종말과도 같은 순간이었다.

하지만, 그 종말 속에서 소년은 흡족한 표정이었다.

혼자가 되었는데도 행복하게 웃고 있었다.

그것은, 이제 무언가에 쫓기듯이 밤에 검을 휘두를 일도, 그 근사한 저택의 귀족들을 부러워할 일도 없기 때문이었다. 소년은 『진정한 염원』을 이루고, 『미련』을 모두 풀었다.

끝을 맞는 것에 대한 공포는 없었다.

세계가 사라져 가는 가운데, 소년은 마지막으로 남은 낡은 침대로 다가갔다.

거기서 놀다 지친 몸을 뉘이고, 소년은 눈을 감았다.

미소 띤 얼굴로 잠이 든다.

그 미소는, 그의 인생이 헛되지 않았음을 나타내는 증표였다.

천 년의 세월을 거쳐, 밤색 머리의 소년 로웬 아레이스는 보람을 얻었다.

이제야 그는 평온하게 잠들 수 있게 된 것이다.

기나긴 싸움 끝에, 이제야——.

평온하게——.

이것으로 라우라비아국 『무투대회』편이 끝났습니다. 동시에, 미궁 30층이 돌파된 것이기도 합니다. 네, 누가 뭐라 하건, 이번에는 미궁 30층에서 보스와 싸운 것입니다. 그러니까, 『이세계 미궁의 최심부로 향하자』라는 이 작품의 제목에는 조금의 거짓도 없습니다. 이번에도 완벽한 미궁물을 썼네요. 후우……. 역시, 미궁을 클리어 해나가는 건 정말 즐거운 일이라니까요……아니, 이건 농담이고, 죄송합니다.

직설적이기 그지없는 이 제목을 보고 구입해 주신 분들께는 그저 사과의 말씀밖에 드릴 게 없습니다.

5권부터 두 권 연속으로 미궁 묘사가 먼지만큼 밖에 안 나온 건 정말 큰 문제죠.

하지만, 그 대신 보스전에 대한 묘사는 충실하게 했다고 생각합니다. 잇따른 전투와 전투 끝에 이어지는 결승전——그야말로 춤추듯이 싸운 대회였습니다. 하지만 다음 권인 7권에서는 대회 같은 게 아닌, 미궁 탐색이 중심이 될 것 같습니다. 항해며 본토에서 겪는 일들도 나오겠지만, 기본적으로는 7인 파티를 구성한 주인공 일행의 미궁 탐색이 중심입니다. 파티의 규모가 커진 데다, 히로인들은 급성장. 지금껏 누구도 가지 못했던 미궁을 탐색하며, 30층 너머로 나아가게 될 것입니다. 분명히 말씀드리자면, 4권까지 묘사

됐던 2인 파티의 미궁탐색과는 전혀 다를 것입니다. 기대해 주시길.

이렇게 다음 권 얘기만 하다 보니, 작가후기는 항상 예고와 일러스트 감상밖에 없는 것 아니냐고 생각하길 것 같으니…… 이번에는 작가의 취향에 관한 얘기를 좀 해 볼까 합니다.

알 만한 분들은 아시겠지만, 사실 이 작품은 RPG게임의 요소뿐만이 아니라 카드게임의 요소도 은근히 들어있습니다. 카드게임도 정말 좋아하거든요.

요즘에는 카드게임의 종류도 늘어나서, 애니메이션으로 나오기도 하고 온라인게임으로 나오기도 해서, 정말이지 즐거울 따름입니다. 특히 실물 게임에서는 볼 수 없는, 온라인게임 특유의 효과를 보다 보면, 시대의 진화를 뼈저리게 실감하게 됩니다. 이를테면 온라인게임에서는 "무작위로 캐릭터 한 명에게 1점의 대미지를 입힌다"라는 식으로 PC가 개입해서 계산해주는 덕분에, 공평하고 신속하게 모든 게 해결되죠. 그리고 요즘 유명한 온라인 카드게임에는 "덱에 동일 카드가 2장 이상 포함되지 않았을 경우——"라는 식의 효과도 있었습니다.

우와, 놀랐어요. 여러 가지 의미에서 놀랐다니까요.

그럼 작가후기 공간도 얼마 안 남았으니, 감사 시간으로 넘어갑니다.

특히 일러스트에 대한 감사를 빼놓을 수 없죠. 이번 권에서, 근사한 구도의 표지를 그려 주신 우카이 씨에게 감사를. 로웬과 카나미, 두 사람이 서 있는 위치가 진짜 멋지다니까 요. 그리고 삽화 쪽도, 제가 원하는 것들을 끈덕지게 밀어 붙인 결과, 많은 삽화를 받을 수 있었습니다. 최근 몇 년 동안, 이 삽화는 꼭 보고 싶다고 끈질기게 중얼댄 보람이 있었습니다.

물론, 이 소설을 구매해주신 분들, Web에서 응원해 주시는 분들, 이 소설을 내기까지 신세를 진 많은 분들께도 깊은 감사를 드립니다.

그럼, 다시 7권에서 뵙겠습니다.

아이카와 카나미
Aikawa Kanami

[스테이터스]

이름	아이카와 카나미	
HP	293/293	MP 351/751
클래스	탐색가	

레벨 17

근력	9.73
체력	10.92
기량	13.88
속도	16.79
지능	14.68
마력	38.78
소질	7.00
상태 : 혼란	7.01

장비

아레이스 가문의 보검 로웬

레드 탈리스만

에픽 시커의 제복

불에 그을린 이계의 신발

디아블로 시스
Diablo Sith

[스테이터스]

이름	디아블로 시스	
HP	220/220	MP 941/941
클래스	검사	

레벨 14

근력	8.11
체력	6.59
기량	3.60
속도	3.79
지능	12.33
마력	51.72
소질	5.00
상태 : 혼란	1.00

장비

아이리아의 머리핀

외투

라스티아라 후즈야즈
Lastiara Whoseyards

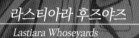

[스테이터스]

이름	라스티아라 후즈야즈	
HP 735/735	**MP** 338/338	

클래스

레벨 17

근력	12.97
체력	12.52
기량	7.82
속도	9.31
지능	13.52
마력	9.69
소질	4.00

상태

장비

크레센트 펙트라즐리의 직검

외투

마리아
Maria

스노우 워커
Snow Walker

[스테이터스]

이름	스노우 워커
HP 563/563	MP 250/250
클래스	스카우트

레벨 17

근력	11.23
체력	10.92
기량	5.79
속도	5.88
지능	8.23
마력	12.01
소질	2.62
상태 : 용화	0.54

장비

통나무

용인족의 외투

로웬 아레이스
Lowen Araith

[스테이터스]

이름	로웬 아레이스

[서티 가디언]땅의 이치를 훔치는 자

마법

고유마법	폰 아 레이스(땅령의 일침) 1.55

그림 림 리퍼

Grim R. Reaper

[스테이터스]

이름	그림 림 리퍼	
〈마법〉 그림 림 리퍼(그리워하는 사신)		
마법		
차원마법	디멘션	1.44
	폼	1.02
어둠마법	다크	1.33
고유마법	디 나이트	1.11
	디멘션·나이트메어	
		1.02
	폼·딥스	1.07
	디나이 엔티아	1.09
	디 리벨린트나이트	1.01
공명마법	디 아 레이스	1.00
	(친애하는 임셀)	

Aim the deepest part of the different world labyrinth 6
©2016 by Tarisa Warinai
First published in Japan in 2016 by OVERLAP, Inc.
Korean translation rights reserved by Somy Media, Inc.
Under the license from OVERLAP, Inc., Tokyo JAPAN

이세계 미궁의 최심부로 향하자 6

2017년 6월 15일 1판 1쇄 발행
2019년 12월 15일 1판 3쇄 발행

저   자 와리나이 타리사
일 러 스 트 우카이 사키
옮 긴 이 박용국
발 행 인 유재옥
본 부 장 조병권
담당편집자 정영길
편   집 김다솜 김민지 김효연 박상섭 이성호 정영길 조찬희
라이츠담당 박선희 김슬비
디 지 털 박지혜
발 행 처 ㈜소미미디어
등   록 제2015-000008호
주   소 서울시 마포구 토정로 222, 403호 (신수동, 한국출판콘텐츠센터)
판   매 ㈜소미미디어
마 케 팅 한민지 한주원
전   화 편집부 (070)4164-3962, 3963 기획실 (02)567-3388
　　　　　　　　판매 및 마케팅 (070)4165-6888, Fax (02)322-7665

ISBN 979-11-5710-985-2 04830
ISBN 979-11-5710-166-5 (세트)

소미미디어 S 노벨 시리즈

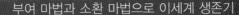

나는 이세계에서 부여 마법과 소환 마법을 저울질한다
3

요코츠카 츠카사 　지음
마냐코 　일러스트
신동민 　옮김

아리스 탈환 작전!
오크의 습격을 막고 아리스를 구출하라!

◆ 초판한정 ◆
스페셜 책갈피
증정

"나는 두 사람이 없으면 안 될 것 같아."

숲속을 방황하던 카야 카즈히사와 타마키는 미아의 오빠이자 닌자부 부장인 타가미야 유키와 만난다. 세 사람은 미아의 팔과 아리스를 탈환하기 위해 사소 시바가 있는 제1 남자 기숙사를 공격하기 시작한다. 압도적인 전력 차이로 시바를 궁지에 몰아넣은 카즈히사는 비정한 결단을 내린다——그리고 다음 날. 새롭게 나타난 벌 몬스터를 토벌하기 위해 동굴로 향한 카즈히사 일행은 믿을 수 없는 광경을 목격하는데……

마기과의 검사와 소환마왕
8

미하라 미츠키   지음
CHuN   일러스트
도영명   옮김

삼종의 신기 쟁탈전! 시작!!
그리고 류타키 자매 공략!!

◆초판 한정◆
스페셜 책갈피
증정

**"그 녀석을 이기고,
나는 왕이라는 존재가 되겠어."**

영국, 러시아, 이탈리아의 왕들이 간섭하면서 동서전은 일시휴전이 되었지만, 그 대신 삼종의 신기를 손에 넣은 자가 동서를 통일하는 진정한 일본의 왕〈바실레우스〉이 된다는 결정이 내려졌다. 카즈키는 신기가 잠들어 있는 일본 최대의 마경, 세 겹의 마법 방호벽으로 둘러싸인 후지산 일대로 퀘스트를 감행하기 위해 향한다. 로키에게 선동당한 서쪽의 왕의 후보인 이코사이는, 류타키 자매도 가담한 카즈키의 정예부대를 과거에 겪어보지 못했던 위험지대에서 기다리고 있었다! 한편, 베아트릭스는 '카즈키' 그 자체의 탈취를 노리고 북유럽 기사단의 부하들과 함께 후지의 수해에 침입한다. 강대한 마수들이 날뛰며 돌아다니는 마경을 배경으로 각 진영이 의도하는 바가 서로 교차하지만, 과연 그 결과는——?! 삼종의 신기 쟁탈전!

이세계 마법은 뒤떨어졌다!
6

히츠지 가메이 　지음
himesuz 　일러스트
김보미 　옮김

최강의 현대 마술사 VS 이세계의 드래고뉴트!!

◆ 초판한정 ◆
스페셜 책갈피
소책자
증정

"우리(마술사)는 상대의 허를 찔러 공격해. 시합이라면 몰라도, 죽고 죽이는 싸움에 정정당당할 필요는 없어."

드래고뉴트 인르의 습격을 받은 야카기 스이메이와 쿠치바 하츠미. 인르의 목적은 제국에서 용사를 빼앗는 것. 스이메이는 원래 세계에서 얻은 지식을 바탕으로 인르에 맞서지만, 만만치 않은 상대로 고전하게 된다――.
한편 레이지 일행은 오래 전 용사가 사용했다는 전설의 무구 새크라멘트를 손에 넣는다. 그 무기는 아무래도 레이지가 원래 살던 세계의 신비가 열쇠인 듯한데……?!
해명하려 한 순간, 새크라멘트를 노린 마장 일자르의 습격을 받는다. 궁지에 몰린 일행을 구하기 위해, 미즈키는 스스로의 잠재 능력을 해방한다――!!
잠에서 깨어나는 제6권!

로웬과 리퍼. 그리고 카나미. 세 사람의 결말.

이세계 미궁의 최심부로 향하자
6

와리나이 타리사 지음
우카이 사키 일러스트
박용국 옮김

디 아 레이스
친애하는 그대에게

◆초판 한정◆
스페셜 책갈피
쇼트스토리 & 설정 리플렛
증정

"내 마지막 미련은 바로 너다."

팰린크론이 채운 팔찌를 파괴하고 기억을 되찾은 카나미. 모든 것을 끝내기 위해서, '어떤 인물에게 의도를 들키지 않도록 주의하며, 카나미는 라스티아라 등과 함께 행동을 개시한다. 스노우를 설득하고, 마리아를 가짜 기억으로부터 해방시키는 것──모든 것은 고독한 벗, 로웬을 구하기 위한 일.
한편, 미련을 끝내기 위해 무투대회에 임한 로웬은, 『최강』의 『영웅』으로서의 삶에 의문을 품게 되는데……?
"자──『제30의 시련』을 시작하자."
꿈같은 나날이 결실을 맺은 지금 이곳, 첫 번째 달 연합국 종합기사단종 무도회가 끝난다.

과거와 현재가 만나는 순간, 새로운 싸움의 막이 오른다——!!

영겁회귀의 릴리 마테리아
2

미카도 테츠로 지음
파세리 일러스트
이정민 옮김

과거와 현재가 교차하는 소환 배틀 제2탄!

**"——내 기사도 정신은
절대로 꺾이지 않습니다!"**

소환술—— 그것은「이 세상에 존재하지 않는 것」을 사역하는 기술. 수수께끼 서머너 랜돌프가 클라우디아 소환학원을 습격한 사건으로부터 한 달이 지나. 아니무스를 조종할 수 있는 소년 아크와 그의 레버넌트로 환생한 소꿉친구 유리노는 '서먼 크루세이드(소환대전)' 대결에 몰두한다. 동급생 기사공주 레이나와 함께 소란스럽고도 평화로운 일상을 보내는 그들 앞에 갑자기 새로운 습격자가 나타난다. 압도적인 힘을 과시하는 습격자 앞에서 어찌할 도리가 없는 아크 일행. 그 싸움 속에서 레이나는 확신한다. 습격자는 자신이 어렸을 적 모습을 감춘 오라버니라는 것을——. 과거를 버리고 미래로 나아가기 위해 새로운 싸움이 시작된다!

자신의 신념을 관철하는 학원 소환 액션 제2탄!!